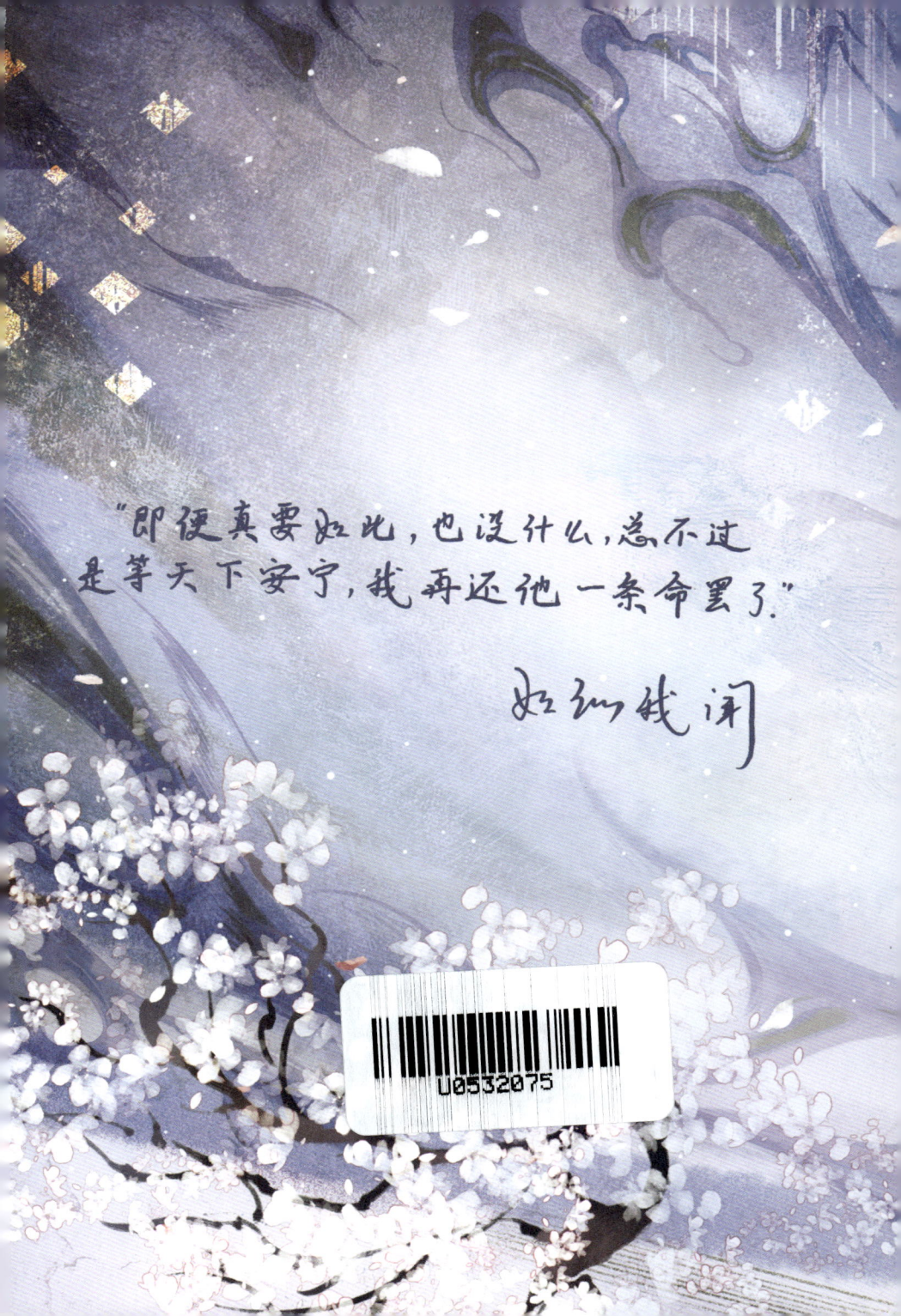

"即便真要如此,也没什么,总不过是等天下安宁,我再还他一条命罢了。"

君有疾不

似我闻 著

完结篇

国文出版社
·北京·

楚明允缓缓抬腕，手中长剑直指下方，剑锋一点，风雅至极。

章十五 —— 疑问	章十四 —— 淮南
061	045

番外四则	章二十 —— 箭发	章十九 —— 弦上
257	219	201

目录

| 章十三 —— 知交 | 029 |
| 章十二 —— 叛乱 | 001 |

章十八 —— 纠葛	153
章十七 —— 决裂	129
章十六 —— 真相	095

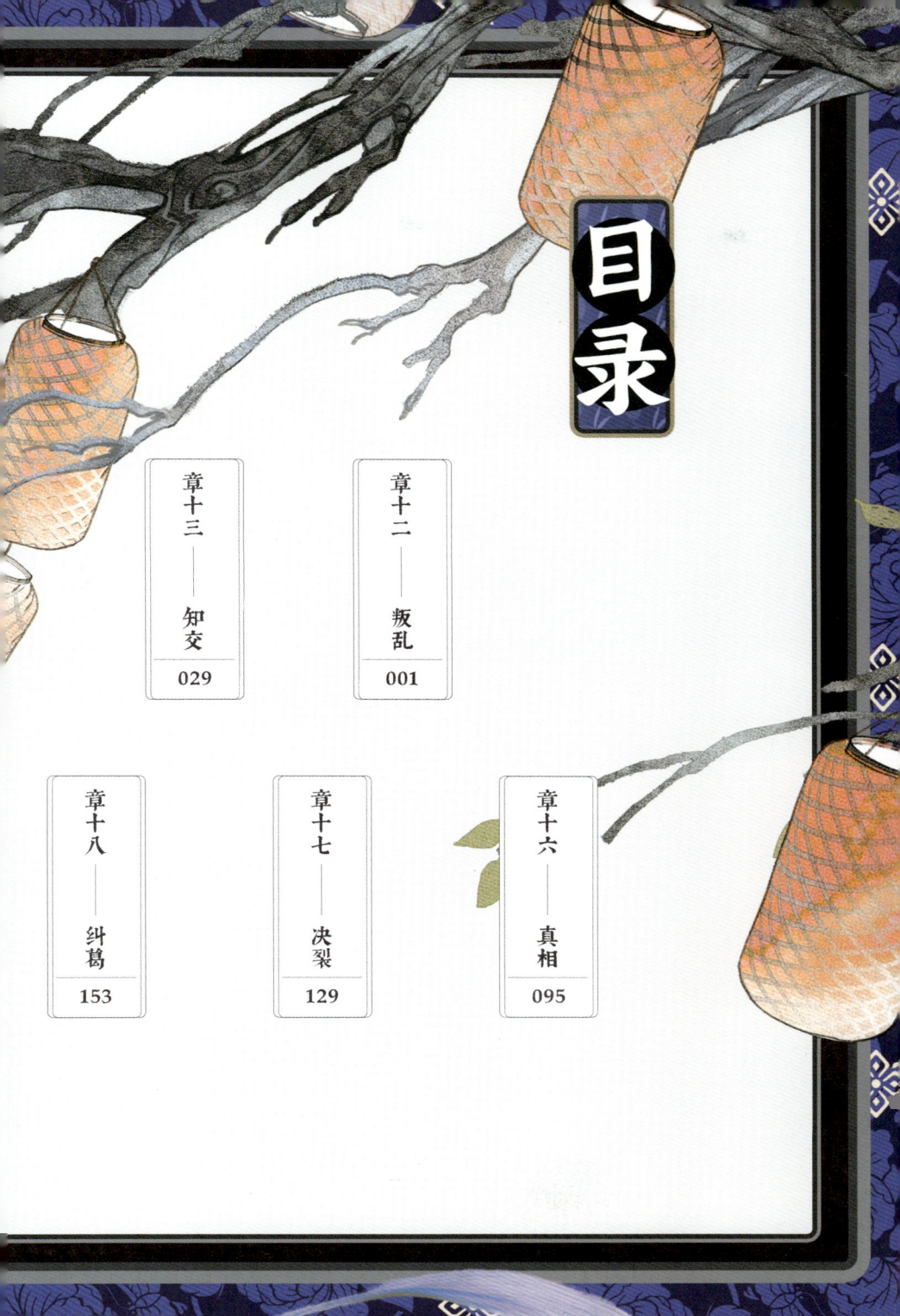

君有疾不

煎熬半生，
病入骨髓。

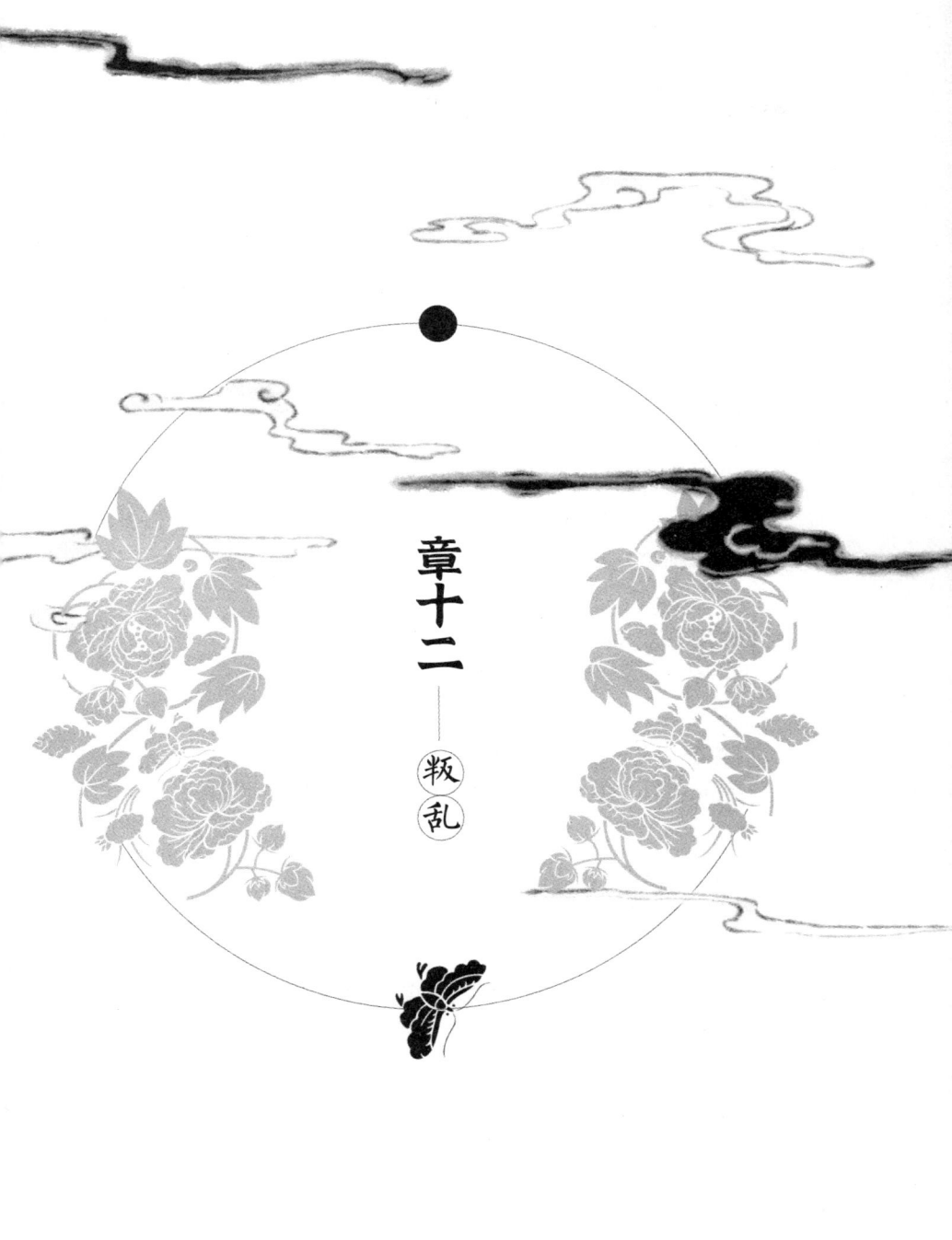

章十二——叛乱

雍和九年，立夏，万物逐盛，林荫初密。

浩大春猎仓促作结，帝王折返长安城。时隔多日，早朝之上再提与匈奴割地盟约之事，众臣的态度皆有了明显转变。

随行臣子皆道不可结盟，即使是先前力挺魏松者，也怕极了被牵扯着扣上通敌叛国的罪名。猎宫玉阶上蕴集的血气还未散尽，是以人人言辞铿锵，态度坚定。留于朝中的臣子态度也尽改，或力斥匈奴，或缄默不言。

举目朝野，再无人敢认同盟约。

帝王将视线落在右首，归位的御史大夫出列行礼，道是"匈奴之欲无厌，以地事之，犹如抱薪救火"①，淡淡一句，大势已定。

太尉领命，前去回绝匈奴使团，送上薄礼告慰皇子前来一路辛苦，随即就将他们打发走了。

宇文隼独自在帐后席地而坐，望着远处出神。

二十多年来他头一次鼓足勇气进入王帐自荐，本想着兄弟中数他汉话最精，从大夏回来后一定能让族人刮目相看，却不料会是这般狼狈的模样。父亲的反应倒不算激烈，捏着绿玉嘴的烟枪，深吸一口后命他退下，似是再多看一眼也嫌厌恶。

也许父亲原本就没有对他寄予过大希望，那个汉族将军说对了，他是最不受宠、最不中用的皇子。

宇文隼远目望去，天地苍茫，风吹草低牛羊现，这是草原千百年

---

① 语句化用自《六国论》。

来亘古不变的景象。

自小他的身形在匈奴人中就属瘦弱的，驭不了马驹，会射箭也是白费，受兄弟冷眼，遭人欺凌再正常不过。

那时他就常常躲在帐后，小小一个，毫不起眼，想来只有一个人发现过他。

他的皇长兄宇文骁探身过来："你是谁？怎么一个人在这里？"

"宇文隼，"他慌张地起身，脸上泪痕未干，"我是您的第八个弟弟，不过我很差劲……您应该对我没什么印象。"

"是没印象，"宇文骁看着他，"没想到咱们匈奴也能生出这么有灵气的模样的。"

宇文隼呆愣愣地看着他，不知何意。宇文骁拉着他一起坐下："我刚打胜仗回来，族里喜庆着呢，你哭什么？"

他一五一十地说了，宇文骁笑得开怀，半晌才道："那有什么，你这模样在汉人那边就不是用来打仗的。用不了多久，南面的大夏就全是咱们的了，你看上去挺伶俐的，骑马不行干脆去学点汉话，到时候帮我料理那群汉人，怎么样？"

当然好。

那时的宇文骁大胜归来，帐篷里传遍了他一举攻下大夏三州十二郡的功绩，他雄姿英发，是草原的功臣，是自己心中的英雄。

宇文骁狠狠揉了一把他的头顶："那就把泪擦干净，我们匈奴的男儿都是铁打的，哭哭啼啼像什么样子！"

这句话铭刻入心，纵然五年后宇文骁战死沙场，马革裹尸还，他都没有落泪，而是和血往肚里吞。

宇文隼混在哀哭的人群中张望，宇文骁的尸身被裹得严丝合缝，半点痕迹窥探不得。他想上前，父亲暴怒地逐开他，转身一把火，任骨灰随风扬了满天。

他伸手去抓，灰白尘埃擦着指缝弥散，空无一物。

八年后，宇文隼终于从陌生的汉人口中得知真相。

难怪那具寻回的尸体如此模样，原来他的英雄已是满身伤痕，原来他的英雄已是骨头半折,原来他的英雄已是眼眶空洞,原来他的英雄已是不成人形。

原来他的英雄死前如此不堪,原来他的英雄曾经背叛,原来他的英雄……是这般地饱受折磨。

他的英雄。

"您怎么一个人在这里?"

宇文隼猛地回神,转头看去:"皇长……"

男人带着笑站在他面前,面容是汉人才有的温和:"皇子殿下怎么了?"

"没什么。"宇文隼敛去表情,站起身来,"我认得您,您是父亲尊贵的客人。"

男人笑了笑:"皇子殿下可是因为与大夏和谈失败才心情不佳的?"

他不待宇文隼回答,顾自续道:"我早先就与单于说了,有楚明允和苏世誉那两个人在,这和谈注定是谈不成的。可惜单于不肯听我的,偏要去碰这个钉子,也怪不得皇子殿下您。"

"您是什么意思?"

"当然是攻而取之。"

宇文隼打量着他:"您明明是汉人。"

"是,我是汉人。"男人笑道,"我想来跟单于谈笔生意,只可惜单于拖了这么久,还派皇子殿下您去和谈,好像并不打算答应我。"

"您这样……算是叛国吧?"宇文隼问道。

"不能这么说,"男人笑了,"达成目的的一些手段而已,做一点交换罢了,对彼此都有益,何乐而不为?"

"您也说了,父亲并不打算答应您,"宇文隼已经无意再谈,"您好自思量吧。"

"楚明允和苏世誉,"男人忽然道,"皇子殿下在大夏见过这两人吗?"

宇文隼脚步顿止,抬眼看着他。

"看来您也不大喜欢这两个人,"男人笑了,"相当难对付,是不是?"

"那个御史大夫我没什么感觉，温温柔柔的，看上去没什么真本事，"宇文隼道，"而那个楚明允……"他微微咬牙，不再继续。

男人压低了声音："您不想杀了他吗？"

宇文隼一怔，一把荒火烧在胸膛，不可抑制地疼，一字恨极："想。"

想，想杀了他。

让那个男人付出代价，为自己受到的侮辱、为他的英雄报仇。

"那就去杀了他。"

宇文隼深吸了口气，勉强冷静些许："您说服我没有用，父亲不会在意我的话的。"

男人低低地笑了。"单于年纪大了，没有雄心壮志自然也不想打仗，"他顿了顿，盯着宇文隼道，"可是您不一样，皇子殿下，您还年轻。"

太尉府中。

楚明允搁下筷子，端过一盏茶捧在手中，看了眼一旁吃得正在兴头上的人。

"杜越，"楚明允难得叫了他的名字，"你觉得苏世誉对我怎么样？"

"我表哥对谁都很好啊。"杜越两眼盯着糖醋排骨，想也不想地道。

"哪个问别人了，我问的是对我。"

"你还好意思问？"杜越本打算冷哼一声，却在撞见楚明允的视线后硬生生拐了个柔软的弯，他揉了揉鼻子，声音闷闷的，道，"我就纳闷我表哥为什么没趁着人少的时候弄死你。"

"……"

这是身为他的药师该说的话？

"怎么说？"楚明允问。

"你这性格太差劲了，我表哥居然这么久都没跟你动过手，看来修养的确是高。"

楚明允微蹙了眉，并不答话。

杜越以为他不信，认真地强调给他听："你真不觉得自己特别欠抽吗？我跟你说，要不是打不过你，我好多次都想……"

楚明允瞥他一眼:"想怎么?"

杜越的话顿时全卡在喉咙里,他瞄了眼身旁秦昭空荡荡的座位,当即咳嗽了声转移话题:"没什么,没什么。嗯……那个……啊对了,你怎么问起这个?"

楚明允屈指抵着下颌,闻言慢慢地扬起一个笑容来:"我现下对他本人是真的很感兴趣。"

杜越愣愣地说:"啊?"

楚明允瞧着他,忽地问道:"你觉得苏世誉待你好吗?他和你既为近亲,又是自幼相识,你觉得你了解他吗?"

这话问得杜越一时恍惚,神情也随之有些黯然,犹豫道:"我不知道。"

"不知道什么?"

杜越费力地组织着措辞。"我不知道怎么算是了解,好比我知道表哥爱穿白衣,精通音律,可他是自己喜欢这些吗?我觉得不是,从小我都没见他表现出很喜欢什么,吃的玩的都没有,他琴艺好,可那也是因为我舅母喜欢琴,而不是我表哥喜欢。"他顿了一下,拧着眉不情不愿地道,"就像他似乎挺喜欢我的样子,但只是因为我和他是血亲,如果不是的话,他多半也不会待我有多特别……"

"所以说,你也看不透他?"楚明允问。

"他心里好像空荡荡的,什么都没有。"杜越怅然道,"你不要去猜我表哥的心思啦,肯定是白费功夫,而且他也不喜欢被人窥探,虽然有距离,但他确实待人很好,这不就够了吗?"

"对我而言,还不够。"

"你这是图什么啊?"杜越大为不解,"单说你扔了玉佩的事,按理说应该连苏家的门都别想再进去一步了,但是我表哥似乎还是拿你当朋友,这已经很好了。真的,这样就已经足够了,你还是趁早死心为好,否则肯定要失望的。"

"说完了?"楚明允漫不经心地道。

"嗯。"杜越点点头。

"说完了就继续吃饭。"

"喂——"杜越愣了愣,"你这算是什么反应,你到底是怎么想的啊?"

"怎么想的?"楚明允微微偏头,瞧着碧色茶水映出自己的眼眸,忽而低声笑了,"我会知道的。"

苏白忍不住又多看了眼捏在手中的信笺,隐约嗅出上面沾染的胭脂淡香,他定了定神,上前将信双手递与苏世誉:"公子。"

"放一旁就好。"苏世誉笔下微顿,扫见信上名字,"澜依已经离开颍川了?"

"是,她应该是去襄阳了。"苏白将信搁在书案上,留意到苏世誉手边正晾墨的几页纸折,"咦,公子在为魏尚书写诔文?"

"诔文已写完了。"苏世誉应道,"我命礼部拟了些字送来,现在先择选一遍,明日呈给陛下过目后就可决定魏尚书的谥号了。"

"决定谥号?"苏白惊诧道,"可魏尚书不是有罪之身吗?"

苏世誉抬眸看他,笑道:"你是怎么知道他是有罪之身的?"

"不都这么说吗……证据确凿,魏尚书还畏罪自杀什么的……"

"一封书信而已,还算不得是证据确凿。"苏世誉搁下笔,"何况这些年御史台拿到过不少临摹字迹的证物,你应该也曾见过些精妙到以假乱真的。"

"那公子的意思是魏尚书是被人陷害的?"苏白问道。

"一点猜测罢了,毕竟我想不出魏尚书通敌叛国的动机。"苏世誉道,"匈奴单于年迈,如今帐下的几个儿子各有势力,明争暗斗不断,恐怕早晚要有场大乱。而我们陛下尚且年轻,大夏局势也日渐安稳,魏尚书已近花甲之年,在朝中又担任户部尚书的重职,何必要投靠匈奴以身犯险。"

"还真是。"苏白点点头,"不过也怪之前魏尚书一直坚持与匈奴结盟,搞得谁都没想到这一层。"

"正因为他要与匈奴结盟,才会遭人构陷而死。"苏世誉道。

苏白困惑不已地等他讲下去。

"对方的目的并非置他于死地，而是要彻底破坏与匈奴结盟一事。"苏世誉眼眸微敛，慢慢道，"魏尚书身为支持派之首，一旦证明他有心投靠匈奴，那其他人也难免有此嫌疑，这样一来的结果正如前日早朝所见，不仅无人敢再支持盟约，更有许多提议与匈奴断绝一切往来以表清白者。"

苏白认真想了想："这么说来，魏尚书口口声声说是公子您交给他的信，并不是要拉您下水，而是那个人也设计好的，为了显得魏尚书更可疑，不给他一点翻身的机会？"他顿了顿，又道，"但是……那要怎么才能做到让魏尚书以为是您呢？"

苏世誉低眼瞧着朱砂笔端渗出一滴如血殷红，洇晕开在白宣边缘："大概是以人皮面具借了我的脸。"

苏白后脊微微发寒，不由得后怕："还好陛下信得过公子。"

苏世誉将宣纸挪开一些，指尖蹭染上一丝薄红，闻言笑而不语。

"不过这对那个人有什么好处，费这么大功夫就为了跟匈奴作对？"苏白恍然想到什么，"对了，公子，您说会不会是那个……楚太尉啊？我爹那次不是跟您汇报了，说留在朝中的那些大人改变态度都是因为太尉府那边……"

"方才所言都不过是你我猜测，何谈确定得了是谁。"苏世誉道。

"可是都已经很明显了啊，朝中跟魏尚书争执最激烈、最反感匈奴的不就是……"

苏世誉淡淡一笑，打断了他："你退下吧。"

苏白一愣，不明所以，却仍垂头应是，安安分分地躬身离开了书房。

指尖朱砂已干，浅浅淡淡一抹红，苏世誉低眼看了片刻，复收拢手指轻声笑了笑，提笔在折子上继续勾画。

踏入御书房的瞬间，陆清和不禁愣住了。

映入视野的是尊如她一般高的木雕，婷婷女子身姿，绣衣几重杏花纹，青丝如瀑长及腰，它身后一窗日光落入，明暗光影间令人遥记起洛水神女的风韵，却尚未被刻上眉目。

"如何？"身旁有人笑问。

陆清和怔怔地盯着木雕。"好美……"她猛地回神，忙转身行礼，"臣女参见陛下！"

李延贞抬手命她起来，指腹轻蹭下刻刀上的细碎木屑："但她这一双手朕还拿捏不准，恐怕还要思量许久。"

陆清和随他看去，果然瞧见云袖下半露的手还只是隐约轮廓，视线上转，她忍不住道："臣女斗胆一问，陛下为何不将她的面目先补全呢？"

李延贞仍旧看着木雕，眼眸温柔，他问道："很可惜？"

"是，空着总觉得不太舒服。"陆清和坦白道。

李延贞笑笑，收回了视线："这种香木百年难得，朕总觉得要刻倾世美人才不辱没，只是挑来选去都没能寻到合意的样貌，凭空构想也没个头绪，只好先搁置了。"他转身走到桌案后找出一卷画轴，铺展开来一片灼灼桃花，红裙女子半入画。

李延贞蘸墨提笔，抬眸笑道："不必拘谨，你如先前那样随性站着即可。"

陆清和连声应了，边一手整着裙裾，边抬首对着李延贞端正立好。

玉炉香袅无痕，半晌安静，陆清和终究耐不住沉默，侧头偷偷看了眼那木雕，忍不住低声叹道："真的是巧夺天工啊，陛下这样的手艺，恐怕全天下也没几个匠人能做到。"

李延贞闻声笑了，并未抬眼，只是轻轻摇头道："时日久了自然好些，朕幼时的人偶也并不怎样。"

"陛下幼时就会雕刻了？"

"算不得会。"李延贞垂眼在画上仔细勾勒，慢慢道，"朕刻的第一个木雕是母妃，因为那时她生辰，朕什么都没有，只好找了块小木头刻成人像送她。母妃很喜欢，说很像她。"他话音微顿，轻笑道，"其实毫不相似，连眼睛都是不对称的，但是她很喜欢，不久后母妃辞世了，手里还紧握着那木雕不放。若早知如此，朕当时就该再刻得精细一些。"

"什么都没有？"陆清和诧异道，"可太后娘娘不是前年才崩逝的吗？"

李延贞看了她一眼，笑道："并非，朕的生母只是寻常民女，朕幼时和她一直住在冷宫里，她病得很重，因为没有太医肯来看，就病逝了。那时皇兄们有的战死，有的遇害，还有的病逝，朕是仅剩的儿子，这才被收养过去。"

李延贞直起身环顾，帛书古卷，玉砚狼毫，帝王之所自是无不豪奢，他长长地叹了口气："如今回首朕也觉得惊奇，那时眼里不过冷宫那般大，从不知道天下有多大，更未想过会执掌它。"

这声叹息轻却重地压在她心口，闷得她讲不出什么话，陆清和手指攥紧了衣袖，只能静静看着他。

他视线不经意间转了过来，四目相接，似是隐约觉察到了什么，李延贞转了话题："说来倒想起件趣事，那时朕见到了平生最为惊鸿的美人，你可以猜一猜是谁。"

陆清和艰难地想了想："太后娘娘？"

李延贞不禁失笑："是苏爱卿。"

"苏、苏大人？！"

"是，朕被立为储君后苏爱卿便作为侍读入了宫。"李延贞闭目仔细回想，"朕还记得初见那日晴好，殿外杏花满树，苏爱卿一身白衫，踩过满地落花走过来。"他微睁开眼，带了些笑意，"苏爱卿年少时肖似他名动天下的娘，束发后才渐有了苏诀将军的轮廓。而那时他不过十五六岁，朕分辨不清，开口便说：'姐姐你真好看，我能不能给你画幅画？'"

陆清和"扑哧"一声笑了出来，忍了忍，见李延贞并不在意，便问道："那苏大人什么反应？"

"叹了口气罢了。"李延贞顿了顿，又道，"不过后来朕发觉，苏爱卿不知为何尤为排斥被称模样漂亮。"

"哎呀，兴许是苏大人害羞了呢。"陆清和脱口而出。

李延贞不禁笑了："或许吧。"

闲谈间一幅画已收笔，陆清和凑过去仔仔细细地观看，忽然听身旁人道:"若是喜欢,不妨送你。"

陆清和忙摇了摇头:"谢陛下恩典,不必了。"

"为何?"李延贞不解道,"不满意吗?"

"怎么会,比臣女本人美得多。"陆清和笑了声,看着李延贞道,"所以……陛下收着就好。"

她脸上笑意明艳,落入窗的日光映在瞳孔里闪着点点光亮。

李延贞沉默一瞬,轻笑道:"好,那朕便仔细收着了。"

姜媛步入御书房时正与走出的陆清和擦肩而过,目光一错而过,嗅见了赤红裙裾微染玉炉香。陆清和坦然一笑,对她躬身施礼,继而随宫娥离去,落落大方。

姜媛望了眼她自如到近乎潇洒的背影,又转头看向书案后的李延贞端详着的那幅画卷,其上的红衣女子虚倚着满枝桃花,笑意明快,身旁分明无酒无剑,却一派侠骨自生。

姜媛走到近前,柔声道:"陛下若是喜欢,纳入宫中便好,想必陆尚书也是乐意的。"

"是很喜欢。"李延贞将画轴卷起,笑道,"但不必了,游侠终究是要待在江湖看遍山川的。"

薄日融融卫央宫,碧瓦朱墙下,宫道上寥然安寂。

苏世誉蓦然听到身后有人唤他,自远而近,音调微拖长了些,携了笑意,谙熟至极。

"苏大人——"

他回身看去,楚明允走上前来,与他并肩而行:"果然来早些就能遇见你。"

苏世誉困惑道:"楚大人找我有事?"

"我就不能是想多见你几面吗?"楚明允反问道。

"每月这日你我都要去御书房回禀事务,早晚是要见的。"

"那提早见了又有何妨,"楚明允微挑了眉梢,"难道还不准我多看两眼？"

苏世誉无奈地笑看他一眼，声音却忽然压低下去，提醒道："西陵王。"

楚明允转头望去，果然见有身着藩王蟒袍的中年人迎面走来。

李氏皇族受封者众多，而其中最为安稳服顺者，非西陵王李承化莫属。况且他为人和气慷慨，结友众多，在藩王中非但不曾遭过轻视，反而是颇有声望，甚至连当初的淮南王也能与之来往一二。以他作为推恩令的牵头者，的确是再合适不过。

相逢一礼，楚明允与苏世誉客气道："参见王爷。"

"好好好。"李承化连连抬手，笑眯眯地看着面前两人，"难得入京一次，我还打算得空拜访两位大人，这下可巧。"

他看向楚明允："楚大人，还记不记得我？当年西北疆场上你用断剑杀了数十人，最后一击捅穿了敌方将领的喉咙，那时领将嫌你下手狠辣打算罚你，还是我替你说的情。"

楚明允想了想。"没印象。"他略微一顿，又道，"不过我隐约记得那个领将是恨我抢了他军功。"

"对对，就是那人。"李承化笑道，"他本就行为不端，后来忽然出事死了也没人觉得可惜，你又恰好替上了他的位置，听说营中士兵都乐意得很。"他不由得感慨，"当时我就觉得楚大人殊于常人，是要成大事的，如今看来，我的眼光还真不差。"

"是吗？"楚明允意味不明地笑了声，"多谢王爷赏识了。"

李承化笑着连声应了，目光转而停在苏世誉身上："这许多年不见，苏大人可真是越长越俊俏了啊。"

苏世誉皱了皱眉，略微一顿又忍下，淡声笑道："王爷倒是一如当年，还是这般风趣。"

"哪里话，终究是老了啊。"李承化长叹一声，远望苍穹透碧，几许怅然，"一转眼苏将军走了，你孤零零一人撑着苏家，就连彻儿，也都及冠几年了。"

苏世誉笑道："世子还好？"

"还是老样子，做事犹犹豫豫下不了什么狠心，"李承化摇头道，"彻儿要是能像你一分半点，我就省心多了。"

苏世誉敛眸轻笑，语气温和："世子重情，自然有他的好，何必要像我。"

李承化随着笑笑，没有多言。他并不多叙旧，又问候了两句便告辞离去，身影转而隐没于拐角绿荫后，青石板上剩一地碎影斑驳。

苏世誉转回视线，正撞上楚明允的目光："怎么了？"

"没什么，"楚明允扬起唇角，慢声道，"想仔细看看俊俏的苏大人啊。"

苏世誉无奈笑道："远不及楚大人俊俏。"

"哦？"楚明允偏头瞧着他，弯眉一笑，"既然我生得俊俏，年岁又正好，那大人你何不把我收入门下，正好装点门面呢？"

苏世誉凝眸深深看他一眼，又移开视线，顿了顿，才笑道："我苏家贫俭，只怕是收不起楚大人的。"

楚明允沉默一瞬，忽而懂了苏世誉的言下之意："苏大人，我也不是时常都在吃的。"

苏世誉不禁笑出了声。

御书房内，李延贞正专心端详着木雕，漫不经心应允了宫娥禀报后猛然想到什么，转身正望见楚明允与苏世誉进入殿中，当即笑开："爱卿来得正好。"

楚明允一眼望见那木雕女子，半隔了殿内重重纱幔，日光透过纹路错落的窗格落在木雕上，轮廓隐约模糊。莫名感觉倏然而至，却一时捉摸不透，他不觉蹙紧了眉，仔细打量起来。

苏世誉看到那等人高的木雕也正微愣，随即就见李延贞快步到了近前："陛下？"

"爱卿可否将手伸出一看？"李延贞近乎恳切道。

苏世誉不明所以地看着他，又与楚明允对视一眼，将手缓缓抬起，摊开。

李延贞盯着他的手，思索着又道："爱卿抚琴时的指法是怎样的？"

刻刀还握在手中，话至此他们也明白李延贞想做什么了。

苏世誉屈指，凭空拨弦两下，骨节俊秀的手指一勾一翻，风雅自成，恍惚间指下有琴音如流水潺潺泻出。

李延贞盯着苏世誉的手，暖暖日光下如生了光一般，他凝视半响，不由得缓缓伸出手去。

楚明允轻咳了声，上前一把握住苏世誉的手将他轻按了回去，侧身横插入两人之间，对着未回过神的李延贞笑了："陛下既然是想刻女子，自然要找女子的手来看。哪怕苏大人琴弹得好，可男人的手又有什么好看的？"

李延贞怔怔地看着楚明允，正欲开口，却被他直接截了话头："陛下方才可是见了西陵王？"

李延贞这才醒过神，回位落座："是，朕方才确实是见了皇叔。"

苏世誉闻言从楚明允身后走出："陛下可有向王爷提及推恩令的事？"

"已经应下了。"李延贞道。

"已经应下？"苏世誉道，"臣先前呈上的草拟推恩令，陛下是否给王爷看了？"

"他没有提出什么条件？"楚明允道。

"这……"李延贞避开他们的视线，略显犹豫，"推恩令的内容皇叔看过了，并无异议。"

"答应的条件呢？"楚明允直直看着他，语意笃定，"陛下应允给他什么了？"

李延贞看了他们一眼，道："朕将淮南王原有的封地给予他了。"

楚明允不带情绪地笑了声。"先前匈奴的割地盟约陛下有意，如今西陵王一到长安便得了淮南封地。看来九皇子说得不错，陛下果然慷慨。"他话音微顿，"只是如此大事，臣以为陛下还是等明日早朝后再决断，莫要独断为好。"

沉默片刻，李延贞道："爱卿所言朕明白，但推恩令终究是削藩之举，若非如此，恐怕皇叔也要心生不满。"

"淮南国地域之广陛下应该清楚，推恩令是削藩之举陛下也清楚，那陛下觉得西陵王的势力是增了还是减了？"楚明允语气微冷道。

李延贞无言以对。

殿中一时静下，几近僵持。

"罢了。"苏世誉轻叹了声气，"君王一言九鼎，绝无反悔之理。事已至此，楚大人也不必多言。"

楚明允别开眼不再出声。

"苏爱卿？"李延贞看向他。

"王爷会有所求这点臣早有准备，陛下所为也并非全无道理。"苏世誉敛眸，沉思道，"淮南王薨逝后诸侯王隐有动荡之态，推恩令一下必会引发哗然，西陵王的态度便至为关键。如今肯爽快应下，终究是好的。"

言既至此，多说无用。

简单将政事禀报完毕，他们告退离去，苏世誉先行在前，已出了殿门。

忽然轻若叹息的一句话随细风而起，拂帘而过落入了楚明允耳中，几不可闻。

"苏爱卿若是女子就好了。"

他脚步一顿，回身看去，目光越过李延贞的背影落在那尊木雕上，终于明白那轮廓隐约透出的熟悉之感不是错觉。

青年穿过月下回廊，推门而入，恭敬道："父亲。"

屋中烛火通明，男人独坐桌案后，手握一张写满文字的羊皮卷，闻声抬头看了过去，笑道："伤可算养好了？"

"是。"青年按了按腹下肋骨，隐隐作痛，"已无大碍了。孩儿无能，这大半年来让父亲操劳了。"

"没什么。"男人翻看着羊皮卷，"你明日动身，若伤未好全就不要强撑。"

"谢父亲关怀，孩儿定不会再让您失望了。"青年说完，见男人不再言语，微一犹豫，终是忍不住开口道，"另外，孩儿斗胆请问，为何回来后就不见静姝……"

"明日动身，今夜还是早些歇息吧。"男人出声打断他。

青年一滞，末了低声应是，安静退下。

他拉开门，夜风迎面而来，吹鼓起袍袖，衣袂起落间隐约显出他苍白手臂上一道深深的暗红剑痕。

雍和九年，夏仲月，上用御史大夫谋，颁推恩令，令诸侯以私恩裂地，分其子弟，而夏为定制封号，辙别属夏郡。于是藩国始分，子弟毕侯矣，而诸侯地稍自分析弱小云。①

诏令一下，如他们所料，诸侯哗然，嫡子不满而庶出悦之，又夹杂着叫嚷违背祖训大逆不道的声音，各方争执不休，直到西陵王出面力挺，这才勉强推行开来。可就在都以为顺利无事时突生了动乱，最出人意料的是，动乱之处并非任一诸侯国，而是已经归了西陵王手下的淮南。

余孽起事，纠兵叛乱。

"这次淮南王残党突然现身，起兵叛乱，着实猝不及防。"李延贞叹了口气，将文书递给苏世誉，"皇叔还未布防周全，对淮南地域也不甚了解，如今焦头烂额，派了人千里加急传信来请朝廷派兵支援。"

"即便王爷不提，朝廷也该派兵镇压的，"苏世誉道，"更何况还是淮南王残党。"

"爱卿心中还没有完全放下淮南王的案子吗？"李延贞问道。

苏世誉并未回答，只是淡淡道："臣不过是忽然觉得，叛乱虽生祸事，却也不失为一个绝好的机会。"

"机会？"

---

① "令诸侯以私恩裂地……"等部分语句化用自《汉书》。

"是,"苏世誉颔首,看着他道,"是洛辛的机会,也是陛下的机会。"

李延贞微怔,对上苏世誉深沉的眸色,陡然顿悟。

的确,要培养将领,必然要先让他崭露头角。况且洛辛最令人诟病的就是淮南出身,若能一举平叛,既能扫荡恶语揣测,又可手掌兵卒。由此为始,就能抽丝剥茧般地将兵权一点点收回君王手中。

"只是这领兵平叛的人选……必然是由楚爱卿选定的。"李延贞担忧道,"其中道理,他又岂会想不明白?"

苏世誉沉默片刻,叹了口气:"纵然希望渺茫,也当一试。"

太尉府总是隐隐显出几分冷肃,行经的侍卫婢女寡言少语,见苏世誉都退避行礼,竟没有一人上前阻拦或通报引路,任他毫无阻碍地去了书房。

楚明允一手撑在书架上,正专注找着什么,头也不回地道:"早前晒过的书我让你收起来在哪儿……"话音顿止,身后脚步声渐渐清晰,未及对方出声,他便抿唇笑了,回眸看去:"苏大人,来找我密会吗?"

"我想恐怕没人会在白日里密会。"苏世誉淡声笑道。

楚明允转过身闲散地倚上书架,眉眼含笑:"我不介意啊。"

"楚大人随性自如这点,我的确是清楚的。"苏世誉扫了眼书案边上的一小堆莲子壳,意有所指。

楚明允面不改色道:"杜越刚才剩在这儿的。"

苏世誉笑了声,颇为配合地点了点头:"阿越是不像话了些。"

楚明允微挑眉梢,抬步走至苏世誉面前,一颗圆鼓鼓的莲子被捏在指尖,凑到他眼前:"恰好还有一个,吃不吃?"

苏世誉笑道:"不必了,你自己——"

"尝尝嘛。"楚明允打断他的话,又往前递了递,一颗小小莲子,却摆出了一副不达目的不罢休的模样。

苏世誉无奈地与他对视一眼,接下了莲子。入口清甜,余韵有淡淡的苦涩。

楚明允转回了书案后："怎么不坐？"

苏世誉随他在对首坐下，直截了当地开口道："淮南叛乱之事，楚大人是打算亲自出征平定还是另作委派？"

"这类小暴乱还用不着我亲自去。"楚明允道，语气微顿又带了意味难明的笑，"再者，行军之事变数极大，我若去个两年三载，只怕回来时苏大人都已经成家立业了。"

苏世誉状似未觉他话中暗藏的锋芒，语气毫无波澜："既然是委派他人，那楚大人可有合适人选了？"

"还没想好。"楚明允道。

苏世誉抽出一折奏表放在他眼前："既然如此，我这里倒是有个人选，楚大人不妨考虑看看。"

"洛辛？"楚明允只瞥了眼名字，抬起眼帘看向苏世誉，笑了，"他果然成你的人了？"

"同为陛下排忧解难，何谈是谁的人。"苏世誉平淡道，"这是旁人举荐的，我不过是转达。"

楚明允却不理他的话，慢声笑道："何必这么急着在军中培植势力？"

"何来培植势力之说，身为臣子自当……"

"我的人不也是你的人吗？"楚明允低低续道。

莲子清苦香气仍弥漫在齿间，他蓦地不知如何再开口，视线落在楚明允袖角的赤红莲纹上，半晌才波澜不惊地笑道："征伐之事我也算不得清楚，不过一点提议，楚大人无意就罢了。"

"我没说不答应你啊。"楚明允道。

苏世誉意外地抬眼看去，只见楚明允随手拿过奏表，弯眸对他笑了："既然你觉得洛辛合适，那就依你。"

这态度转变得实在让他茫然不解，但终究如愿，便敛下心绪告辞。苏世誉转身欲走，身后忽然响起的声音却将他的脚步定在原地。

"不过苏大人往后最好还是不要太关照别人了。"

苏世誉回转过身。楚明允手撑着下巴，笑得眉眼弯弯："否则我可保证不了自己会怎么想，怎么做。"

兵部动作迅速，不过几日便把物资备齐，兵戈锋利，铁甲生寒，粮草数车，战马健硕，只待一声令下，大军即可开拔。

临行前日楚明允把洛辛叫了过去："这几日准备得怎么样了？"

洛辛想了想："回禀大人，读过了《礼记》和《尚书》。"

楚明允神情复杂地看向他："你怎么不把《诗经》也看了？"

"啊？那个也要看？"洛辛呆了一下。

楚明允抬手按了按眉心："出征在即，你看那些东西做什么？"

"这……"洛辛坦诚道，"这是苏大人说要我多读书的啊，有什么不对吗？"

楚明允沉默一瞬，放弃了这个话题。

"兵部已经准备好兵符了，到时候你自己去领。"他抽出案上几本书递了过去，"这是淮南的地图和能用上的兵书，按此行动再差也错不到哪里去的。"他看着洛辛直眉愣眼的模样，顿了顿，冷声补充道，"这样若是都输了，你就直接在淮南自尽，不必回京了。"

洛辛忙双手接过书，闻言不但没有丝毫不悦，反而眉开眼笑："多谢大人，我一定不会让大人失望的！"

楚明允懒得再理，摆了摆手示意他退下。

长安郊外野岭寂寂，暗夜里一点灯火幽微。

杜越放下小铲子，低头专注研究着手中那株药草。秦昭随他半蹲下身，提灯凑近了些，以便他能看得更清楚。

一番来回打量，杜越笑出了声。"哎，终于找到了，不枉我三更半夜跑来刨山。"他起身，边小心抹净了根茎上的泥土，边对秦昭抬了抬下巴，"谢啦！"

"没事。"秦昭跟着站起，看着毫不起眼的碧草，"你费力找的就是这个？"

"就是这个？"杜越压着嗓子学他平板的语调，"你知道这有什么用吗？"

秦昭摇了摇头。

"我师父独门秘方！就这一株，制成了药我能把你和姓楚的都放倒几个月！"杜越得意扬扬地摇了摇药草，"怕不怕？"

"叶师父的确厉害。"秦昭点了点头。

"喂，秦昭，你再这样我真的跟你聊不下去了。"杜越翻了个白眼，把药草包好，正要收回怀里却被秦昭拉住，他纳闷道，"干吗？"

秦昭一手握着他手腕拉到眼前，一手取出了方净帕，帮他擦起了沾满泥尘的手。

杜越便摊开手掌，心安理得地让他伺候。山间虫鸣隐隐，杜越百无聊赖地盯着秦昭低垂的眉眼，半响，忽然开口道："秦昭，你这样倒是忽然让我想到我表哥了。"

秦昭沉默半响，才低声道："他也这样对过你？"

"差不多吧。"杜越想了想，"不过我表哥一般只是把手帕递给我，没帮我擦过。我娘交代过他不能惯着我，不然就揍我。"

秦昭一言不发，极其认真地将他指缝里的一点沙尘揩净。

"这么一想我小时候真是整天挨揍啊，哪像我表哥，字写得好，书念得好，脾气也好，我娘老是说让我学学他。"杜越陷入回忆，猛地道，"哎，不对，我表哥好像也被打过一次，还特别严重。按理说我表哥明明自小听话，可那次舅舅不知道为什么对他用家法，生了好大的气，打出满背血痕还罚他去跪了几天祠堂，我舅母心疼得哭了好几天呢。我娘那时候就吓我，说我再不听话就把我送到舅舅家。"

"好了。"秦昭收回帕子，松开了他的手腕。

"嗯。"杜越捞起地上的小铲子收拾好，"回去吧！"

秦昭点头跟在他身后，夜色中山林晦暗如魅。风过树摇，一阵簌簌声响，秦昭陡然目光一凛，将灯笼塞给杜越，抬手便将他挡在身后，戒备地盯向远处。

不明所以只是一刹那，紧接着杜越就听见了仓皇的奔跑声，伴着愈加粗重的喘息声，一声紧促过一声，几乎快喘不过气来，依稀听得出是女子的音色。

杜越探头去看，树影交叠下一道人影跌跌撞撞地向他们这边跑近，还不住地往后惊恐地张望着，转头间看到前方有人，不管不顾地疾赶了上来："救我……救救我……"

杜越一把按下秦昭欲拔剑的手，上前仔细察看跌扑在地的人，果然是个女子，只是形容狼狈至极，瘦弱的身躯剧烈起伏。她抬眼看见杜越，急忙抓住他的袍角："求求你，救我，救救我！"她话说得太急，猛地偏头咳出一口血。

杜越脸色顿时变了，摸出个小瓷瓶倒了一粒药，蹲下身给她喂了下去。

秦昭收回视线，抬眼看向远处，折下一截树枝反手掷出，瘦枝如箭，带出一道凌厉风声，狠扎入树中。半隐于树干后的人影大惊，稍一犹豫，随即闪身撤离。

那女子一阵猛烈咳嗽，竭力开口道："多、多谢，求你们……求求你们……"

"你想做什么？"秦昭问道。

"吸气。"杜越把着她的脉，提醒道。

"长安——"女子哑声道，"我要去长安，求你们……长安……还有多远？"

"这就是长安。"秦昭看着她。

"已经到了？终于、终于到了。"女子闻声挣扎着要爬起身，眼中隐约有亮光闪烁，"带我……去官府，去宫里，去找皇上！"她不住咳嗽，杜越帮她顺气，眉头皱得死紧。她固执地提声，一双眼紧紧盯向远处："救救我们，皇上，京城的大人们！我们淮南……已经变成炼狱了啊！"

秦昭俯下身去："淮南怎么了？不是正在打仗？"

"不是打仗，那不是打仗，那是恶鬼在吃人！他们不打，他们抢，他们烧了房子，他们都在杀人啊！"一字字像是从齿缝中挤出，女子不住地咳血，点点殷红溅开在草色上，"那群狗官的良心都被他们自己吃了！我爹不肯答应，不肯跟他们为伍，他们就一路追杀我全家！他们怕，他们不敢让我们到长安来！可是……可是我还是到了……"

秦昭神色凝重，正欲再问，女子突然攥紧了杜越的衣袖，手指用力到痉挛颤抖："你是不是大夫？你是不是大夫？你、求求你！救救我……大夫，我家人被杀光了，只剩我了……我不能死……我还没见到皇上，我还没……"

话音卡在喉中吞吐不出，戛然而止。

杜越只觉袖上一松，便见到女子瘫软地倒在地上，声响沉闷。他瞪大了眼，怔了一下，随即在身上不停翻找起来。

秦昭伸手探了探，果然已无鼻息，视线扫过女子的腰腹，他不禁微诧，轻按过后起身叹了口气，却见杜越动作利落地抽出卷袋，一手抚开铺展在地，冷冷寒光中抽出几根银针便要刺下。

秦昭拦下了他的手："够了。"

"放手！"杜越手腕用力，却挣不脱。

秦昭放缓了声音："杜越……"

"放开我，你放开我！"杜越恼了，扭头瞪着他，"她刚才还在叫我大夫，她求我救她！"

"她肺腑被震裂过半，能撑到刚才已是罕见，你还能怎么救？"

"我能救活，我手下就从没死过人！"杜越喝道。

"医者也终究会有不能救回的。"秦昭低声道。

杜越甩开他的手，上前半跪在女子身旁，冷光一晃而闪，施针处处精准，收手时却清晰触到那具身体凉了下去。他手指一颤，似是被冰到，杜越呆愣愣地盯了半晌，竟不知所措起来。

"杜越。"秦昭道。

"真的死了……居然这么快……"杜越怔怔地说。

"追杀她的人应该也是肯定她活不下去了，才会轻易撤退。"秦昭回道。

杜越恍若未闻，盯着女子睁大的眼，他伸出手抚过，却发觉对方不肯瞑目，一缕缕月光透过枝叶漏下，山林幽邃，女子的瞳孔逐渐涣散成了浑浊的灰白色。

"可她说自己不能死，她那么想活下去……如果我刚才动作再快一点,说不定会有机会,还是有办法能救她的……"

秦昭在他面前蹲下:"生死无常,这不怪你,我们应该习惯。"

"我不想习惯。"杜越声音闷闷的,好一会儿才小声道,"她刚才叫我大夫了。"

灯盏方才被搁放在一旁,在杜越单薄青衫上晕染出暖色。秦昭无端恍惚,不由得伸出手想去触那衣上灯火,直到听见这句话才意识到有些不对,他瞧着杜越的脸色:"你怎么了?"

"我手底下没死过人,一个都没有……"他话音卡了半晌,只道,"原来是这种感觉,居然这么快……"

秦昭搜肠刮肚也没能想出什么安慰的话,静静地看着他,目光一分分柔和、深沉下去,伸手揽住了他的肩头。

杜越有些僵硬,却没挣开,半晌将头抵在了他肩上,深吸了口气,低低道:"我第一次听人叫我大夫。"

他声音太低,秦昭没听清楚,刚要低头询问便听杜越道:"秦昭你别动,我就靠一会儿。"

"好。"秦昭应道。

弦月西下,天光破晓。

楚明允斜倚着窗,远望黑羽鸟振翅飞远,又收回目光看向推门而入的秦昭:"怎么了?"

秦昭几步上前,一眼看见他手中握了张纸:"哪里又有消息了?"

楚明允漫不经心地扫了眼:"你先说你怎么了。"

秦昭将昨夜里那女子的话仔细复述了一遍,楚明允盯着手中信纸,唇边浮现一丝笑意,似是饶有兴致。待秦昭话音落下,楚明允点了点头,才道:"朝廷派洛辛征讨淮南的军队,眼下如何了,你猜猜看?"

秦昭想了想:"他们出发已过半月,应该是抵达淮南与叛党交战了。"

楚明允笑了声。"猜错了。"他将信纸递给秦昭,"那支军队在抵达淮南的第二天就不见了,同淮南王叛党一起,一夜之间就凭空消失了。"

"他们消失得毫无痕迹,被叛党所占的城池,也成了空城。"他直起身，边往内屋走去边脱下外袍，信手抛到一旁桌上。

秦昭见他动作，诧异道："师哥，你干什么？"

"更衣，"楚明允一手松开衣襟，头也不回，"进宫。"

秦昭把信放下，走出了屋还不忘回身将门关上。

回廊下仍点着灯，禁军统领疾步走上前来，对秦昭恭敬道："劳烦首领通报一声，陛下命主上即刻入宫。"

朝廷派去了七千士卒征讨淮南叛党，如今却兵戈未动地踪迹全无，何况还是同叛党一齐凭空消失。一时间千万种揣度盘桓在众人心头，唯有一种猜测在触不到底的朦胧空白中反复闪过，渐渐清晰，呼之欲出。

"洛辛叛变！"

殿中一语笃定，岳宇轩出列，继续道："陛下，这一切再显而易见不过。我大夏军队训练有素，从来都是见兵符行动，如果不是持有兵符之人下令，怎么会出现全军都失踪的情况？"

百官多是点头附和。陆仕也认同道："的确，哪怕是夜里遭到突袭，七千人，也总该有几个生还的。更别说那叛党，消失得实在是让人摸不着头脑。"

"是洛辛叛变的话，那就没什么摸不着头脑的了。"岳宇轩道，"他在长安的这些日子辛苦伪装，说不定就是为了博取信任，好从朝廷偷走机密、带走军队给淮南叛党。"

几个臣子忍不住道："早就说他是淮南王余孽，带回来任用就是引狼入室。"

"正是，况且我们兵部里尽是机密，也不知道被他知道了多少。一旦被叛党掌握了，那后果可是不堪设想！"

"怎么就全都认定洛辛反叛了呢？"兵部侍郎许寅忽然开口，"再怎么说，洛辛可是苏大人亲自从淮南带回来的人啊。"他语气不阴不阳，言辞中偏生出一种暗示来。

苏世誉神情淡然，毫无波澜地看了一眼，并不开口。

几个苏党官员急忙替他辩白:"陛下明鉴,洛辛那副样子实在蛊惑人心,苏大人也只是无辜受骗啊!"

有楚党官员冷笑了声:"苏大人这般人物,也是会跟我们一样轻易看走眼的吗?"

"你这话是什么意思?"陆仕大为不满,提声道,"你是想说苏大人是存心放洛辛入朝的?是不是还想说洛辛的事苏大人也有责任?"

"陆大人少安毋躁。"许寅道,他看向楚明允:"兵家之事,这朝堂上谁也不如楚大人清楚,不知楚大人如何看呢?"

他这话抛得巧妙极了,眼下两方虽针锋相对,可苏党毕竟是受累处于劣势,苏世誉又默然不语,此时只消楚明允的一句打压,苏党多半无力相抗。

可楚明允闻言却蹙了眉,不耐烦地瞥去一眼:"出征讨伐的人是我选的,你觉着我能怎么看?"

许寅顿时变了神色,张了张嘴答不上话,只得讷讷地退回位上。

捉摸不透这两党大人的态度,百官中无人敢再擅自开口。适才还激烈争执的殿上转眼安静,御炉香雾无声缭绕。

李延贞端坐上位,头疼无比地扫视其下,半响,他终于开口打破了僵局:"许爱卿所言也有道理,楚爱卿不妨说一说吧。"

"臣没什么看法。"楚明允干脆道,见众人面面相觑,复开口道,"淮南到底境况如何谁都不清楚,与其白费力气争执猜测,还不如尽快决断应对。"

他话音方落,苏世誉轻叹了口气,走到殿中跪下:"洛辛既然是臣所举荐,而今事出如此,臣自然难辞其咎。臣愿亲往淮南,查明事由,还望陛下准许。"

楚明允转头看向他,眸光浮沉不定。

思索片刻,李延贞只得点了点头:"好,如此朕也就安心了,只是要辛苦苏爱卿再奔波劳碌。"

"臣职责所在。"苏世誉道。

楚明允忽然出列,撩袍挨着苏世誉跪下,道:"既然淮南局势动荡不稳,叛党又行踪不明,还望陛下准许臣同苏大人一同前往,整顿南境兵事。"

苏世誉诧异地偏头看他,楚明允仍望着上位,神色自如,只是在得了应允后微微扬起了唇角。

朝会散去,他们走出金殿,苏世誉才开口问道:"楚大人手下良将众多,为何忽然想要亲自去淮南整兵?"

"你不也是要亲自过去吗?"楚明允笑道,他看了眼身旁的人,忽而似是感慨,"只是没想到,苏大人还真是半句都没有要维护洛辛的意思。"

苏世誉淡淡一笑:"岳大人所言本就是有可能的情况,我为何要刻意维护?"

"哦——"楚明允意味不明地笑了声,"我早知事必躬亲的人难以信任谁,只是没想到苏大人会连自己择选委任的人都信不过。"

殿外薄雾初散,御柳蒙蒙。苏世誉微敛眸,笑道:"坦白而言,我识人的眼光算不得多好。"

他顿了顿,轻描淡写地转了话题:"不过说来淮南之事,终究也有些好的方面。叛党隐蔽不动,战事暂休,西陵王得以喘息自稳,局势安定下来,但愿直到我们抵达淮南前都不会再出什么动乱。"

楚明允似笑非笑道:"哪怕之前没有动乱,我们到淮南后也该有了。"

苏世誉看向他:"楚大人所言何意?"

"苏大人还打算随车队上路吗?"

苏世誉不解:"不然要如何?"

"车队抵达时有兵卒开路,官府相迎,能见到的也不过是旁人想让你见的表象。"楚明允慢悠悠道。

"那楚大人有何打算?"

"你先答应我?"楚明允笑吟吟道。

"你先说说看。"苏世誉道。

楚明允停步,转身正对着苏世誉。"让车队照常上路,而我们隐蔽身份先行启程。"他抬手搭上苏世誉的肩头,扬着唇角低声道,"只有你和我两人,如何?"

苏世誉抬眼,正对上他眸光灼灼。

宫廊下,宫娥小心翼翼地轻唤了几声"娘娘",姜媛才迟缓地将视线从远处那对身影上收回。神色晦暗不明,片刻,她无声一笑,抬步继续往宣室殿走去。

殿中纱幔重掩,安静无声,李延贞放松身体后靠在椅上,神态疲倦,见她来了只招了招手,并不说话。姜媛心领神会地绕到他身后,动作轻柔地帮他捏着肩,亦眉头紧锁,不发一言。

李延贞纳闷地回头看她,笑道:"朕是烦恼淮南不得安宁,可你这副模样,倒像是有比朕更烦恼的事情?"

姜媛犹豫一瞬,慢慢地摇了摇头。

"究竟怎么了?"李延贞道。

姜媛看了看他,又低垂下眼:"臣妾也只是妇人之见,不知当讲不当讲……"

李延贞彻底被勾起了兴致,温和道:"但说无妨。"

略一沉思,她谨慎开口:"陛下,是否觉得苏大人与楚大人走得过近了些?"

不由自主地想起方才那两人并肩跪于金殿中的画面,李延贞皱了皱眉,没有答话。姜媛偷瞥了他一眼,便慢慢续道:"臣妾方才来时,不经意望见苏大人与楚大人在讲些什么,他们两人离得极近,臣妾看不分明,只觉得甚是亲近……"

"你的意思朕明白了。"李延贞打断她的话,语气仍温温和和,姜媛忙噤声。

片刻沉默,他轻叹了口气:"苏家多年扶持朕,苏爱卿更是如朕兄长一般,他的忠心恐怕无人能望其项背。何况苏党多年为朕制衡朝野,与楚党有私对他而言无异于叛君,他绝不会如此。"

"可是……"姜媛还欲再说什么,李延贞忽然伸手覆上她的手,问道,"那次冬至大典天禄阁钥匙失窃的事,你可还记得?"

心头猛地一跳,姜媛垂眼掩去那丝慌乱:"臣妾自然记得。"

"那时诸位爱卿都对你生疑,朕说信你,便绝不再追究。"李延贞握了握她的手,"因此,朕既然说了信苏爱卿不会有叛君之嫌,往后就不要再提起了。"

姜媛低声应道:"是。"

"公子为何要答应他?"管家苏毅盯着正收捡棋盘的苏世誉,难以接受,"那楚太尉行事诡谲难测,他要跟您单独前往淮南,难保不会有阴谋啊。"

苏世誉将莹润棋子一枚枚收捡回盒中,淡然一笑:"我自有分寸。车队那边有苏白跟着,你无须过忧,朝中若有事照旧联络即可。"

这语意已然是不容更改,苏毅也不便再说,只得无奈应声。

隐隐约约的嘈杂人声穿过窗,苏世誉侧头望去,不远处池塘一顷碧水,几个人正忙碌:"那边在做什么?"

苏毅随着看去一眼,答道:"公子也知道,原先池子里种的那些稀奇花草都是夫人亲自寻来照料的,夫人过世后下人们不懂诀窍,养不出之前的灵巧样子,到了今年,实在是活不成了,属下就差人清理了。"

苏世誉颔首,凝望那绿波荡漾,忽然道:"这方枯塘清理后就不必再费心寻找先前的了,种些别的也好。"

"那公子想要换种些什么?"苏毅问道。

"莲花吧。"苏世誉蓦然想起一点幽然檀香,不觉露出笑来,"红莲。"

章十三 —— 知交

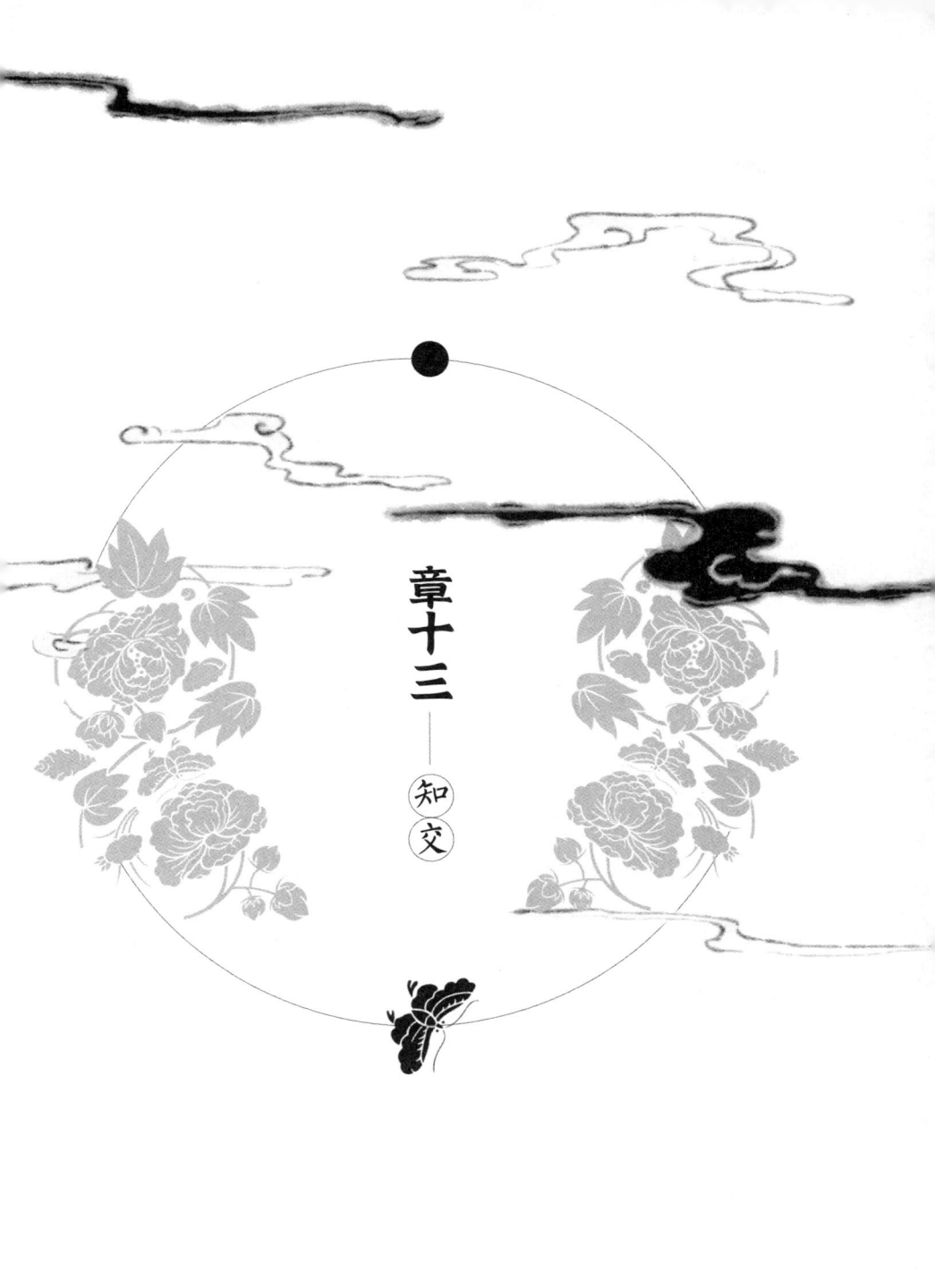

掩人耳目地出了长安,一路南下,几日行尽芊绵平野,旋即改为水路,他们如游赏烟霞的富家公子般租下一画舫,便走汤汤汉水,顺流东行。沿途只听闻淮南日渐安定,再无叛党异动。

船外天水一色,烟波浩渺,舱内矮几上摆着棋枰,苏世誉正独坐着与自己对弈。随船侍女悄声上前为他添满了茶,苏世誉对她客气一笑,又忽然想起什么,道:"请问如今距襄阳多远?"

"离襄阳很近,明日就会经过的,您可是要在那里停歇一日?"侍女得了苏世誉应许,便自觉退下。

身后忽而响起楚明允的声音:"你去襄阳做什么?"

"有位友人如今正在襄阳,依照约定去看望一下。"苏世誉顿了顿,回头看他,"你又在吃什么?"

"红豆酥。"楚明允一手端着青瓷小碟,抬了抬下巴,"吃不吃?"

"不必了,你吃就好。"苏世誉笑了声,视线落回黑白纵横的棋枰上。

楚明允随手将小碟搁在案上,偏头打量着棋局:"不如我陪你下?"

苏世誉并不抬眼,只淡淡笑道:"我可不同手上沾了油的人下棋。"

楚明允微挑了眉梢,直接在他对首坐下,取过黑棋便落下。

苏世誉抬眸深深地看了他一眼,沉默一瞬,抬手也拿过一块红豆酥放入口中。

"好吃吗?"楚明允笑意盈盈地瞧着他。

"不错。"苏世誉应道,低眼端详棋局,"过后记得将棋子洗净。"

"嗯。"

"你洗。"苏世誉温声补充道。

"行。"

襄阳因地处襄水之阳得名,有汉水穿城而过,分隔两岸。

天光晴好,绿杨栖莺,街市上更是熙攘,摊铺酒楼高声吆喝揽客,绣楼乐坊中隐约传来琴瑟乐声。

闲步走在繁华街巷里,楚明允看向身旁的苏世誉,忽然笑道:"淮南前景不明,朝中政务移交属官,眼下你我却在这里偷得清闲,不知道算不算是御史大人带我渎职呢?"

"难得楚大人会有此想法,"苏世誉笑了笑,"既然如此,回朝后我定当上奏弹劾你。"

"啧。"楚明允道,"你还真是不担忧淮南的事了?"

"我只是觉得楚大人先前所言的确有理,"目光随意扫过画楼上的抚琴女子,苏世誉道,"沿途听闻的消息也足以证明叛党之乱另有深意,大概在你我抵达淮南前是不会生出事端了。而淮南王本身就疑点诸多,并非一时半刻能想透,倒不如抽空来见一见朋友。"

楚明允不禁微蹙眉:"听起来倒像是位重要的朋友?"

他正要回答,身后忽地响起一道柔亮嗓音。

"苏哥哥!"

他们回身看去,不远处柳荫下挥手的清丽少女顿时笑了,忙提裙跑来,到近前时一步未踩稳身形一歪,被苏世誉手疾眼快地扶住,少女抓着他的手臂站稳,似是扭疼脚踝般眉宇一皱,却仍仰头笑道:"苏哥哥。"

"小心些。"苏世誉收回手,"你怎么没在乐坊教习?"

"我出来购置些替换的蚕丝弦。"少女道,"刚才还以为看错了,没想到苏哥哥真的来了襄阳。"

苏世誉应了声,又看向楚明允:"这是澜依,是在乐坊里教导的琴师。"

"你所说的那个朋友?"楚明允瞧着澜依道。

"是我。"澜依对他笑了笑,转而又看向苏世誉,嗔怪道:"苏哥哥整日繁忙,如今可算是有空闲来找我了?"

"只是停留片刻。"苏世誉道。

"这么快？"澜依道，"那别在街上逛了，苏哥哥去我那里坐坐吧。正好新谱了几首曲子，你帮我听听看。"

"也好。"苏世誉颔首，转而见楚明允紧蹙着眉，他微一犹豫，还是道，"那……"

"嫌我碍事了？"楚明允笑了声。

"怎么会。"苏世誉淡声笑道，"我有些事要问澜依，失陪片刻，楚大人不妨先随意逛逛。"

"我对逛街没什么兴趣。"楚明允看着他说道，清清淡淡的语气。

苏世誉一时答不上话，只听闻绣楼上的琴声细细悠长，娇滴滴的女声唱着"采莲南塘秋"，日光透过绿柳，明亮地投落在三人身上。

行人往来络绎，他们之间气氛僵持，难免惹来些好奇目光。澜依目光在他们俩身上徘徊，终于小心出声道："苏哥哥？"

苏世誉恍然回神，看了眼澜依，轻描淡写道："我送澜依回去，稍后就归。"

"好。"楚明允不带语气道，目光落在澜依身上，话仍是对苏世誉说的，"我回船上等你。"

未等他应声，楚明允转身离去。

光影便从他肩头滑坠，跌碎成满地斑驳。苏世誉收回视线，看向澜依："还能自己走吗？"

澜依低头看了看自己的脚，余光不经意闯入一道墨蓝色背影，想了想还是缓缓摇头。耳际只听苏世誉叹了声"失礼"，继而身体一轻，竟是被凌空抱起。澜依顿时一怔，越过苏世誉肩头望见那人停步回首，定定地看着他们。

她心头一颤，忙扭回头避开那视线。

步入乐坊楼榭中的居室，丝竹曲乐之声弱不可闻，小婢女引路奉茶后便红着脸退下，就只剩了他们两人。

澜依看了眼正四下打量的苏世誉，尴尬地咳了声："劳烦公子了，可以放我下去了。"

苏世誉瞥了她一眼，将她放下，理了理袍袖："许久不见，你崴脚的演技还真是越发精湛了，若不是知道你每次要支开旁人都用这招，连我几乎都要被你给骗过去了。"

"哪里哪里，"澜依连声谦虚道，"只可惜这次还是没能正好跌进公子怀里。"

苏世誉笑了声："若是如此，下次我不扶你便好。"

"不不不，那怎么行，公子这般君子，还是要怜香惜玉一下啊。"澜依厚着脸皮道，然后顿了顿，又忍不住问，"方才那位是楚太尉？"

"是他。"

"果然名不虚传。"澜依不由得后怕，"虽然不知为何，但凭他方才看我的眼神，如果不是在街市上不便下手，我绝对已经横尸在地了。"

苏世誉轻轻一笑，并不答话，而是顾自拿过茶盏落座："说正事吧。"

澜依正了神色，撩衣跪下，恭敬道："属下参见公子。"

这世上培植势力的办法多不胜数，有楚明允一手严密组建的影卫，也有苏世誉手中的门客。并无太多拘束，人人融于无痕，在天下织成一张隐秘罗网。

"依照规矩，行经你们所在之处我自会联系，这次怎么来寻我？"苏世誉道。

"不瞒公子，我早在城中布满了眼线，公子今日一出现在渡口就有人来通知我，我这是半分也不敢耽误地赶来见您的。"

苏世誉微皱眉："这么着急，是朝中出事了？"

澜依摇摇头："朝中并无大事。苏毅管家之前发信来说与公子失联，派去传信的人都没了下落，管家担心您出事，再三叮嘱我确认您的安全。"

"可我出发以来从未收到过信。"苏世誉道。

"管家给我的信里还说同时又派了三人沿途寻您，公子难道也从没见过？"澜依惊诧道。

"看来是被人阻截了。"答案早在心中随话音浮现，苏世誉捏着杯盏沉默片刻，末了敛眸轻笑了声，饮下茶水。

澜依不明所以地望着他,忽地想到什么。"对了,"她道,"属下疏忽,虽无什么大事,但管家在信中提到件事。公子离京后,朝中推举补任魏松户部尚书职位的人选,管家不知公子意思,不敢擅自动作,争执许久,最终落在了楚党手里。"

"我知道了。"苏世誉淡淡道,"你安排一下,另找人来转达消息,其他的我会想办法解决。"

"是。"

苏世誉搁下茶盏,起身道:"既然没有别的事,我先回去了。"

澜依跟着起身,送了他两步,到门前实在又忍不住出声:"公子。"

"怎么?"

"那个……"澜依移开视线,吞吞吐吐道,"公子,这次怎么不见苏白跟着您呢?"

苏世誉看着她,了然道:"你想见他?"

"鬼才想见那个没脑子的,"澜依脱口而出,"他不在感觉清净不少,我就随便问问。"

苏世誉笑道:"我也想着你大概不愿见他,就让苏白待在长安了。"

"什么?"澜依猛地看向他,"公子,不、不能这样吧,我其实也没那么烦他……"

"你们两个一见就吵,还是离得远些为好。"

澜依盯着他,半天,满面纠结地憋出一句:"别啊……"

苏世誉不禁摇头笑了,抬步离去。

"公子!"澜依在身后急道。

"苏白跟车队在后面,再过几日大概就到襄阳了。"他头也不回地道,语气温和,身影已走出老远。

江面上波纹粼粼如碎金,水光映山色。楚明允视线似落在遥不可及之处,素白指尖有一下没一下地轻点在船舷上,顾自出神。

出乎意料。

又或者是苏世誉那拒人于千里之外的模样看得久了,才会忘了这点。他在京中形单影只,并不意味着私下里没有倾心相交的知己。

苏世誉心防远高于长安的百尺城墙,又何止固若金汤。因此他不急,来日方长,他有足够的耐心等苏世誉相信。

他却从不曾想过,也许他的确不够了解苏世誉,也许苏世誉并不孤寂,更不需要他来叩问。

手指落在船舷上,不觉微微扣紧。

熟悉的脚步声由远及近响起,楚明允转过身去。苏世誉停步,向船舱里扫去一眼,又看向他,笑道:"还没用晚饭?"

楚明允点点头:"不是说了我等你?"

苏世誉淡淡一笑,唤来侍女温酒布菜,他与楚明允在桌旁对坐,却无端沉默,各有所思。

半晌,楚明允忽然开口:"你打算再多留几日吗?"

"这倒不必,明日就可继续行船。"苏世誉道,"楚大人放心,不会耽误行程。"

楚明允撑着下巴,偏头瞧着他。

苏世誉不自在地轻咳了声,放下杯盏起身:"我先回房了,楚大人早些休息。"

皓白身影便消失在了门后,窗外落日坠入江心,天色暗下,灯盏点起,遥遥地听闻绣楼隔江传来的歌。又是那阕曲,唱着——

> 采莲南塘秋,莲花过人头。
> 低头弄莲子,莲子清如水。
> ············
> 海水梦悠悠,君愁我亦愁。
> 南风知我意,吹梦到西洲。[①]

---

① 出自《西洲曲》。

次日一早，乐坊里的那个小婢女便登上画舫，由侍女引着来见苏世誉，边道是澜依姑娘送来的心意，边递上个刺绣精美的香囊。

苏世誉颔首接下，捏到了藏在香囊中的纸页轮廓，他声色不动，抬眼正对上一旁侍女的目光。这个随船侍女的模样陌生，对视间她恭敬垂眸，几不可察地点了点头。苏世誉当即了然，客气谢过了小婢女，再无须多言。

转身时正望见楚明允斜倚着船舷，没什么表情地瞧着他这边，见他看来，转而又偏过头去催促开船。

桂棹兰桡破碧波，一日顺流行百里。

风从半掩的窗流入，捎来潺潺的行船水声。舱内安静，偶有棋盘落子的声音响起，瑞兽香炉吐出细长烟缕，淡淡地融入空气。

楚明允合上书搁在矮桌上，侧头看向身旁。苏世誉又在同自己对弈，指间一枚莹润白子，垂眸沉思的模样，但已经许久没再落子。他扫了眼棋枰，并不是什么有难度的局势，将目光移回苏世誉脸上，忽然想到对方可能所思之事。

难平心火，楚明允蹙紧了眉，干脆开了口："既然依依难舍，苏大人何不把那红颜知己带着一同上路，还怕我介意吗？"

苏世誉一惊，回过了神，将棋子握回掌心，道："淮南乃祸乱之地，又不是什么好去处，何况澜依也有事务在身，不便同行。"

听他没有否认"知己"一词，楚明允轻哼了声："久别重逢，只见这匆匆一面，岂不是太可惜了？"

苏世誉终于听出他语气不对，转头看着他，莫名其妙："可惜什么？"

"倒不如我给你出个好主意，你便留在襄阳好好同知己叙旧，淮南之乱我独自前去，一样能轻松料理。成人之美，岂不乐哉？"

苏世誉明白过来，无奈笑道："澜依不过与我兴趣相投，还谈不上'知己'二字。"

"哦？"楚明允偏头看他，微微眯起眼，笑盈盈地道，"苏哥哥？"

苏世誉不禁手一抖，仔细地打量着他的神情："你这是怎么了？"

"我想不明白。"楚明允低声道。

"什么？"

"她和你站在一处很奇怪。"

苏世誉身形微微紧绷，脑中迅速掠过白日里的情形，试图寻找他和澜依可能露出的破绽，面上仍不动声色地问："哪里奇怪？"

"她太寻常，看不到你眼中的事物，我不觉得你会对这样的人敞开心扉。"

苏世誉轻轻笑了："楚大人这话，倒像是很了解我？"

楚明允也跟着笑，眼睛紧盯着苏世誉，几乎有些咄咄逼人了："不管你愿不愿意承认，苏世誉，你和我是一样的人。"

再直白不过的一句话，苏世誉手指一动，一直握在掌心的棋子落下，敲在船板上声声回响，滚得远了。

苏世誉没有去管，只看进楚明允眼底，看到他流光溢彩的一双瞳眸，深深映出船窗外的山川河流，而最多的还是自己静默的模样。

仿佛是一场经久的对峙。

沉默良久，辗转的思虑悄然落定，似是下了什么决心，苏世誉忽然轻笑道："按你的说法，我应该对你敞开心扉？"

"不好吗？"楚明允反问道。

苏世誉移开了目光，淡淡开口："你提议和我单独前去淮南，一路上形影不离，为的是拦截我与京中联络，方便你在朝中行事。"

这并非疑问，而是笃定。楚明允身形僵住，一时没出声，苏世誉就顾自续道："当初你蓄意接近我，不为什么倾心相交，而是为了方便你正大光明地搜集我的情报。

"那时你遣散府中美姬，也不为我如何看待你，只是为了顺水推舟地处理各方送来的细作。而她们，大概都已经死了。"

他顿了顿，露出一个极深的笑，前所未有的情绪流露明显，如一片雪地清冷里灼灼怒放的梅，与以往任何时候都不同的苏世誉，唯有声音仍旧温和："我所知道的，远比这些要多。"

"我——"

"不过这些,我并不在乎。"

他再度看向楚明允,轻轻地笑了,是无限温柔、毫无伪饰的笑容,他向楚明允伸出了手。

楚明允愣住,不可置信地看着他,脑中竟成了空白,分不清是梦境还是真实。

苏世誉便耐心地等待着。

然而楚明允开口的第一句话却是:"不。"

苏世誉微微一怔。

楚明允盯着他仍未放下的手,毫无动作:"我不需要朋友,更不需要你来做朋友。"

这行为很矛盾,苏世誉忍不住在心底嘲笑自己,而他居然真的能够理解。

苏世誉收回手,反倒像真正卸下了枷锁,放松地笑道:"那就不做朋友。"

楚明允的目光缓缓上移,停在他的脸上,再开口时,声音遥远得如同梦境:"那会一直如此吗?"

在江上若隐若现的波涛声中,船舶仿佛人世洪流中的一叶孤舟,苏世誉听到自己的声音响起,回答道:"会。"

分明他想得出成百上千种办法来应对楚明允的计谋,却偏偏选了最损己的一个。

他清楚缘由为何,是人之贪念,糊涂至极,偏又不可休。纵然空梦一场,也算作圆满无憾。

入夜,船外江水潺潺,良久寂静,窗棂脆响突兀而起。苏世誉侧头看去,望见一只黑羽鸟撞开了窗,足上绑着传信竹筒,他伸手捞过枕边玉簪抛出,玉簪凝力,如箭般一刹刺中,黑羽鸟嘶鸣一声跌出窗外。

次日,随船的侍女照常伺候两位公子早饭,分明感觉到这两人发生了微妙的变化,可她留意观察,他们的言谈举止似乎又和先前并无不同。直到早饭用罢，侍女也没能琢磨出个结果，只得收拾托盘，怀抱着困惑离去了。

今日便能进入淮南境内，在下船前最后的空闲时分，楚明允先缠着苏世誉下了几局棋，便在矮几前安分坐下，铺开了纸。

苏世誉闲敲棋子，转头端详他的字迹，锋锐有力，一字字看过，忽而惊觉："你是在默写兵书？"

"嗯。"楚明允应道，"是之前给洛辛的那本，先写下来，他若是用了其中计策，等等也方便对照查明。"

苏世誉点了点头，仍旧看着他写。

楚明允撩袖蘸墨，看了他一眼，笑道："你看过这本书？"

"从前看过，还有些印象。"

"从前？"楚明允微挑眉，"你十五岁跟你父亲征讨匈奴的时候？"

苏世誉敛眸，淡淡应道："是那时。"

"那曾去过凉州吗？"楚明允问。

"当年父亲派我征讨的正是凉州城。"苏世誉道，却见他点了点头，并无再问的意思，稍一犹豫，还是温声续道，"匈奴败退后，凉州因宇文骁屠城已经成空的了，不过那些尸体都命士兵们安葬了。"

楚明允垂眼看着宣纸，难辨悲喜，他落笔动作丝毫未停，片刻后忽然开口："城楼上果真吊着一个女人？"

苏世誉顿时了然些什么，看着他沉默一瞬，颔首道："是，连父亲也说那是个奇女子，本想试着寻她家人收殓尸骨，可惜时日太久，已经辨认不出样貌，最后只好由我亲手将她收殓安葬了。"

"那倒还不错。"楚明允点头，笔下却生生顿住，浓郁墨色在白宣上缓缓晕开，半晌他忍不住笑道，"还记得小时候我跟阿姐打架，每次她都扬言要把我挂在城楼上打，没想到最后被吊上去的人反而成了她，也是活该。"

他轻描淡写到了近乎漫不经心的地步。苏世誉不禁皱了眉，轻声道："我还记得坟冢立在何处，你若是有意，可以去看看她。"

"看阿姐是肯定的事。"楚明允抬眼看他，弯眉一笑，"但现在还不到我能去见她的时候。"

话意颇深。苏世誉不再问，笑了笑收回视线，将指间一子落下。

黄昏时分画舫抵达了淮南边界，他们改换大路蒙混入境，眼看天色已晚便决定在凤台县暂歇，粗略估算，距淮南主城寿春已只剩不过几日行程。

客栈里生意兴隆，楚明允将房钱搁下，目光随意掠过笑谈的食客们，侧头问掌柜："淮南不是前些日子才遭过叛党动乱，你这儿怎么还这么热闹？"

"客官您也说是前些日子了，现在这动乱不都没了吗？"掌柜边收钱边笑道，"也多亏了西陵王防守得好，仗都打在了寿春那边的几城，根本影响不到咱这凤台，谁还在意它呢？"

楚明允微蹙了眉，与苏世誉对视一眼。

掌柜抬手招呼跑堂小二："来，楼上空的那两间上房，带这两位客官过去。"

苏世誉推开窗放眼望去，夜幕低垂，新月未满，长街上灯火通明，远处有渔舟唱晚，一派和乐景象，丝毫不见动乱之态。

身后忽然响起轻轻的叩门声，那个随船侍女见他开门，下跪一礼，压低了声音道："公子请随属下来。"

苏世誉瞥了眼隔壁客房，悄无声息地掩门离去。

一株长势倾斜的树遮住青石小巷里的大半月光，巷子尽头昏暗，小屋里却烛火煌煌，另几个早已等候在此的下属齐齐跪下行礼。

屋子正中的桌案上搁着一个罩严了黑布的笼子，微弱而凄厉的鸟鸣声隐约传出。侍女上前拉开了厚布，露出铁笼里那只不起眼的黑羽鸟，它脚上绑着传信竹筒，正暴躁不安地乱撞。

"这种专门饲养的鸟机灵得很，属下们先前都不曾见过，始终无法将信取下，不敢擅自行事，只好请公子决定。"侍女歉然道。

"为何不能取下信？"苏世誉问道。

"这鸟似乎能凭气味辨人,一碰就会挣扎,逼得急了甚至还要把信啄破,属下实在是无能为力。"

苏世誉点了点头,打量了那黑羽鸟片刻,然后打开笼门探手进去,一旁的侍女忙出声提醒:"公子当心,它啄人可厉害!"

苏世誉慢慢地伸手接近,就在即将掐上那鸟的脖子时,黑羽鸟却忽然止了叫声,歪过头甚是乖驯地蹭了蹭他的手指。

屋中其他人惊得慌忙全都跪下,生怕苏世誉责问,抢先开口道:"公子明察,属下绝无欺瞒劳烦公子之意!大、大概是它撞得太久混乱不清了,才把公子错认成主人……"

苏世誉神情微妙地收回手闻了闻自己的指掌、袍袖,没找出什么别样气味却忽然想到了什么,随即收敛心神,平淡道:"我知道了,不怪你们。"

众人松了口气,这才起身。

他取下黑羽鸟脚上的密信,那鸟便顺着他的手臂跃至肩头,似是亲昵地叫了两声。

信纸展开,是熟悉的锋锐字迹,苏世誉慢慢看过,眉头不觉一点点皱紧,面上常有的那丝笑意也淡去。

侍女不安地揣测着他这神情,只觉何其细微却又极其复杂,终是无果。

末了只见公子放下密信,良久,轻叹了口气道:"狼子野心。"

苏世誉提过备在一旁的笔,任侍女上前铺开信纸,沉吟少许后仿照着楚明允的字迹落了笔。他将信写好塞入竹筒,又把黑羽鸟放回了笼中,这才转头吩咐道:"稍后整理一下就放它飞走,往后无论往来,都拦截下回报给我。"

"属下明白。"

子夜时起了细风,顺着皎洁月华偷进了窗扉内,有些许微凉。苏世誉合眸许久,却全无睡意,只是听着楼外打更声出神。

寂静中忽然听见窸窣声响,停在了床畔。

苏世誉睁开眼，正对上楚明允带了笑的眼，月光朦胧似薄纱，皎皎银霜擦过鬓角，眼前一片朦胧："怎么了？"

楚明允半蹲着，伏在床边看着他："我自己睡不着。"

"是吗？"苏世誉不禁笑了，"那你之前是怎么睡的？"

他微微蹙眉，声音低了点："之前也不算睡着，总是要做噩梦，还要提防着周围，安不下心。"

苏世誉沉默一瞬，从床上坐起了身，正对着他："什么噩梦？"

楚明允蹙紧了眉，认真思索了半晌才道："梦到元宵都成咸的了，实在是太难吃了。"

苏世誉道："回你房里去。"

楚明允笑出了声，脱了靴子直接上了榻，在他身旁坐下："就不。"

眼看苏世誉又要开口，他抢先卖乖："世誉——"

"楚……"

"苏哥哥，你真好。"楚明允笑吟吟的，得寸进尺。

苏世誉浑身僵硬，头皮都发紧，控制了再控制，无奈至极："好了，不赶你了。"

楚明允低低地笑，连带着肩膀都微微发颤，半晌，笑声逐渐转为一声长叹，方极轻极低地开口："会梦到从凉州城往外逃的时候，地上都是血块和肉团，踩过去靴底都打滑，根本跑不快，可是后面的骑兵还在砍杀踩踏，又不能慢下来。"

苏世誉看到他的侧脸被月光映亮，平静，几乎没有表情。

"有个小孩非要拉着我的袖子，拖累得很，真恨不得把她一脚踹开。"楚明允道，"后来她脑袋飞了出去，血溅起来泼了我一身，那只手还拽着我袖子，真烦啊，白忍了那么久，还不如早点踹开。"

"世誉，我没有回头过。"他稍稍偏头，正对上苏世誉的目光，"那个梦做了无数次，我一次也没有回头过。

"因为我不能死，我必须活下去。"

苏世誉沉默着，手指动了一下，似乎想抬起，却又没有。

楚明允注意到了他的动作，笑了："如果你想安慰我，可以允许你摸摸我的头。"

楚明允果真往前凑了凑,笑得眉眼弯弯,低下了头给他。

苏世誉一言未发,终于慢慢抬起了手,犹豫着,落在了他的肩头。

章十四——淮南

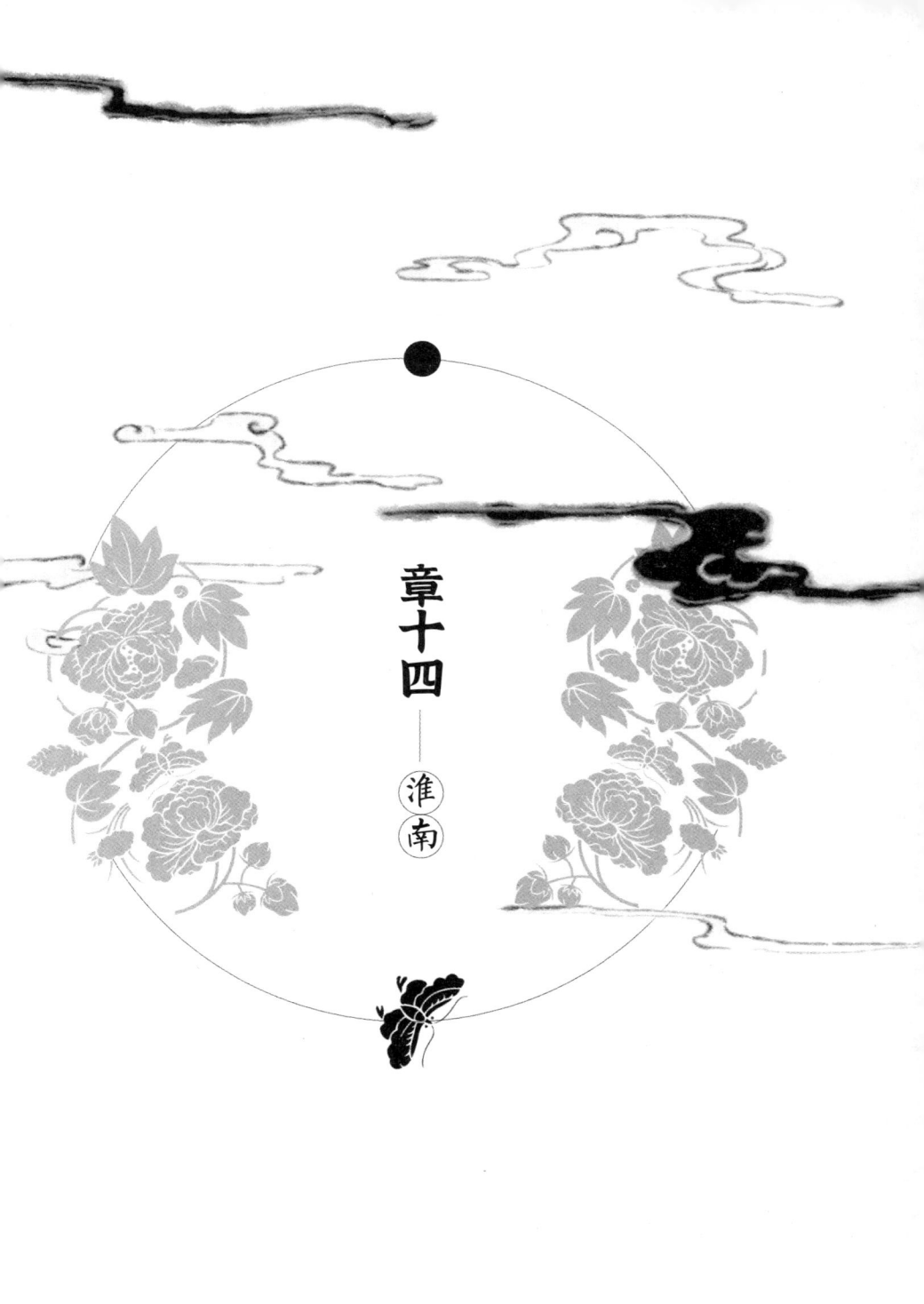

陌上花开，官道上人迹寥寥，独有一辆马车辘辘缓行。

车中的女子一手揽紧了怀中熟睡的孩子，一手从包袱中拿出小毯给他盖上。动作极是轻柔，孩子却忽然动了动，慢慢睁开眼，迷蒙了好一阵，才糯糯出声："娘，还没到家吗？"

"就快到了，马上就进城。"柳云姿将他黏在额角的碎发抚开，轻笑道，"姥姥家不好吗，子铭为什么非要闹着早点回来？"

"我想爹爹了。"子铭拉着小毯子从柳云姿怀里钻出来，坐到一旁，闷闷地道，"爹爹整天忙得都不陪我和娘了，还不让我们在家住，我都好久没见过爹爹了。"

柳云姿摸了摸他的头，目光温柔，却不出声。

子铭低着头，两眼直盯着挂在胸前的长命锁："感觉爹爹好像变了个人一样。"

"怎么会呢，"柳云姿垂下眼帘，柔声道，"你爹爹心里始终都是爱着我们的。"

"嗯。"孩子用力地点了点头。

柳云姿便笑了笑，再抬眼时却掩不去那丝深深忧虑，她正沉思，子铭又拉了拉她的绫罗衣袖："娘，我……"

马嘶声骤起，车子突然急刹而停。

只听得外面车夫高喊一声："夫人当心！"紧接着是重物滚地的闷响、金属撞击的厉响，一片嘈杂攘攘陡然将马车围拢。

柳云姿拉紧孩子，一把扯开车帘望去，碧空原野下不知从何处拥来了一群人，衣着破烂，形容狼狈，手中大多拿着柴刀或握着木棍，凶猛地冲了上来。车夫从地上挣扎站起想阻拦，立即被几个人压着按在地上动弹不得，余下的人便毫无阻碍地直向马车冲来。

"抱紧娘。"柳云姿把子铭搂在怀里，跳下了马车，瞬间扭转身形护紧了孩子，自己硬生生地跌在地上。她一刻不敢停就要站起，脚腕上却传来麻木的疼痛感，疼得她起不来身。

"娘……"孩子声音发颤，慌乱地想拉她起来。

"没事，别怕。"柳云姿反握住子铭的手，转头看到冲在前面的几人拥进了车厢里，挤着撕扯着包袱，不住地往怀里塞，还有人抓过小毯子，紧攥着就不肯松手。

后面有人已经钻不进去了，停步在车旁四下环顾，忽然听到清脆一声碎铃响，循声看去才发现半隐在车后的两人。孩子挂着的长命锁泛着纯银打制的莹亮光泽，坠在下面的小铃铛叮当作响。

那人直勾勾地盯着长命锁，扑上去欲扯。

孩子失声惊叫。

"请你别碰他！"柳云姿把孩子全然护在怀里，伸手拔下了金钗递过去，"这个给你。"

那人的动作忽然顿住了，对上她毫无惧色的眼睛，又不确定地仔细打量着头发散乱的女人。他猛地变了脸色，转过身提声高喊了什么，模糊难辨。

柳云姿这才看清，居然还有个女子混在他们中间，衣衫虽然陈旧，相比之下却整洁许多，也只有她提了把剑。女子闻声一怔，继而用剑鞘敲晕了要扯住她腿的车夫，大步走上前来。

不知是福是祸，柳云姿困惑地见那女子微俯身仔细看着自己，正欲开口，却听她厉声道："是她！"

咬牙切齿。女子拔剑出鞘，扬手就要狠狠斩下，一副想把她生吞活剥般的姿态，剑刃折射出一抹刺目的光。

柳云姿把孩子掩在怀里，别过头闭上了眼。

一声凌厉风啸擦耳掠过。

那柄剑"当啷"一声摔在地上，女子被震得退后两步，捂着流血的手看了看茫然睁开眼的柳云姿，又望向远处。

苍野碧空，古道行马，两个青年长身鹤立。蓝衣男人收回手，扬起唇角笑了声："还不错，角度刚好。"

女子低头顺着看去，草地上赫然一截沾血的断枝。无论是谁都能看出，来者身手不凡，她拾起自己的剑，扬声喝道："快走！"

这群人忙退散开来，向来处撤得飞快。

"跟上探个清楚。"白衣青年开口。

他们俩纵马追去，在擦身而过的瞬间，柳云姿毫无征兆地伸手拦了一拦，提声开口。"请留步！"她恳求道，"放过他们吧！"

楚明允与苏世誉几乎同时勒马，回眸看向她。

"只是昏过去了，并无大碍，稍后就能醒来。"苏世誉松开车夫的手腕，站起身来。

柳云姿边连声道谢，边用金钗再将头发绾好。

子铭已经从惊吓中缓过神来，蹲在楚明允旁边，仰着头两眼亮晶晶地看着他："大哥哥你好厉害啊，那些坏人一见到你就全跑了！"

楚明允抄手望着苏世誉，漫不经心地笑了笑。子铭还顾自嘟囔着："这条路真讨厌，又绕远又有那么多坏人。"

"哦？"楚明允低眼瞧他，"什么绕远？"

"之前从姥姥那里回来都走别的路，可那条路所在的山被围了起来，好像要捉人，我和娘就得绕好大一个圈子回家。"

楚明允微微挑眉。

"子铭。"柳云姿出声叫他，子铭小跑回去偎着她。柳云姿已经恢复端整模样，对他们行了一礼，郑重道："妾身姓柳，多谢二位公子救命之恩。"

"谢谢大哥哥们！"子铭跟着道。

苏世誉看了眼孩子，淡淡一笑。"举手之劳罢了。"他问道，"只是我有些不解，柳夫人为何要帮那些匪徒求情？"

"哪里有什么劫匪，"柳云姿叹了口气，"不过是些在叛乱中没了家的流民，想抢些吃穿，已经够可怜了，又何必赶尽杀绝。"

苏世誉微皱眉，点了点头。楚明允看着她忽然问道："看方向，你要去寿春？"

"是。"

"那里如今怎么样了？"

柳云姿想了想，只是道："已经安稳下来了。"

她微顿，抬头看向他们："二位公子为什么要问这个？"

"我和他也正要去往寿春，"苏世誉笑道，"柳夫人若不介意，我们倒是可以相送一程。"

"这……"柳云姿却略微犹豫。

子铭忍不住拉了拉她："娘，让大哥哥跟我们一起啊！再遇到坏人就不用怕了！"

"子铭。"柳云姿按住他的手，子铭便乖乖不说话了。

"为难就算了，正好我也嫌麻烦。刚才要不是他说要救你们，我可没打算出手。"楚明允抬手搭上苏世誉的肩，低声笑道，"各走各的，还少了人碍事。"

苏世誉默然把他的手拉下，对柳云姿道："我只是好意一提，夫人自己决定便好。"

"公子客气了。"柳云姿道，"既然如此，那就劳烦两位公子相送了。"

片刻后车夫转醒，他们一行便继续往淮南主城寿春而去。分明才遭过战乱，守城士兵见了他们却也不仔细检查就放了行。入城后柳云姿便道谢辞别，楚明允与苏世誉随意在城中走了走，意外发觉这座在回报中被称作空城的城池又拥有了许多住户，除了被烧毁的几处断墙残垣，竟还能算得上热闹。

时值晌午，家家客栈食楼都坐满了客人。他们随意寻了间客栈，而掌柜听闻是要住宿，有些迟疑地开口问道："二位客官只住一宿？"

"这倒不是，我们打算在这里待些时日。"苏世誉道。

"可咱们这儿才打过仗，指不定什么时候又出乱子，客官留久了可不安全啊。"掌柜道。

"指不定什么时候再有叛乱,"楚明允笑道,"那你留在寿春做生意干什么,还不去别处避一避?"

掌柜笑笑:"毕竟根在这里,不到不得已,谁也不想走。"

楚明允回头扫了眼满座客人,也有不少人边谈边好奇地打量着他们,他慢悠悠地续道:"你这里有这么些客人,偏要催我们走是个什么道理呢?"

"哪里话,哪里话,我当然巴不得客官您多留几日,怎么会催您走呢?"掌柜忙道,又看向苏世誉,"我多嘴一问,不知道两位客官是做什么的呢?"

苏世誉轻声笑笑,温和道:"我和他都是经商的。"

掌柜连连点头,不再多话。

走街过巷又花去了一下午,他们回房洗漱过后已是夜色深深,朗月高悬。

楚明允随手脱下外袍扔在桌上,转头看向站在窗前的苏世誉:"世誉,有什么想法了?"

"姑且还说不上想法。"苏世誉回过头来,目光掠过,又定在桌上的衣袍上。

楚明允拎起外袍整了整,随手叠了在床边放下,这才走到他身旁:"怎么说?"

苏世誉轻声笑了笑,收回目光再度望向窗外,苍穹下满城千家,灯火如繁星,连绵远去:"只是觉得奇怪。"

"嗯?"楚明允偏头瞧他。

"虽说距叛党动乱已过去将近一个月了,可这城中住户的数量还是令人出乎意料地多。"苏世誉道。

"不对劲的地方可不止这些。"楚明允低声道,"到现在为止,除了那个柳夫人,我还没在这城中见过一个女人,客栈里吃饭的也全是男人,难不成她们都躲在家里不出门了?"

苏世誉叹了口气,在言语的空隙里显得格外清晰,他忽而一顿,神情复杂:"好安静。"

"嗯?"

"这间客栈好安静。"苏世誉转过身,仔细去听,耳中无一丝声响。

楚明允与苏世誉对视一眼,推门而出。间间客房里都点着灯,落在走廊上光影相错。他们悄无声息地停在隔壁门前,却觉察不出其中有半点人声。

楚明允蹙紧了眉,将房门推开,灯烛煌煌,房中空空荡荡。

心头微震,他们再度对视一眼,分头将客房的门全部推开,一间一间,空无一人。偌大的客栈,灯火通明,却只有他们两人。

楚明允与苏世誉并肩站在走廊上,环顾四周,所有房门大敞,一眼望尽,死寂无声。

夜风自窗而入,灯火幽微,曳曳欲灭。

"这算是怎么回事?"楚明允微微眯眸,望着客房里的烛焰幽幽摇曳,"是闹鬼了,还是有人在装神弄鬼?"

苏世誉摇了摇头:"今夜未曾听到过有人走动的声响,这些房间大概一直都是这样空着的。若不是方才那片刻着实过于安静,我也不会觉察。"

"所以说,之前那楼下坐了满堂的客人没有一个是住店的?"

苏世誉看向他:"以今日这间客栈的掌柜言辞来看,他也并不想让我们多留。"

"这可由不得他。"楚明允冷笑了声,忽又稍偏过头,弯了眉眼,"世誉,怕不怕?"

"你若害怕可以直说。"苏世誉轻笑出声。

楚明允挑了眉:"待会儿怕了就叫我声哥哥怎么样?"

苏世誉笑看他一眼,拉着他走向最里间的客房:"楚弟弟还是自己多当心些吧。"

这间房中莫名透着股腐旧气味,苏世誉手指轻抚过桌案,就见指腹沾染上了一层薄灰,他不禁微微皱眉:"即便是不常住人,客栈里也该时常打理，怎么会落了这么厚的灰尘？"

"所以说还真是奇怪啊。"楚明允道，"说是舍不得离开寿春，却又丝毫看不出要好好做生意的样子。"

灯花爆出一声轻响，忽地暗了一下，楼下夜风穿堂声听得清晰，空落落的，竟真是空无一人了。

楚明允仍倚着墙环顾，晦暗光影闪动中见苏世誉盯着一处出神，便瞧着他笑了："觉得怕了？"

"那边。"苏世誉走到角落里的衣柜旁，烛火渐稳，房中复亮起，雕花木柜后的狭窄墙缝中显出一点暗深色痕迹。

楚明允微蹙眉，一手把苏世誉拉到近旁，一手沉力将这宽大柜子挪开了几尺。柜底与地面摩擦出沉闷声响，墙壁的全貌毫无遮掩地显露了出来，大片深色痕迹如泼墨般遍布这方墙，扑鼻而来的腥腐味中还混杂着积尘的气息，令人作呕。

待到气味消散了些，苏世誉用指尖在上面蹭了一下，仔细闻过后微微变了脸色，抬眼看向楚明允："是人血。"

"你也真是能忍。"楚明允摸出帕子让他把手擦净，这才转头端详，"能溅到这个高度，喷出了这么多血，只可能是被人一刀砍裂了半个身子。"

苏世誉皱紧了眉，沉思片刻道："再去别的房里看看。"

隔壁客房中倒没有被遮挡住的血迹，他们查看一圈，末了楚明允忽然在门边停步，凑近仔细打量了片刻，伸手摸了摸："这扇门是新漆过一遍的。"

苏世誉刚取出袖中剑就被楚明允拿了过去，他信手在门上刮下几道，朱红漆色剥落，果然显出底下暗深颜色，气味腥浓刺鼻，再刮下几层木屑仍旧如此，一扇门近乎是被血给浸透了。

此后间间大抵如是，斑驳血色，掩盖在绣毯下，溅染在床头，陈腐的血腥味一点点地重了起来，阴森氛围如惨绿薄雾笼罩住了这所客栈。

最终重回到留宿的那间房里时，他们才留意到墙壁上明显比周围新些的漆色。

楚明允伸手一把拦住了苏世誉。"好了,不用再确认了。"话音带了笑,"真对着满墙的血你还想不想睡了?"

苏世誉缓缓将剑收回袖中:"你还能睡得下?"

"不是还有你吗?"

苏世誉轻叹了声气:"这已不是黑店所能解释得通……"

"是屠杀。"楚明允道。

夜风吹得不知何处的窗棂吱呀作响,幽幽辗转回荡在空寂中,低低细细得如孤魂凄泣。仿佛能看见当时情形,是怎样的横尸满地、鲜血漫溢,如此刻一般死寂,又何止是触目惊心。

"可外面街巷尚且完好,也不像是战乱导致的。"苏世誉顿了顿,"恐怕有问题的是这整座寿春城。"

楚明允略一沉思,道:"世誉,跟我去个地方。"

星子稀疏,浓郁夜色中的寿春城也静到了极致,路上不见一个行人,只有打更人的声音自远处遥遥传来。

一座府邸坐落在那片烧毁倒塌的房屋近旁,朱门锁锈,牌匾蒙尘,也是一派荒废相。

"这是寿春县丞的府邸?"苏世誉随楚明允轻而易举地进入,凭着月色依稀看见脚下石阶生出的点点青苔,"上次离开淮南时还见他来相送,转眼殁于叛党动乱,不过几月,竟连居所也成了这般模样。"

"不巧。"楚明允笑了声,回眸看他,"我知道的是有个官员携家奔逃,赶往长安想要上报些什么,被人追杀了一路,最后小女儿拼死逃到长安郊外,撞见了秦昭和杜越,可还是没能活下来。"

苏世誉微微敛眸,看向他:"那依你所说,韩仲文上报朝廷的消息是有偏差,还是谎报?"

"这我可不知道,"楚明允似笑非笑道,"我只知道无论如何,这寿春县丞肯定是死干净了。"

"没查出是什么人在追杀他们吗?"苏世誉问道。

楚明允摇了摇头:"当时没想到会牵扯到这些,杜越又只顾着救人，秦昭就没追上去，让对方跑了。"他随手推开一扇房门，细尘簌簌而落，将桌案上的残烛点亮，这才看清铜镜妆奁、钗簪满盒，里间墙上还挂着件女子衣衫。

楚明允转头看向苏世誉，面不改色地弯眸一笑："我没进来过，不认得路。"

"那你早些直说便是。"苏世誉略显尴尬地收回视线，"我大致记得书房的位置。"他转身便往外走去。

楚明允正要抬步跟上，余光却忽然扫见妆奁下压着几张薄纸，足下一转便走了过去。

他能辨认出这原先是份文书，不知为何被人撕得粉碎，又让这闺房主人给捡了回来，拼凑得七零八落，只依稀能看出"积弊众多""恩泽厚禄"的字词。

楚明允将其他未拼上的碎片掀开，目光触及那被撕残一角的朱红印章时，眸光陡然一凛，神情阴晦难明。

印章为兽，蟒首四足，前额独角，威武凶戾。

即使并不完整，楚明允也能一眼认出，这正是当初永乐坊中，他从慕老板身上夺下的铜符上的兽纹模样。

从长安至淮南，辗转数千里，果真阴魂犹未散，仍旧搅弄风云，不肯罢休。

烛光摇曳一晃，沉思中的楚明允忽地听到庭中传来苏世誉的声音。

"当心！"

他抬眼，正看见铜镜中映出窗外黑影闪动。

下一刻，无数黑衣人破窗而入，似从四周无尽涌出，挥刀围拢而上。

电光石火间楚明允的剑已出鞘，清厉啸响未落，他回身横斩，寒刃在周围扯开一道狭长的血色弧线。

前面的人捂着胸腹痛苦跪倒，后方即刻紧随逼上，看似场面混乱，接触之下却能明显发现对方刀法阵形是受过严密训练的。两个黑衣人的刀交叉在一起当头劈来，楚明允凌空而起，足尖点上刀尖借力，旋身后撤将他们踹得直扑上对面的刀口。他未及落地，另一人自下而上迎面砍了上来，迅猛有力。楚明允的剑才插入身后偷袭者的肩膀，来不及拔出，须臾间轻巧地一侧身，对方的刀近乎蹭着他的衣袖落了空。

可擦肩而过的瞬间，他蓦然听见袖间泠然一响，环佩之声。

楚明允顿时变了脸色，猛地撤开几步，借着拉开距离的短暂空隙忙看向袖中的东西，上好的羊脂白玉熠熠生辉，其中透着几道裂纹，所幸没再多添几道。

楚明允这才松了口气。

苏世誉送他的这块玉佩自那次摔过后就是这一触即碎的样子，因此他一直都贴身带在身上，但不曾让苏世誉看见过。其实纵然被看到，那向来温润的人自然是丝毫不会责怪，可偏就是一点也不想让他心里难过。

莫名地，他忽然顾不得扑杀冲上来的黑衣人们，转头望向屋外。

这才看到庭中不知何时也被无数黑衣人占据，苏世誉立于包围圈中环顾，在光影晦暗中楚明允瞧不清他的神色，只看到他手臂仍旧垂在身侧，丝毫没有要动作的意思。

楚明允心头一颤。

而黑衣人像是看出他无还击之力般，不约而同地提刀猛冲了上去，刹那间苏世誉的身影就被交织的黑影白刃彻底掩盖。

积云蔽空，昏暗不明，一阵大风骤然而起，吹得房门"啪"的一声狠狠闭合，将最后飞溅而来的血隔绝在屋内，一摊猩红淋漓得直刺进楚明允眸中。

"苏世誉！"

弯刀冷冷如一弧新月，劈空裂风地直砍下来，阻挡了楚明允往外冲的脚步。

楚明允握紧手中剑，神情阴冷地扫视过再度围上来的黑衣人。

正挡在门前的黑衣人猛地惨叫一声，身首异处的瞬间才看到楚明允已逼至身前，这刹那间速度之诡异，几乎无人看清他是如何动作

· 055 ·

的。然而他只为从重围中突破，不管不顾地斩开身前阻碍，在包围中撕开一道裂口就往外冲。

这就近乎舍弃了防守。一个黑衣人使了个眼色，余下几人顿时心领神会，挥刀砍上，刹那间刀影织成一张密不透风的网。

刀光错落中那身形陡然一顿，旁侧一柄重刀狠狠地砍入了肩，似是感觉不出痛，楚明允毫无阻滞地抬手攥住对方的脖子，反手将他甩在身后挥来的刀上，那重刀的刃口顺势在肩骨上重重摩擦而过，鲜血四溢。

楚明允漠然回身，袖中檀木香扇滑出，落在掌心的瞬间扇柄崩裂，嵌入了精铁的扇骨如飞箭般四射，穿透咽喉胸骨，他无暇多看一眼，转身一剑劈下，巨响中刃锋破开木雕门，身后血肉横飞，面前木屑纷扬，他一步踏入庭中。

天地寂静。

方才的大风吹散了重云，云破月出，皎皎清辉月色落了满地。一地的伏尸断刀，而苏世誉立在正中，背对着他，墨发白衫，满身清冷，竟是一丝血腥气也未沾染，唯俊秀指间有一抹锋芒如流光闪过，转而隐回袖中。

楚明允不觉停步，凝望着他的身影，才发觉自己指尖颤抖，忽然沉默。

眼前之人，出身名将之家，是大夏的御史大夫，万人之上，司断生死，深不可测，这点危险怎能威胁他的性命？

原来死生一线、枕尸卧骨这么久了，竟还会觉得怕，还能怕成这般模样。

"来时并未发觉有人跟踪，想来他们应该是守在这里的。眼下虽然全解决了，但你我还是尽快回去，免得被察觉得好。"苏世誉转过身来。

楚明允归剑回鞘，抬袖抹去下颔上的血，良久才开口："你比我想的厉害。"

"怎么了？"苏世誉走至他面前，目光自他肩头的伤移到脸上，不禁淡声笑了,"怎么这个样子,难道以为我死……"

"闭嘴。"楚明允低声打断了他的话。

苏世誉有些诧异地盯着他看了片刻,而后抬起手揩净他脸上溅染的血迹,触到一片冰凉。

楚明允握住他的手腕。

苏世誉并不挣脱,嗅见浓重的血气,皱紧了眉,须臾,却又忍不住慢慢地弯起了唇角,温声道:"我没事。"

楚明允收紧手掌,垂着眼沉默不语,末了开口道:"你外袍脏了。"

"因为你身上沾的都是血。"苏世誉动了动手指,满是血的黏腻触感,"回去把衣服换了吧。"

楚明允长长叹了声气:"嗯。"

客栈里仍旧空寂无人,客房中灯花轻响。

苏世誉将药瓶绷带摆开,侧头去看已经解开衣袍的楚明允。他肩头那道伤在剥离衣衫时又被拉扯得溢出了血,鲜艳得如红线一截,沿着皮肤缓缓流淌。苏世誉脸色微微变了,这才看清伤口处血肉模糊,几乎深可见骨:"怎么会伤成这样,屋里有高手在?"

楚明允坐在床边,不以为意地擦去了血:"没有啊。"

"那你怎么……"

楚明允抬起眼帘看他,笑道:"冲得急了点,但还不是为了你?"

"我何时用你来救了?"苏世誉道,"刀剑之中瞬息难定,你顾全自己即可,没必要分心到我这边。"

楚明允闻言眸光一动,别开眼沉默了一瞬,又若无其事地低笑道:"世誉,我都负伤了你还要教训我,也不知道温柔些。"

苏世誉瞥他一眼,没有答话,只伸出了手,楚明允把手臂递给他,侧头瞧了苏世誉片刻,忽然蹙眉,面色隐忍地小声道:"疼,世誉你轻点……"

苏世誉慢慢抬眼看向楚明允,一只手仍握着他的手腕,另一只手旋开药瓶:"我还没碰到你。"

楚明允闭上眼，稍偏头，鸦色长发随之滑下，衬得面色苍白，好生可怜："心里疼，唉，好难过……"

苏世誉忍不住轻笑出声，松开手拿过一旁的纸扇，学着楚明允一贯的动作挑起他的下巴，道："那不妨哭一个看看？"

楚明允便慢慢地睁开了眼，轻咬着唇，眉梢眼角都上挑，曼声道："哦？苏大人，还有这样的爱好？"

折扇"啪"的一声敲在头上，楚明允安安分分地坐着，边揉脑袋边任苏世誉包扎。

烛光曳曳，半晌安静。楚明允定定瞧着苏世誉眉目低垂，长长眼睫落在脸上投下细碎的影子，忽然轻声道："世誉，为什么你方才迟迟不动手？"

苏世誉明显一愣，没想到他会直接问出来；手上继续缠着绷带，道："只是在观察情形，寻找他们的破绽。"

"难怪，看你身上连一滴血都没沾上。"

苏世誉缠好绷带，淡淡笑了笑，没接话。

楚明允道："之前你说你父亲不喜欢你杀人的作风，想必这就是原因？"

这句话宛如一块石头重重砸在胸腔，心脏下沉，苏世誉强压下心绪，神情自若地反问："为何会这样想？"

"因为我也不喜欢。"

苏世誉微怔，一时不知如何回答。

楚明允低声问道："那些刀锋朝你砍下的时候，你会害怕吗？"

苏世誉缓缓摇头。

"但我居然还会害怕。"楚明允说着，自己都觉得好笑。

苏世誉不禁愕然，楚明允正静静地看着他，那样坦然和平静，简直让人不忍怀疑他的话是否出自真心。

没等到回应，楚明允又道："我早就没有家了，这没什么，早就习惯了，所以我以为，不会再害怕失去什么了。"

苏世誉轻叹了口气，明了他的意思，却答道："我也早习惯了这种作风，改是改不掉的。"

"我不相信有什么是不能改变的。"

"当然有。"苏世誉轻轻笑了，"过往的人生是不可更改的，只能习惯，你知道的。"

楚明允的眼神一瞬间黯淡了，几乎失神，半晌，才点了点头："对，我知道。"

夜风游荡，夜烛轻晃，月华皎皎如白霜，落满窗框。客栈在这一刻寂静到了极致，偌大的寿春城也安静无比，浩大天地间恍若只剩下他们两人，如此孤寂。

次日清早，楼下就隐隐约约传来了嘈杂声音。晨光晴好，只见客栈大堂中客人满座，多是三五成群地闲谈说笑，不时还响起一阵哄笑，几个小二穿梭其间端茶送菜，忙得脚不沾地，可谓热闹至极。

楚明允与苏世誉在楼梯上驻足，神情莫测，他们居高临下地扫视而过，竟看不出这些人有什么异样。

掌柜抬头望见他们，提声招呼："二位客官，昨夜里睡得可好？"

苏世誉与楚明允对视一眼，转过头笑着应道："多谢关怀，很好。"

章十五 —— 疑问

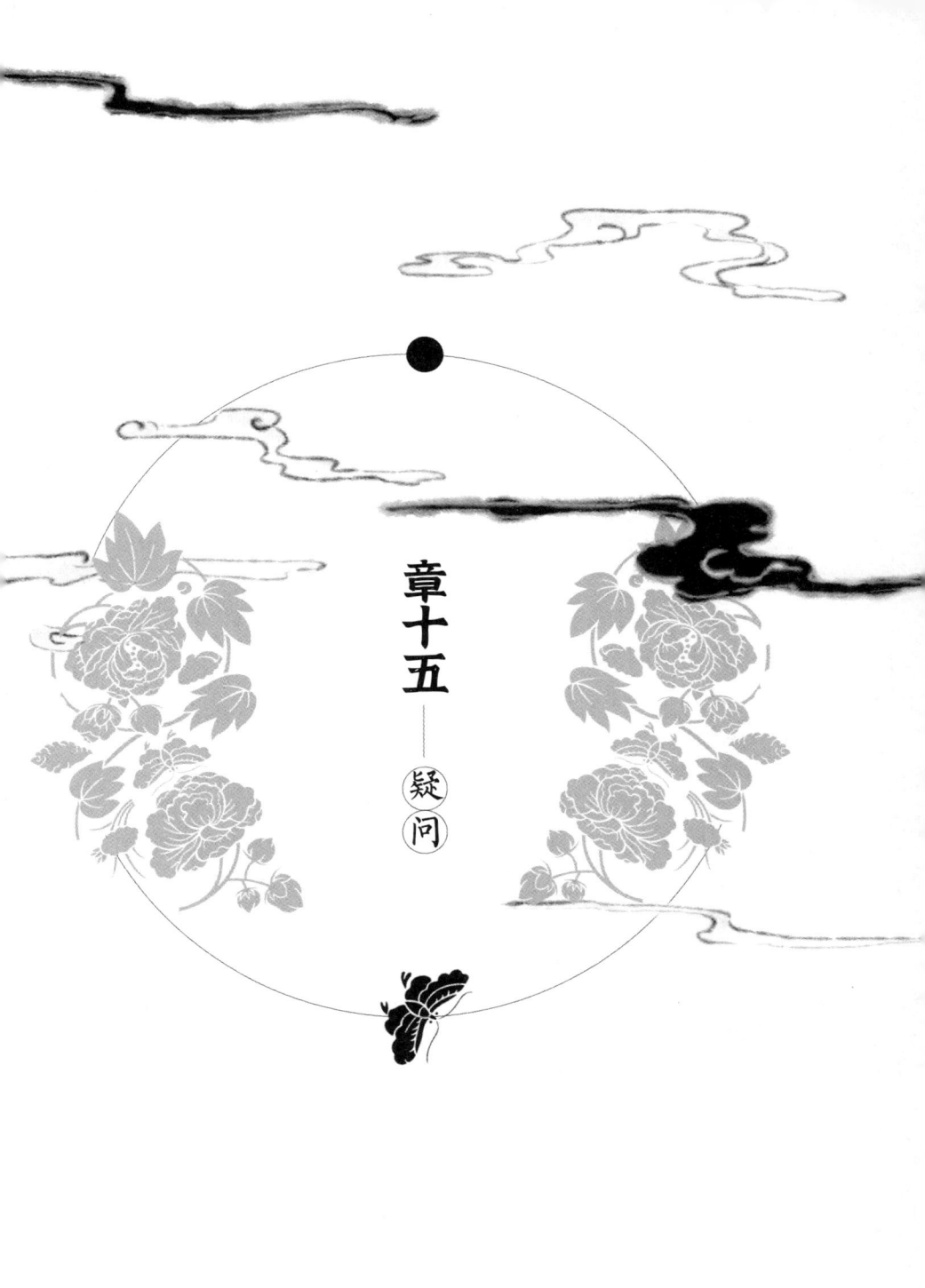

淮南终究是个富庶之地，往来贸易不绝。叛乱过后，纵然有许多人宁肯绕道也不走寿春，但也有些商贾图利贪近，免不了时常途经此地。

守城的士兵们手握长戟，丝毫不敢松懈，拦下来人将全身仔仔细细搜查了个遍，又谨慎地向头领那边望去一眼。

戍卫头领靠在墙上，抄着手再将人上下打量一遍，才点了点头放行了。

仲夏已过，暑气还未消减，热得人难免有些心不在焉。头领正眯着眼百无聊赖地望向远处，忽然就直起了身子。

明晃晃的日头下，城外的官道上人烟稀少，绿荫如云，而极目处却隐隐出现了一线影子，随着由远及近，他看得越来越清晰。侍从们按刀驭马，围护着一前一后两辆马车，马车辘辘驶来，气派逼人，其后长长的队伍中有人高举玄黑旌旗，旌旗招展。

头领精神一振，拉过一个守卫，守卫得了吩咐忙不迭跑进城中，而他整了整兵甲，快步迎上车队："恭迎太尉大人、御史大人远道而来，我寿春全城上下已经久候多时！"

"嗯。"苏白勒马于前，对头领道，"入城吧。"

"这位大人且慢。"头领看着面前的少年，笑道，"咱们郡守大人定了规矩，入城都要过了检查才行，小的得按规矩行事。"

苏白一僵，扭头望向马车，顿时心虚得更厉害了。

毕竟那两辆马车都是空的。

前几日他收到公子的消息，知道他们已经在城内，可他也就只知道这个了，联络都联络不上，眼看路途一日日越来越短，他只能硬着头皮往寿春来，只盼着公子什么时候能从天而降，最好直接落进车里，免得他再担惊受怕。

可是眼下查车的都来了，公子您怎么就落得这么晚呢？

头领看苏白久久没有回应，给了旁边守卫一个眼色，几个守卫立刻心领神会地走上前。

苏白猛地回头，喝道："放肆！"

守卫们脚步一顿，犹豫着不敢再动。

"这位大人……"

"你们究竟清不清楚这是什么人的车，竟敢大胆冒犯？！"苏白提声道。

"小的自然知道。"头领笑道，"还请大人勿怪，小的只是按规矩行事，您也知道咱们这儿的情况，谨慎点总是好的，这也是为了车上两位大人好。"

"我们奉皇命前来，会有什么不妥？"苏白摆足了气势，"再说了，车中这两位大人又是什么身份，是你们有资格说查就能查的吗？"

"这……"

"那我有这个资格吗？"

一道声音突然响起，四周随之一静，守卫们让出一条路，那男人打马上前，笑了："我还以为又来了哪位大人，原来是御史大人身边的侍从。"

苏白低下头去："郡守大人。"

"韩大人。"头领恭敬地退到一旁。

淮南之地分为四郡，主属九江郡，寿春为九江郡都，眼前男子正是九江郡守韩仲文。淮南王死后，朝廷立马派来官员接管了封国职务，如今虽将淮南划属给了西陵王，但以职权而言，淮南大半实际上在他的手中。

韩仲文从苏白身上收回视线，吩咐道："依例搜查。"

"是。"

"大人三思！"苏白急道。

"只是简单查看，不会冒犯两位大人的。"韩仲文道，"反正你我都知道车队中查不出什么东西,既然如此,看一看又怎样?"

"还请大人细想!"苏白心念急转,"太尉大人和我家公子身份何等尊贵,更何况我们前来是有皇命在身,如果这样都连城也进不了,还要在这酷日下的城门口下车受人搜查,岂不是要让天威扫地?"

韩仲文微微皱眉,看着他不语。

苏白继续道:"再者,且不提依太尉大人的那种性情会作何反应,万一被陛下得知,怪罪下来还得由韩大人您来承担。既然您都清楚车队里什么都没有,又何必犯这个险呢?"

沉默片刻,韩仲文慢慢地点了点头:"说的倒是有几分道理。"他看向停在后面的马车,提声道,"既然如此,就请两位大人入城,由下官好好招待。"

马车安静,毫无回应。

韩仲文意味深长地看了眼苏白,又看了眼马车,策马转身先行,车队紧随其后进城。

苏白悄悄地松了口气,才发觉自己已经是一头汗了,只觉得这辈子脑子都没转这么快过,不能让公子看见真是太可惜了,思至此,他又发起愁来,躲得过这一时,可公子再不出现,又该怎么办呢?

苏白忍不住回头,看着马车缓缓拐出巷角,平稳地跟在后面。

"你看上去好像很是心神不宁?"韩仲文不知何时慢下一些,在他前方开口。

苏白连忙笑道:"怎、怎么会呢?"

韩仲文倒不再问,转眼抵达他的府邸,朱门大敞,一列府兵迎出。他翻身下马,眼睛直盯着那两辆马车:"到了,请大人下车入府。"

车中尚未有动静,苏白跟着下马,边走上来边开口:"韩大人,我家公子……"

韩仲文一眼扫过,府兵立刻将苏白拦下。他一步步走到车旁,又看了眼满面焦急却说不出什么来的苏白,转回头对着车帘沉声道:"太尉大人和御史大人自京中远道前来,下官不胜感激,特来迎接。"顿了顿,不见应答,他伸出手去。

还没等韩仲文碰到车帘,一柄纸扇自内缓缓挑开了绣锦车帘,露出了冶艳眉目,那人唇角一扬就笑了:"韩大人这耐性可真差啊。"

韩仲文微微一愣,反应极快地收回手,行礼道:"楚大人。"

"呵,"素白手指抵着乌木车框,楚明允偏头瞧他,笑道,"韩大人,你就是这么来迎接的吗?"

"大人的意思是……"韩仲文不明所以地抬起头。

楚明允笑意尽敛:"跪下。"

韩仲文脸色陡然变了,他环顾周遭盯着这边的侍从府兵,又将视线艰难地移回楚明允的脸上,僵持了片刻,他咬紧了牙,终究在众目睽睽中缓缓跪了下去,低头俯首:"下官……恭迎大人。"

楚明允没有开口,神情淡漠地低眼瞧着他。一片死寂,连苏白都小心地屏住了呼吸,不敢发出丝毫声响。

终于楚明允无趣地移开眼,下了马车。

韩仲文仍垂头跪着,直到看到一角白袍自眼前晃过,听到有温和嗓音道:"韩大人请起吧,不必这般拘礼。"

韩仲文深吸了口气,隐在袖中的拳握紧又松,他整理好表情,才站起身,对楚明允和苏世誉道:"寿春城中数下官府中防守最为严密,旁处住所都比不上,因此我就斗胆安排了两位大人住在我府上,不知道大人可否?"

苏世誉颔首道:"那就打扰韩大人了。"

"无妨,我带两位大人进去。"

府邸极大,韩仲文在前一侧引路,楚明允与苏世誉并肩而行,侍从们跟在后面,行经两旁的绿竹幽径,风过处沙沙细响,得见碧影婆娑。

突然一阵"嗒嗒"的小跑声传来,紧接着响起一声惊喜的叫喊:"哎!大哥哥!"糯糯童音,颇为熟悉。

他们停步望去,一个小个子从小径里钻出,伸长了白嫩嫩的胳膊挥了挥。"大哥哥!"他又看见皱紧眉的韩仲文:"啊,还有爹爹!"

子铭向身后道:"娘,快来看,厉害的大哥哥们来我们家里了!"

"说什么傻话呢，哪里来的大哥哥……"柳云姿一抬眼，话音乍止。

楚明允意味不明地笑了声，侧眸与苏世誉对视一眼："这下可真是有意思了。"

苏世誉不语，看着柳云姿眼神闪动，旋即平静下来，拉着孩子走上前来行礼："妾身管教无方，还请两位大人不要见怪。"

"无妨……"

"大哥哥，你们……"苏世誉话未说完，韩子铭兴高采烈地想凑上来，被柳云姿一把拉了回去。

"你们见过？"韩仲文问柳云姿。

柳云姿按紧孩子，抬眸望向他们一眼，又垂眸摇头道："想必这两位就是夫君提到过的太尉大人和御史大人吧，妾身深居府中，怎么会有幸得见。"

"娘！"韩子铭不高兴地要挣开她的手，"明明见过啊！前几天大哥哥救了我们，你怎么能耍赖！"

韩仲文疑惑地看着小儿子，又见楚明允和苏世誉神情淡然。

柳云姿俯下身将韩子铭揽入怀中，柔声道："是，前几日有两个大哥哥救了我们，可人家只是路过这里，早就走了。你说他们是大哥哥，是不是因为这两位大人穿的也是蓝衣和白衣，所以就认错了？"

韩子铭脸皱了起来，看了看楚明允，看了看苏世誉，又看了看柳云姿，末了只好低头闷闷道："是吗？那……可能是子铭认错了吧。"

柳云姿笑笑，站起身对韩仲文道："不用在意，小孩子难免会记不清人。夫君快带两位大人入厅吧，站在这里做什么？"

韩仲文不疑有他，闻言向楚明允和苏世誉简单赔了一礼，继续领着他们进了主厅，落座后说要下去再安排些什么，便将招待之事暂且交给了柳云姿。

孩子已经被侍女带出去了，柳云姿亲自上前斟茶，碧绿茶水轻漾涟漪，映出她低垂的眼眸。

楚明允侧头瞧着她，忽地笑了。"真没想到，还会再见到柳夫人，"他话音一顿，眉梢微挑，"啊，错了，该叫韩夫人才对。"

柳云姿专心地将杯盏添满，低声笑道："妾身也没想到。"语意不明。

"劳烦韩夫人了。"苏世誉接过杯盏，"不过总归还是我们要惊讶些，没想到夫人你会为了我们撒谎，感激不尽。"

"苏大人哪里话。"柳云姿平静道，"妾身不过一女子，不明白两位大人那日为何隐瞒身份出现，也无意探究，方才之事只是报答救命之恩罢了，再无他意。"言罢不待回答，她顾自行礼离去，"大人慢用。"

苏世誉浅饮茶水，收回了目光："这位韩夫人可谓聪明通透。"

"是要比她夫君强一些。"楚明允搭上苏世誉的肩，似笑非笑。

站在旁边一头雾水的苏白见没了旁人，终于忍不住小心翼翼地出声："公、公子，你们究竟在说什么啊？"

苏世誉笑看他一眼："没什么。"

"哦。"苏白道，顿了顿，又实在忍不住小声问道，"公子，你们到底是什么时候在马车里的？我都快被吓死了！"

"入城之后，在巷子拐角处我和世誉就到了。"楚明允道。

苏白一愣："我怎么没注意到？！"

苏世誉轻轻笑了："若是你都能发觉了，还怎么掩人耳目？"

"也对。"苏白点了点头，点到一半猛地意识到什么，瞪大了眼盯着楚明允道："楚、楚大人……您、您、您刚才叫我们公子什么……"话音骤然一卡，他震惊地看着搭在苏世誉肩头的手："公子您不是从来都不让人碰吗……"

"哦？"楚明允笑了，伸开手臂揽住苏世誉的肩膀，"可是我能了。"

苏世誉深深看了楚明允一眼，拉下了他的手。

苏白顿时觉得自己整个人都不好了，颤着嗓子问道："公子，咱们是有什么把柄落在楚大人手里了吗？"

楚明允："……"

"啧。"楚明允转向苏世誉，微微眯了眯，"笑什么啊你！"

苏世誉忍下笑意，一本正经地对上他的眼："有吗？"

"还不承认了？"

楚明允煞有介事地要好好算账，苏世誉先一步挡住了他："有人来了。"

"别转移话题——"

"是李彻。"苏世誉看向厅外。

楚明允长叹了口气,不耐烦地偏头望去,韩仲文跟在一个清秀青年身后,穿庭而来。

西陵王之子李彻步入厅中,一眼就看到了站起相迎的两人,先客气行了一礼:"楚大人。"然后他才转向苏世誉,相视片刻,蓦然一笑:"兄长,好久不见。"

"淮南的事务如今都是我在打理,"李彻在桌旁坐下,"淮南王余党的那场叛乱对父亲影响很大,自那之后他几乎没有插手过这边,只偶尔会过问一下。"

日暮斜下,屋里点上了灯烛,侍女们奉齐碗筷酒盏便退立一旁,留他们四个对坐用饭。

"对了,"李彻拿起筷子,想了想又道,"兄长如果想要见一见父亲的话,我可以替你安排。"

"这倒不必了,"苏世誉道,"我奉命前来是为了查清淮南的事,既然王爷已经远离纷乱了,何必再去打扰他。"

李彻笑笑:"那就依兄长的意思。"

楚明允扫了李彻一眼,直截了当地开口:"叛党作乱时具体到底是个什么情况?"

"事出突然,其实下官也说不太清楚。"韩仲文慢慢地道,"那天深夜里,城中突然起了大火,我连忙派人赶去救援,然后就不知道从哪里冒出来许多精兵,城中一片混乱,城外还有他们主要队伍在疯狂进攻。下官虽然立即出兵抵抗,但还是不敌他们里应外合,牺牲了城中的无数兵卒,最终仍是败了,下官羞愧难当。"

"是该羞愧。"楚明允看向他,"然后呢,后来他们怎么在一夜之间消失了?"

韩仲文低下眼:"这个……下官就不得而知了。"

看着楚明允干脆地收回视线，专注地吃起饭来，苏世誉微一沉思，忽然问道："两位可曾见到洛辛所率的那支援军？"

"没有。"李彻摇了摇头，"这些天我听闻了长安的一些猜测，我想也就是他们所说的那样。兄长，我知道洛辛是你看中的人，可能有些难以接受，但他恐怕是真的叛变了。"

"下官也这样认为。"韩仲文附和道，"毕竟那洛辛本来就是淮南王的人。"

"如今下定论还是早了些。即使说的人再多，猜测也终究只是猜测。"苏世誉道，"如果只用猜测就足够证明，我就不必亲自来淮南了。"

"兄长果然还是老样子。"李彻笑道，略一思索，"说来也不算是全无凭证，虽然我和韩大人没有见过洛辛，但有兵卒回报说见到有人在那天夜里入城私通叛党。"

苏世誉指腹缓缓摩挲过酒盏，闻言只淡笑不语。

席上忽地无话，李彻见状忙笑了笑，双手举起酒盏："无论如何，两位大人身为朝廷重臣，却肯为我西陵封国内的事情奔波千里，我代父亲先敬你们一杯。"言罢，他仰头将酒一饮而尽。

"世子客气了。"

楚明允漫不经心地随着抬了抬杯盏，目光瞥去却微微一凝。他看到李彻举杯时宽大的袍袖滑下，露出了苍白手臂上一道狭长的暗红伤疤："世子手臂怎么了？"

"哦，这个啊，"李彻理好衣袖将伤疤盖住，"没什么，之前打猎时不小心弄伤了。"

"是吗？"楚明允眉梢微挑，"我看着倒像是剑伤。"

"看你气色也很差，最近身体不太好吗？"苏世誉细细地打量着他。

"算是吧，先前生了场大病，最近才好些了。"李彻含糊答道。

苏世誉点点头："那还是少饮酒为好。"

"多谢兄长关心，"李彻笑笑，"已经不碍事了。"

楚明允慢慢饮尽了杯中酒，指尖轻点瓷盏，忽地轻笑了声，听不出情绪。

· 069 ·

"怎么了？"苏世誉看向他。

"忽然想到之前红袖招的那个女人，"楚明允状似随意道，"如果没死的话说不定会有些线索。"

苏世誉略一回想："你是说静姝姑娘？是有些可惜，如果当时能及时拦下……"

"她身份败露被自己人灭口，再正常不过的事情，你可惜个什么。"楚明允打断他的话，顿了一瞬，又实在忍不住道，"世誉，难不成你心里是怪我打伤了她——"

楚明允话音未落，对面"啪嗒"一声响，筷子掉在地上滚远，李彻手上还空维持着原本的动作，愣怔地低头看着，其余三人也不约而同地看向了他，神情各异。

韩仲文最先反应过来，唤侍女换上一双筷子，他注意到了楚明允的称呼，脸色复杂难言："两位大人的关系，似乎比传闻中要好许多？"

"有问题吗？"楚明允侧眸过去。

韩仲文顿时一僵，低头干笑："家国之幸，甚好、甚好。"

举箸又放，李彻仰首又饮下一杯酒，这才扯起唇角开口笑道："楚大人和兄长……也真是吓了我一跳。"

楚明允意味不明地收回了目光，苏世誉也若有所思地淡淡一笑。

片刻沉默，不知何处的蝉声透进屋来，将行至末路，倍添几分嘶哑竭力。

良久，李彻将又空了的酒盏放下，毫无征兆地低问道："兄长为什么会与楚大人交好呢？"

韩仲文又是一愣，连楚明允也不禁缓缓抬眼看向李彻。

苏世誉微微敛眸，波澜不惊："为何要这么问？"

"因为我实在是觉得太难以置信了，"李彻道，"为什么会是他呢？"

楚明允眸色渐深，紧抿着唇角一言不发。

"我记得小时候兄长就总是无欲无求的样子，从来没有想要过什么，什么都是可有可无的。不像我，能为些小玩意跟别人争个你死我活。"话至此他忍不住笑了，又续道，"兄长总是待人很好，是兄长性格好，对谁都很好，却从不会真正亲近谁。旁人都说感情方面，兄长似乎是生来就淡薄一些，不过也没什么不好的，能少去许多牵挂犹豫。

"长大后离开长安，与兄长少有联系，消息都是听来的。听人说旁人摸不到兄长的喜好，想要行贿都不得门路，让我笑了好久。那时不由得感叹，兄长果然是不会变的……"

"世子。"苏世誉打断他。

李彻笑着看了他一眼，喝了口酒，絮絮地接道："兄长是不会生气的，我了解，因为兄长对什么都不在意，当然也就不会生气。所以我总是觉得……这天下是没有什么能让兄长另眼相看的。"

苏世誉的声音淡淡："世子究竟想说什么？"

李彻握紧了酒盏，低低地笑出声："父亲总希望我能像你一点，小时候听了这话多是不服气，可到了现在，我也这样觉得了……如果我能像兄长这样就好了。"

酒盏突然被搁在桌上，磕出一声轻响，楚明允起身走了出去。

"抱歉，失陪了。"苏世誉微皱了眉，跟着站起身。

一直插不上话的韩仲文送了他两步，然后转回身看去，李彻独自坐在桌旁，一杯又一杯地喝尽了酒。

廊下风习习，楚明允扫了眼候着的侍从："都退下。"

"可是大人，这院落在夜里很黑，恐怕看不……"提灯侍女怯怯地出声，一抬眼看到楚明允的眼神，低头慌忙离去了。

竹苑夜沉沉，苏世誉下意识拉住了楚明允的手腕，走在前方的他陡然停步，转过身来。月光被繁密的叶遮去，曲径显得越发幽邃，可楚明允眼眸清亮，苏世誉看到他盯着自己看了许久，而后眉目一点点弯起，笑了出来。

苏世誉安心了些，触到他手背微凉，温声开口道："怎么了？"

"没什么，"楚明允不在意道，与他并肩慢慢走着，"我怕再多待一会儿就忍不住揍他了。"

苏世誉笑了笑："你觉得世子就是永乐坊的慕老板？"

"那道伤的位置太特别，觉得眼熟，不过看他那反应也确认不了什么。"楚明允道，"洛辛的事我倒是想出了点眉目。"

"什么？"

"就先当作洛辛确实是叛变了，那当时情势大好，叛党处于上风为什么会忽然消失，把先前的城池也丢了，局面被动，百害而无一利。他们为什么不趁着势力壮大，乘胜追击一举拿下整个淮南呢？这起码，能肯定一点。"

"叛党并没有得到朝廷的这支援军。"苏世誉道，偏头看向楚明允。

楚明允笑了声："那洛辛和援军又怎么消失了呢？他们和叛党如今各自在哪儿？"

苏世誉沉思片刻道："韩仲文和世子的话也未必可靠，无论如何，还要再仔细查探。"

说着他停下来，楚明允腕上一空，蹙眉瞧着他："怎么了？"

苏世誉不禁笑了，示意前方灯火通明的院落："我已经到了，你的住处在那边。"

楚明允故作委屈："这才多久，你就忍心抛下我了？"

"这是韩仲文的府邸，不比路上，你确实不能半夜睡不着就跑来打扰我了。"苏世誉轻笑道。

楚明允偏头，蹙紧了眉看他："世誉……"

"不可。"苏世誉果断截住了他的话。

楚明允悠悠地叹了口气道："变回御史大夫，你的心也变硬了。"

"楚明允。"苏世誉看着他。

"行了，不闹你了。"楚明允没忍住低笑了声，再抬眼时已经正了神色，"这整个寿春城气氛都古怪得很，韩仲文这里怕是也有问题，你真不用我一道？"

"我自会留意。"苏世誉道，"要请太尉大人当护卫实在是太过奢侈了，我可担当不起。"

"哪里奢侈，"楚明允笑吟吟道，"你多说几句好听的，再叫几声哥哥，别说护卫，就是肝脑涂地我也乐意呀。"

"早点睡吧。"苏世誉对他点了点头,转过身便走。

"等等。"楚明允连忙扯住他,"你还真走啊。"

苏世誉转回身来,楚明允看着他,又道:"我明日就该去军营里了,你就不说些什么?"

苏世誉想了想,温声道:"记得按时吃饭,不要挑食,晚上睡觉不能踢被子……"

楚明允道:"我怎么不知道我会踢被子?"

苏世誉笑着看他:"那就少饮酒别熬夜。"

楚明允无言瞧了他半晌,终于无可奈何地长叹了口气。"你还真是一句话也套不出来。"顿了顿,他忽然轻声道,"世誉。"

"怎么?"

"所以,为什么会是我呢?"楚明允神情一点点平静下来。

苏世誉一时愣怔,答不上话来。

楚明允认真地瞧着他。

"我没有想过这个问题,"苏世誉整理着思绪,"或者说,我从没想过你会这样问。"

"为什么?"

"因为你从来自信无畏,不会自我质疑。"

楚明允慢慢地弯眸笑了,一双眼眸映着院落灯火潋滟生光:"你回避了我的问题。"

不等苏世誉解释,他接着耸了耸肩,道:"但你说得对,我应该自信无畏。"

末了楚明允看着苏世誉的身影在房门后掩去,他立在原地静默片刻,随手折下一截树枝,打量一眼,树枝转瞬化作一抹残影直射入幽暗林间,一声没入骨肉的钝响,血腥气混在竹叶清香中丝丝缕缕地传来。

楚明允慢条斯理地整了整袖口:"留一命是让你回去告诉你主子,不是什么人都能监视的,安分点,懂了吗?"

林间窸窣声微响,转而彻底安静下来。

他又抬眸向院落中望去一眼，顾自低笑了声。

房中苏白早已将一切收拾妥当，一见到苏世誉回来，边迎上前边忍不住开口道："公子，您在襄阳见到澜依了？"

"见到了。"

"那、那她说您把她抱回去也是真的？"苏白忐忑地问道。

苏世誉好笑地看了他一眼："澜依没告诉你原因？"

"她说了，可是……可是，"苏白挠了挠头，狠下心道，"抱她回去这种重活怎么能让公子做呢。下次，下次不然还是让我辛苦一下……"他声音越说越小。

苏世誉摇头笑笑，抬手推开了窗，一眼望见楚明允转身离去的身影。他立在窗前，凝望着那顾长背影渐渐消失。

正是灯半昏时，月半明时。

月洒清辉，满地霜白，而地牢中仍旧阴暗潮湿，半丝光亮也透不进去。

漆黑囚室的角落里匍匐着一个东西，气息微弱，偶尔颤动一下，才能勉强辨认出是人形，长发凌乱纠缠地披在他身上，遮挡住了面容。

青石门轰隆被推开，光铺天盖地地倾泻进来，刺得他猛地一抖，更深地埋起了头。只是来人并不容他躲藏，不轻不重地敲了敲粗圆的铁栏，叫了声他的名字。

"洛辛。"

他迟缓地抬起头来，脸色青白，瘦得已经看不出先前圆脸的痕迹，面骨嶙峋地凸着，像是会把那层薄薄的皮也割开，似鬼非人的模样。喉中咕哝良久，洛辛才勉强发出两个含糊音节："王爷。"

西陵王李承化居高临下地看着他，问道："想起来了吗，兵符在哪儿？"

"不会……给你的……"洛辛气息奄奄，"再问……多少次……也一样。"

"你迟早要交出来的。"李承化不减笑意,"那本兵书是楚明允给你的?我看过了,他批注写得真好,你学得也不错,那天突围得实在是精彩。"

洛辛木然不作声。

李承化叹了声气,跟老友叙旧般的语气:"你那支队伍在山里待得很好,我真是一点办法都没有,只能围起来免得叫他们跑了。可是你也该清楚,这一个多月就差不多是极限了。洛辛啊,夏天就要过去了,秋天会落叶,还能那么隐蔽吗?即使还能撑,那冬天来了呢,天气可是很冷的,何况吃的喝的全都没有了,他们就只能死在山上了。"

"四季交替是很快的,就跟人生一样,数十年眨眼就过去了。忠臣还是叛徒,谁还会去在意呢?"李承化看着洛辛,"你说呢?"

"不是。"低得近乎听不清的声音。

"难怪苏世誉能看中你,真是跟他一样的固执。"李承化笑道,"可是你在别人眼里已经是叛徒了。"

"你和叛党一起没了下落,让朝廷的援军不见了,长安城里的人都在咒骂你,御史大夫和太尉亲自来了淮南,就是为了捉拿你回去问罪。只有你,还在这里可怜兮兮地忠诚,忠诚给谁看呢?"

洛辛抖了抖,闭上了眼,字字维艰:"苏大人……对我有恩……楚大人,是我敬佩的……我……国家……不会……"他身体猛地痉挛般颤抖起来,手指在地上紧抠出道道血痕,只能发出破碎压抑的呻吟,痛苦不堪。

李承化抬了抬手,有人将牢门打开。"看来是药效过了,"他拿出一个瓷瓶,拔出瓶塞,慢慢地晃了晃,"想要吗?"

洛辛猛扑上来,铁链哗啦巨响,他生生被扯住跌回地上,竭力伸长了手,神情近乎癫狂:"我……给我!快给我!"

"兵符在哪儿?"李承化沉声问。

伸出的那只手青筋暴突,不住颤抖着,洛辛趴在地上,大口喘息着,剩一丝神志也倔强地摇头:"你……找不到的……永远……放弃吧……"

手腕轻抖,瓷瓶中的白色粉末细细飘洒下来,落在泥尘上结霜一般。

洛辛颤抖得越发厉害,一双眼不由自主地紧盯着那层粉末,看得见,却够不到,神情痛苦到几欲崩溃,喉中声响如困兽呜咽般凄厉。

李承化看着瓷瓶。"还没认清情况吗?洛辛,你现在只能听我的了。"他耐心劝道,"你尊敬的苏大人已经把淮南的赤芙蓉都烧光了,现在也只有我手上还剩了些,离开了我,你就会一直是这个模样,你是活不下去的。"

没有应答声,洛辛低着头,竟然张口死死地咬住了自己的手臂,鲜血横流,淌满了他整只手,衬得他如今这个模样分外可怖。

李承化看了一会儿,叹了口气转身离去:"再熬他几天看看。"

他随手把瓶子扔到了对方面前,白色粉末随之洒了满地,厚重石门重合上,一片黑暗。

洛辛扑了上去,抓起地上的粉末就拼命往嘴里塞,不管里面混杂的满是泥尘,也不管自己满口腥浓鲜血。大把抓起,囫囵吞下,嗓子里磨砺刀割般地疼,他毫无感觉一般地重复着吃下的动作,不知过了多久,他的动作缓缓慢了下来,终于停滞。

洛辛捂着嘴呆坐良久,眼眶里忽然凝出点点晶亮,泪滚落了下来。

夜已过三更,李承化疲惫地揉了揉额头,穿过回廊推开书房门,却意外地看见房中早已笔直地站了个人:"彻儿?"

李彻慢慢抬起头,声音沙哑:"父亲。"

李承化皱紧了眉,回头示意随从退下,这才将视线落回他身上:"怎么跑回来了,你喝酒了?"

"父亲,静妹在哪里?"李彻道,"我想见见她。"

李承化神情有一瞬间的不自然,随即掩盖过去:"儿女情长!是时候我自然会让你们见面。你现在这是什么样子,伤才刚好,就喝那么多酒……"

"静妹死了,是吗?"李彻低声道,"她早就死了。"

李承化沉默了,来回踱步后又坐回位上,才出声道:"是。"

"为什么?"声线微微颤抖,李彻抬眼直视着他,"您答应过我无论如何都不会伤她的!"

"彻儿,你这是什么意思?"李承化变了脸色。

"为什么连她也要杀呢?我知道父亲心狠,从不顾忌手段,可是我以为您起码会遵守对我的承诺……"

"你这是什么话?"李承化微恼,"我什么时候杀她了?我根本就没下过那种命令。"

"那您为什么要隐瞒静姝的死讯呢?"李彻看着他。

"我……"他顿时张口结舌,转而彻底恼怒了,"好,好,即使是我杀的又怎么样,你就为了这么一个女人什么都不管地跑回来质问我、质问你的父亲?"

李彻身形颤了颤,垂眼沉默良久:"静姝的尸骨呢?"

"没有尸骨,谁知道死在哪儿了。一个女人罢了,你想要我还能给你几十个甚至上百个。彻儿,这不是你该关心的事情,你还能为她毁了大业不成?"

李彻看着他,默不作声。李承化的心猛地一抖,起身走到他面前:"彻儿,你要清楚我们这么辛苦谋的是什么,同样都是李姓一族,凭什么我们就要屈居人下?这些年来,我苦心经营筹谋这些,耗费了多少财力和精力,花了多大的力气去讨好诱导淮南王,才用他的死来给我们铺好了路,我又费了多少心血去匈奴那个鬼地方跟蛮人讲道理。你知道的,我辛苦了多久才造就了今日这个局面。"

"父亲……"

"彻儿,父亲已经年迈,你是我的儿子,等到我们大业一成,那时候这一切,这江山,就都是你的了,你可要比李延贞那个废物强得多啊!"李承化急切道。

然而李彻深吸了口气,有些哽咽地轻声开口:"孩儿知道自己总是让父亲失望,可是我不管怎么努力,都还是没有父亲的胸襟和野心。我不想要江山,我只想要静姝。"

茶杯"啪"的一声被狠狠掷在地上,四分五裂,李承化气得不禁发抖。"李彻！"他直指着李彻，"我不管你怎么想，你只要记住，那个女人已经死了，死得干干净净，给我收起你这副窝囊样子。从今以后，我不想再听你提起那个女人一次！"他拂袖而去，重重地摔上了房门。

　　一室寂静，李彻指尖动了动，摸到袖中一个细长圆滑的物事，染着他的体温，又似乎染了淡淡的脂粉香气。他不须看，他知道那是支彤管。

　　斯人已去，留物尚在。

　　那日李彻接过这支彤管，却只看着她笑，明知故问："你为什么送我这个？"

　　静姝抿唇，只笑不答。

　　"你去读了那首诗？那你知不知道那诗是什么意思？"他又问。

　　静姝便低下了头，脸上绯红，仍不说话，只是笑意深了。李彻也笑，不追问了。

　　　　静女其姝，俟我于城隅。爱而不见，搔首踟蹰。
　　　　静女其娈，贻我彤管。彤管有炜，说怿女美。
　　　　自牧归荑，洵美且异。匪女之为美，美人之贻。[①]

　　是首相思诗。

　　李彻缓缓委顿于地，捂住了脸，压抑得终于痛哭失声。

　　南境军营。

　　总将张攸在门前微一踌躇，深吸了口气，才推门而入，对斜倚着桌漫不经心翻书的人恭敬道："将军，所有人已经在校场集合完毕，只等您过去检阅。关于这些天的检兵事宜……"

[①] 出自《诗经》中的《邶风·静女》。

"这个不急。"楚明允打断他的话,仍低眼瞧着书,"我有事问你。"

"是。"

"淮南寿春的事你知道多少?"楚明允道。

张攸垂下眼,只道:"属下不知。"

"哦?"楚明允抬眸瞥他一眼,"你离得这么近,怎么不知道?"

"属下与南境军的职责是戍卫我大夏疆土,而淮南的叛党是西陵王封国的内乱,何况内乱时容易有外敌趁机入侵,属下一心只有边防,没有打探过那边的事。"

"朝中派遣援兵之时,兵部也传令让南境军赶往支援,你没见到命令吗?"楚明允道。

"见到了。只是属下整饬好队伍刚刚出发,就传来了叛党和援军消失的消息,不知如何是好,最后还是撤还了。"张攸答道。

"原来如此啊。"楚明允一手支着下颔,点了点头,"张攸,几年不见,你倒真是大有长进。"

"将军过奖了。"

"哪里过奖,"楚明允轻笑了声,从书页中抽出一封信来,"谎话说得天衣无缝,胆子也大了许多呢。"

张攸从容的神色在看到信的瞬间崩解,他慌忙跪了下去,急声道:"将军请听我……"

"闭嘴。"楚明允道。

张攸顿时收声,埋深了头不敢看他。

"随手抽了你一本书看,恰好就发现了这封信,你说巧不巧?"楚明允慢慢打量着这封薄信,"里面写了什么呢?"

他张了张口,半晌,只低声道:"将军既然已经知道了,属下……"

"我不知道,"楚明允道,"抬起头,你告诉我。"

身形僵硬,张攸暗自挣扎片刻,还是缓缓抬起了脸,撞上楚明允视线又惶惶不安地垂下眼:"信里……是九江郡守韩大人送来了千两黄金,但您也看到了,他只说是抚慰犒赏的心意,什么要求都没提。将军明鉴,属下虽然确实收了,可……可我没有擅用职权做些什么,我什么都没有为他做过！"

"你对淮南不闻不问，不就正是他要的，还需要做什么？"楚明允抬起手，手指轻轻地点在他额头，慢声道，"你们是各取所需，两相得益，可我的事又该怎么办呢？"

素白手指随着话音缓缓下滑，最终停在咽喉上，指尖冰凉如刃，楚明允微蹙眉，瞧着他："嗯？"

张攸已然面无人色，一动也不敢动，颤着声道："将军，其实属下，对寿春还是知情一点的。"

楚明允微微挑眉："你刚才不是说不知道吗？"

"刚才太慌张，一时没想起来。"张攸硬着头皮道，"这事是属下糊涂，但我还没完全被财迷了心窍。将军英明，韩郡守是要我什么都别管，可属下心里奇怪，就偷偷派斥候去了寿春附近，想看看是怎么回事，斥候连守了好几天见没发生什么，本来以为是我多心了，结果叫他回来的那天晚上就出了事。"

楚明允收回手："继续。"

张攸松了口气，忙续道："说起来，那天晚上格外诡异古怪，半夜里城门关闭后出现许多士兵，把进出城门围得密不透风，然后，"他脸色忍不住微微变了，"城里响起了惨叫声，一开始还很微弱，后来惨叫声越来越凄厉混乱，好像城墙里是地狱一样，再然后又出现一队士兵跟守城门的人打了起来，一片混战。斥候没再多看就赶了回来，向我回报的时候还心有余悸，说是惨烈无比。"

楚明允蹙紧了眉，思量不语。

张攸小心翼翼地打量着他的神情："属下知道，不敢隐瞒全都告诉您了，将军，属下是一时糊涂，犯下了大错，但……那些黄金我还分文未动，我愿全部献给将军，以证明我对将军您是绝对忠贞不贰的！还请将军高抬贵手，再给属下一次机会……"

"再给你一次机会？"楚明允抬起眼帘，看着他笑了，"好啊，不过我还要一件东西。"

"将军请尽管吩咐！"张攸面露喜色。

"我要韩仲文写给你的那封信。"

"信？"张攸顿时错愕不已，"那封信，不就在将军您手里吗？"

楚明允轻声笑了笑，不紧不慢地将手中信封拆开，然后从中抽出了一张白纸，搁在了张攸面前："拿来吧。"

张攸狠狠愣住，死死盯着那白纸，脸色几变，末了忍下所有情绪，起身走到书架隐蔽处，果真从一本书中抽出了一封信。捏着信的手因用力过大而微微颤抖，他不甘心地看了眼这封真正的信，顿了顿，抬头换上一脸笑意，双手将它捧给了楚明允："属下……多谢将军。"

叩门声忽然响起，门外有人提声道："将军，时候不早，该去校场检兵了。"

楚明允收起信起身，房门打开，门外的副将徐慎恭敬垂首，压低了声音道："主上。"

"嗯，"楚明允应道，"走吧。"

校场开阔，放眼下望，几万兵卒规整肃立，兵戈生寒，浑厚鼓声直冲霄汉。楚明允立于点将台上，风起，他凝眸遥望猎猎当空的旌旗，赤红的"夏"字招展其上，良久，楚明允冷笑出声。

韩仲文将信递上，退回原位坐下，他看了看李承化阴沉的神情，忍不住开口补充道："接连几日没有见到世子，应该是早就离开了，我派人去看时就只有这封信压在桌上，想来是给王爷您的。"

李承化没有说话，将信上内容看了一遍又一遍，挨字挨词地钉在眼里，室内静得几乎压抑，转而猛地一阵巨响，他挥手把桌上杯砚全摔在地上，一拳砸在桌案上，怒不可遏："胡闹！"

侍女们惊慌地跪下收拾，韩仲文不禁道："王爷，世子他……"

"这个逆子，真是反了！不辞而别，还敢说不用找他！就为了一个女人，还真抛了大业，抛了他的亲生父亲！"李承化眼底通红，紧攥成拳的手无可自抑地颤抖，"去为她收尸，收什么尸？都已经死一年多了，他想要怎么收尸！混账东西！"

话已至此，韩仲文听得明白，李承化自己又怎会不懂。李彻是从来心不在此，为顺遂父亲的苦撑也终于熬至尽头，如此一别，怕是再无归来日。

"逆子，为父熬了这么多年的心血，难道你真就没一点念头吗！"他紧攥着信纸，恨不得一把撕个粉碎，却在那一瞬间又生生住了手，许久，缓缓地把信一点点抹平，放在桌上。李承化疲惫地靠上椅背，闭上眼，低声长叹："痴儿啊……"

这角度恰好能看清他鬓边额角生出的白发，韩仲文看着，忽觉得西陵王仿佛在须臾间苍老了几分，他想了想道："总归不过几天，世子又要掩人耳目，应该还走不远。王爷，不如下令封锁……"

"不用。"李承化抬手打断他，"找到能怎么样，心不在这里了，就算把他押回来，也还是要再跑的。"

"那王爷的意思是，随世子去了？"韩仲文揣度道。

半晌，李承化睁开了眼，眼底重归冷静，并不回答，而是转而问道："你那边楚明允和苏世誉他们两个的情况怎么样？"

韩仲文也识趣，应声答道："楚明允去了南境军营里检兵，不过王爷放心，那边我早已经打点过了，不会出差错的。"

李承化点点头："那苏世誉呢？"

"苏世誉这几天在暗地打探洛辛的消息。"韩仲文笑了笑，"该说不愧是御史大夫，手段就是厉害，只可惜这寿春城毕竟是我的地方，他注定是白费力气。"

"还是要盯紧一点，免得出了岔子。"

"那是当然。"顿了顿，韩仲文稍一犹豫，又道，"还有件事，我觉得有必要告诉王爷。"

"什么事？"李承化问道。

韩仲文道："还是楚明允和苏世誉，出人意料的是，他们两人不似传闻所说的那般势如水火，而是私交甚好。"

"私交甚好？"李承化明显地愣了一下，"不可能，你确定没弄错？"

"绝不会错，言谈举止间都极为亲近熟悉。"韩仲文肯定道。

"也许是演给你们看的表面假象，楚党与苏党对峙多年，怎么可能一夕之间就握手言和了？"李承化仍有所疑。

"我也是这样想的，可派去监视的人也回报说他们两个独处融洽，不像是有假。"韩仲文凝重道，"倘若正是我们的谋划，给他们创造了消除隔阂的机会，就此联手，今后就麻烦大了。"

李承化忽然就沉默不语了，暗自思索着什么，方才的苍老之色消弭无踪，唯见得满怀野心者端坐沉思，眼中锐利的光一闪而逝。

马车停在了府邸前，苏世誉抬手将车帘掀开一线，看了眼朱红描金的都尉府匾，并不急着下车。

这些天他多方打探洛辛的消息，却始终一无所获，仿佛洛辛真在淮南凭空消失了，半点踪迹都寻觅不得。正一筹莫展之际，苏白突然就带回了个消息，说是九江都尉梁进自称跟洛辛有过接触，想请御史大人今晚过府一叙。

梁进是淮南王薨逝后和韩仲文一同被朝廷委派来的官吏，早前进京时与苏世誉匆匆见过一面，远谈不上熟悉，但他的能力苏世誉却是清楚的，否则也不会掌管九江郡军务大事。相比其他人，梁进的确最有可能见过洛辛，但他若果真知道消息，为何不一早上报朝廷，或者在苏世誉刚到达时就回报，偏偏拖延到现在才想起来？

"公子，就是这里。"苏白俯身掀起车帘。

苏世誉回过神来，应了一声便下车，抬眼正看见梁进快步迎了出来，客气一笑："梁大人久等了。"

"哪里哪里，苏大人快请进。"梁进满面笑意，领他到了正厅。厅中矮桌上早设好了杯盏，美艳侍女捧酒立在一旁，铜枝烛台，香雾袅袅，哪里像谈公事，分明是宴客的架势。

苏世誉扫视一周，看向梁进："梁大人稍后还有客人？"

"怎么会，今晚只请了苏大人您一个。"梁进招呼道，"苏大人请坐。"

"谈事的话，我以为还是在书房更好些。"苏世誉道。

"说出来不怕苏大人笑话，有些话，不到半醉我是不敢开口的。"

苏世誉意味深长地看了他一眼，不再推托，坐了下来："那就多谢招待了。"

梁进拿过酒杯："第一次请苏大人，来，我敬您一杯。"

苏世誉也举杯一饮而尽。梁进为他介绍这酒是淮南特产，余韵悠长，席上菜肴也各有特色。眼看两人一杯接一杯地喝空了一壶，梁进悄悄打量着他的神色，迟迟不进入正题。

苏世誉心中了然，以手撑住下颌，适当地露出了一点醉意。

侍女上前添酒，脂粉香气熏得人醉意更浓，她朝着苏世誉抿唇一笑，正当这时，梁进的声音响起："苏大人，这一杯，算作属下向您赔罪。"

苏世誉看他斟满酒杯一口咽下，慢声问："何罪之有？"

"瞒报之罪。"梁进从脸庞到脖颈都被酒气熏红了，看着已经醉得深了，目光炯炯，"可我能够相信您吗？"

"此话又怎讲？"

"倘若您果真与楚太尉的私交非同寻常，那我今晚便是自投罗网。"

苏世誉没有立即回答，梁进也不再作声，定定地瞧着他，是在等他自证与楚明允究竟有何干系。

苏世誉微微一笑："我始终是为陛下分忧的。"

探不出他的口风，梁进只得切入正题："不敢再欺瞒大人，洛辛失踪之前，曾来我府上拜会，向我打听一个人。"

"是谁？"

"南境军总将——张攸。"

苏世誉点了点头，面上没露出什么情绪。

"洛辛说是派人前去南境军营，请求协助，总将张攸收到了朝廷的命令，却借口抽不出兵力，把人打发了回来。洛辛找我，是想问问我之前是怎么与张攸打交道的，我听他话里意思，似乎要亲自去一趟南境军营。"梁进顿了顿，"但这仅仅是猜测，至于此事与洛辛的失踪是否有关，我就更不清楚了。"

"你所说的的确是重要线索，既然如此，为何迟迟不报？"苏世誉问。

梁进谨慎地笑了笑，道："下官愚钝，实在想不明白，区区封国动乱，怎么劳烦得了楚太尉亲临？"

随后又闲聊了些当地情形，也问不出再多的线索了，苏世誉便告辞离去。

先前喝下的那壶淮南酒果真不同，入口时并不辛辣刺激，却没想到后劲极大，苏世誉本是微醺，可一路上马车晃荡，让酒意汹涌翻腾了上来。下车时他的步伐还算稳健，等走回院落，就不得不停下脚步，扶住院墙缓上一阵了。

苏白担忧道："公子，您感觉怎么样？我去后厨为您要碗醒酒汤来？"

"也好。"

"好，公子等我！"苏白拉上院门，拔腿就往外跑。

苏世誉不禁轻笑了声，转而又难受地皱紧了眉头，他被酒劲烧得燥热，本来还在思索梁进的话全无佐证，到底有几分可信，但头脑渐渐混沌，再也集中不了精神。

天渐入秋，露湿微凉，反而让他好受了些，苏世誉久立庭中只待自己平缓些许，才走上台阶，推开了房门。

夜色晦暗中依稀见得一人影坐在桌旁，他神思迷蒙，尚未来得及辨认，对方就已先出了声："怎么回来得这么晚？"

熟悉音色落入耳中，苏世誉不觉弯起唇角，一边点上房中的灯一边笑道："你检兵的事已经忙完了？"

"嗯，麻烦死了。"楚明允手撑着额答道，他脸色忽然微变，一把扯住自身旁经过的苏世誉的袍袖，"怎么有股酒气？"

"有才正常。"苏世誉抽回袖，靠上身后的房柱，道，"淮南特产，得空你也可以尝尝。"

"哦？"楚明允慢慢挑了眉，起身正对着他，理直气壮道，"那你怎么不直接给我捎回来些？"

苏世誉仔细想了想，竟认真答道："是我疏忽了。"

楚明允"扑哧"笑了起来，打量着苏世誉脸上、耳际泛起一层淡淡的红，似暖玉里沁透的绯痕，问："世誉，你是不是醉了？"

苏世誉没作声，只静静瞧来，楚明允在他面前左摇右晃，他的视线便跟着移动，直到楚明允伸手在他面前挥了挥，他才开口："大概……是有一点点。"

原来堂堂御史大夫喝醉了是这个模样，不吵不闹，甚至分外安静，只是反应迟缓了许多，或许，也坦诚了许多？

楚明允满是兴趣，试着问："我不在的这些天，你有没有想起我？"

"……"

"我还挺想你的，你呢？"

苏世誉闭了闭眼，似乎在忍耐醉意的折磨，想要调整倚靠柱子的姿势，却不稳地晃了晃。

楚明允连忙扶住他。苏世誉借力站稳了，却忘了方才在说什么，掠过一丝楚明允发上的檀香气味，问道："你来前还沐浴了？"

"嗯，"楚明允让他靠着自己借力支撑，"营里半个月搞得我灰头土脸的，难不成就那么直接见你？"

苏世誉轻轻笑了，气声如同一片飘落的羽毛。

楚明允见他眉心始终微微皱着，问道："你这会儿感觉怎么样？"

"还好。"

"那有什么想做的吗？"

苏世誉眉目间显出一点疲惫，眼神放空，好一会儿才慢吞吞地回答："想独自一人安静待着，谁也不要打扰。"

楚明允问："那我走？"

苏世誉似乎回过了神，又似乎还沉浸在自己的思绪中，他轻轻笑了起来，摇了摇头："还不到时候，你还可以……再待一会儿。"

苏白端着醒酒汤急匆匆地闯进来时，正撞见楚太尉站在床边给人披着被子，躺在床榻上已经睡着的人正是自家公子，他张口喊了一半的"公子"，又急忙吞了回去。

可惜这仍引起了楚明允的不满，他回过头，竖起了食指。

苏白闭紧了嘴巴，谨小慎微地点点头，僵立在原地，托盘上醒酒汤热气腾腾，不知该何去何从。

楚明允最后看了睡梦中的苏世誉一眼，转身往外走，路过苏白时，顺手端起醒酒汤喝了一口，接着他撇了撇嘴角，评价道："不好喝。"

说完，他将汤碗放回托盘上，大步迈出房门，离开了院落。

苏白低头瞅了瞅少了的醒酒汤，回头瞅了瞅背影似乎很是愉悦的楚太尉，又瞅了瞅安然沉睡的公子，忍不住小声嘟囔："这到底是什么情况啊？"

叩门声响了两下，书房里传来应答，柳云姿端着托盘推门而入，对着书案前的人笑道："夫君这几日清减许多，妾身特地熬了羹汤给你送来了。"

"不是跟你说过了，这种事让下人来做就行了，当心别再累着了。"韩仲文抬起头，揽住走到身边的她。

"哪有这么容易就累着的。"柳云姿放下托盘，又捧起碗递过去，"来，你不是最喜欢我做的汤吗？趁热喝吧。"

韩仲文笑着应声，接过了汤。柳云姿看了他片刻，视线又移到案上的书信公文上，神情不禁微微一凝，那边韩仲文已经喝完放下了汤碗，见她这样便问道："夫人怎么了？"

"夫君，"柳云姿看向他，"虽然妾身知道不该多嘴，但还是忍不住有些话想说。"

"有话直说就是了，你我夫妻，没什么好忌讳的。"韩仲文道。

柳云姿道："夫君心意已决吗？"

韩仲文愣了一下，旋即点了点头："早就下定决心了，否则也不会走到现在这一步。"

沉默片刻，柳云姿低声道："只怕西陵王并非可信之人，夫君如此，凶险太大。"

"想成就大事，风险怎么可能会不大？"韩仲文道，"更何况现在的太平不过只是表象，虽然前些年灾乱不断，但真要比起来还算是好的，这两年没了天灾，人祸却彻底起了，淮南王之死不足以震慑诸侯，北方有匈奴虎视眈眈，楼兰也与我们断交，皇帝软弱无能，长安城中楚党和苏党不也还在争斗不休？这天下，迟早都是要乱的，被动只能任人鱼肉，不如先选择最具实力的西陵王，一旦将来大业铸成，自然换来风光无限。"

"若非有人推波助澜，情势何至于迅速恶劣至此。"柳云姿面露一丝不忍，"夫君所作所为，难道真就不曾于心有愧吗？每逢午夜梦回，妾身也总怕会有亡魂来寻。"

韩仲文安慰地握了握她的手，忍不住叹了口气："我如果说你妇人之仁，你怕是要不高兴，但事实就是如此，你放眼去看，有几个人是清清白白的？他苏世誉出身世家不必说，楚明允一路成了炙手可热的太尉，身上血气又能少上几分？世道本就如此残酷，我也不过是个局中人罢了。"

柳云姿垂下眼，一时没再开口。

韩仲文忽然站起身，从背后将她整个人拥在怀中，叹道："夫人，我知道你担心我。可是你要知道，我们已经离成功很近了，只要抓住机会除去楚明允和苏世誉，朝廷就垮了，天下就几乎是我们的囊中之物了！到时候，荣华富贵应有尽有，我能给你和子铭最好的一切，而且再也不用忍受冷眼嘲讽，不会被他们狠狠地踩在脚下了！"

搂在身上的手因话语不自觉收紧颤抖，柳云姿抬手覆在他的手上，靠在他肩头，慢慢地柔声笑了："妾身什么也不求。既然夫君心意已决，那无论做什么，我都会陪着你的。"

等到出了书房门，柳云姿才终于露出忧心忡忡的神色，将托盘交给候在旁边的侍女，她双手合十，对着远天默念祈福，末了长长地叹了口气，往自己院落走去。只是尚未走近，她便看到有人等在院前，一见到她忙迎了上来。

苏白行了一礼："韩夫人，我家公子煮了好茶，想您大概会有些兴趣，特来让我请您前去尝尝。"

柳云姿眸光一闪，附耳对侍女吩咐了一声，然后对苏白笑着点了点头，随他去往苏世誉所居的别院。

小炉中沸水稍静,新叶试茶如沉碧,柳云姿双手接过茶盏,谨慎地微呷一口,只有清香悠长回甘,她稍放下心来:"果真是好茶,素闻苏大人风华卓然,果然不假,就连烹茶也极为风雅呢。"

　　"多谢韩夫人赞许,合口便好。"苏世誉淡淡一笑,将一杯搁在楚明允手边,才为自己斟茶水。

　　"妾身先谢过大人盛情邀请,"柳云姿将杯盏放下,"不过大人邀我来此,恐怕不只是为了品茶。"

　　"夫人聪慧,今日冒昧打扰,的确是有话想要询问你。"苏世誉道。

　　柳云姿笑道:"妾身一介女流之辈,只懂得相夫教子,无意参与外事也无从参与,回答不了什么问题,大人怕是找错人了。"

　　"韩夫人误会了,"楚明允笑了声,"没打算问你意愿怎样,我们是奉命前来,有权彻查淮南的一切,无所谓男女,既然找了你过来,你只管回答就是了。"

　　"是。"柳云姿道,"既然大人这么说了,妾身自然配合。"

　　"不必紧张,我们只是想简单了解一下。"苏世誉看着她,问道,"韩夫人,你可知道近来寿春城中都发生了些什么?"

　　柳云姿摇了摇头:"我整日都待在府里,怎么会知道城中发生过什么?如果大人问的是先前叛党的事,也请原谅妾身一无所知。当时我正携子在家省亲,听闻动乱消息时担忧不已,直到收到夫君的平安书信才安下了心,淮南局势凶险,他不让我们回来,等到后来安定了,我和子铭才动身回来,也正是在回来路上遇险被两位大人所救。我和两位大人是一起进城的,这寿春城中的事,大概我还不如你们两位了解得多。"

　　"那你怎么知道那天袭击你的是流民?"楚明允道。

　　柳云姿道:"看他们的形容打扮,自然能猜得出来。"

　　楚明允漫不经心地点了点头:"是,看得出来他们是战乱的流民。不过为什么寿春城里人们安居乐业,城外却有大批流民在抢掠行人,这难道不是很奇怪吗?"

　　柳云姿微微一滞。

"没有一个流民出现在城里,他们没有沿途乞讨,而是成了一群匪徒,甚至连郡守夫人都遭了袭击。"楚明允偏头瞧着她,"你这么聪明,就不觉得奇怪?就没有问过你夫君?"

柳云姿笑了笑:"倒是真没有,我没有大人您想得那么多,一心只觉得人没事便好,夫君本来就事务繁忙,不想再提起来让他担忧分心了。"

她话音方落,苏世誉不禁微微皱眉。"韩夫人,"他开口道,"我记得初来府中你为我们遮掩解释时提到被救一事,当时韩大人并不惊讶,想来应该是知道这件事的。"

柳云姿不觉握紧衣袖,顿时答不上话来。

楚明允看了苏世誉一眼,又将视线移回到她身上,似笑非笑道:"既然知道,怎么没见韩大人做些什么呢?"他顿了顿,"你不了解寿春城,可总该了解你的夫君吧?"

她沉默不语,已然被逼到了进退两难的地步,无论她如何开口辩解,韩仲文都逃不了玩忽职守的罪名,若是闭口不言,只会显得心虚可疑,就是无声印证了其中暗藏阴谋。

良久,柳云姿松开了紧攥的衣袖,抬手按上胸口,温婉的眉目显出了些笑意。"我的夫君是这世上待我最好的人,我与他是自幼相识,青梅竹马,十四岁时嫁给了他,他说绝不会让我受一点委屈。转眼这么多年了,他还总担心我操持家务会累着,明明都已经有不小的官职了,路上看见些小玩意还要下车亲自买回来给我,想哄我开心,也不怕人笑他。"话音微顿,她抬眼看向他们,"我所了解的夫君,并非两位大人想知道的,我觉得他很好,也未必是两位大人所认同的,何况政事复杂,各有打算,大人问我,终究是徒劳。"

一时无话,楚明允拿过杯盏喝了口茶,意味难明地笑了笑。苏世誉思索片刻,正要开口,外面忽然传来孩子的声音。

侍女带着韩子铭走进来,先向楚明允和苏世誉行了一礼,然后转向柳云姿道:"夫人,小少爷醒来后一直吵着要见您,奴婢没办法,只好带他过来了。"

韩子铭一进门就依偎到了柳云姿身边，边半醒不醒地揉着眼睛，边糯糯地叫着娘。柳云姿哄了两声，对苏世誉歉然笑道："今日就到此吧，妾身不打扰大人了。"

"韩夫人……"

"咦？大哥哥！"韩子铭不经意看过去，顿时有了几分精神，只是脱口而出后他自己又皱起了眉头，"不……不对，娘说不是你们……"他盯着楚明允和苏世誉巴巴地纠结了一会儿，"就是像啊，真的不是你们吗？"

柳云姿还没来得及开口，楚明允忽地弯眉一笑，对韩子铭道："你真的想知道？"

"嗯嗯！"韩子铭点点头。

楚明允便勾了勾手指，压低了的声音似蛊惑："你过来，我悄悄告诉你。"

韩子铭闻言就要走过去，柳云姿心头一惊，下意识矮身抱住了孩子，脱口道："楚大人！"

楚明允笑吟吟道："我又不会吃了他，你何必怕成这样？"

苏世誉无奈地看了他一眼，对柳云姿道："他并没有别的意思，韩夫人不必多心。"

努力定下了心神，柳云姿为孩子理好脖颈上的长命锁，话却是对他们说的："如果大人早就认定了些什么，那么妾身的话其实已经并不重要了。"

肉乎乎的小手摸了摸她的脸，孩子仰脸看着她，茫然地眨了眨眼："娘？"

柳云姿握住他的手，温柔笑道："没事，我们回去。"

"嗯。"他乖乖应答，又扭头对楚明允和苏世誉挥了挥手："那大哥哥再见！"柳云姿跟着起身行礼道别，他们没再阻拦，任由她拉着孩子离去。

身影消失在院墙外，楚明允收回视线，看向一派淡然的苏世誉，悠悠叹道："她分明是知情不肯说，不用点手段怎么问得出来，你这么怜香惜玉，倒还不如多怜惜怜惜我。"

脸皮日渐增厚。苏世誉笑看了他一眼，温声应道："好。"

楚明允道："我说的怜惜不是让你再给我倒杯茶。"

"我明白你的打算。"苏世誉将满杯茶放在他旁边，"不过韩夫人怎样回答都是无从辨明真假的，我主要是想看看她的态度，这样一来也就能猜出个大概了。"

"哦？"楚明允笑道，"说来听听。"

苏世誉起身走进书房，从桌上拿起一封请帖递给跟进来的楚明允："你的那份应该也送到你院中了。淮南另两郡的主职官吏陆续抵达寿春，你也从军营里回来了，韩大人就定下了明晚设宴。"

楚明允随手翻了翻："想来韩仲文也不会轻易放我们回去，所以这是准备了场鸿门宴？"

苏世誉轻轻一笑，没有回答。

楚明允靠着书案想了一会儿，忽然道："对了。"

"怎么？"

"有东西要给你。"楚明允从袖中抽出一封信，"御史大人，猜猜这是什么？"

苏世誉笑道："太尉大人的认罪书吗？"

"差不多，不过不是我的。"楚明允将信递给他，"喏，证据有了，随你怎么处置。"

大略扫过信上内容，苏世誉眼底笑意却渐渐淡下。"张攸？"他平淡无波地开口，"我记得他是你的人？"

楚明允不带情绪地笑了声："现在不是了。"

苏世誉忽而沉默了，他眸色深沉，对着一纸薄信看了许久，又似乎沉思着一字未读，末了轻描淡写地开口，不经意般地问道："对待失去价值的棋子，你一向都是这般绝情的吗？"

似是觉得莫名，楚明允歪了歪头，不以为意道："有何不可？"

苏世誉垂眸笑了，淡淡道："没什么。"就要把信收起，却被楚明允一把拦住，他诧异抬眼，正对上对方笑得弯弯的眉眼。

楚明允慢悠悠道："这可不是白给的。"

"需要用什么交换？"苏世誉波澜不惊道。

楚明允瞧着他，忽然问："你不高兴吗？"

"怎么会？"

"笑容不是很真心啊。"楚明允煞有介事地点评。

少有地没有出声，苏世誉认真地看了他一会儿，终于放柔了目光，慢慢弯起了唇角，像无可奈何的妥协。

"哎，"楚明允道，"这才对了。"

苏世誉只是微笑，他握信的手垂在身侧，于无人可见处不觉收紧，纸张微皱，发出了一声轻响。

章十六──真相

日落月升，转眼到了晚宴之时，各郡官吏陆续而至，门外车马拥街，满庭灯火通明，偌大的郡守府热闹非常，连初秋寒气都被馥郁酒香熏暖。

环顾庭中，人已经到了大半，楚明允与苏世誉才在主位上坐下，便有一人拿着酒壶殷勤上前："楚大人、苏大人，下官有礼了。"

来人是淮南衡山郡的郡守，苏世誉认得他，回以一笑："沈大人，好久不见。"

"是是，好久不见。"沈大人笑着用手中酒壶为他倒了满杯，"难得见面，宴还没开，我先敬您一杯！"

楚明允闻言不禁多看了沈大人一眼。既然清楚韩仲文有问题，这宴席上的饮食他们自然都不会碰，只是没想到上来就有个敬酒的。果然，苏世誉笑了笑，婉拒道："的确难得相见，不过今夜集会是为了要事，我还是不饮酒了。"

"就一杯算得了什么。"沈大人将酒杯递了过去，"您看，我都为您倒上了，喝一杯也不碍事的。"

"沈大人不必这么客气，这杯酒你喝也一样，就当作我敬你的。"苏世誉语气温和。

沈大人空举着杯有些尴尬："苏大人这是果真不想喝，还是说我官职低微，我倒的酒您不愿意喝？"

"怎么会……"

"你不用白费力气劝了，他啊，估计这一个月都不想碰酒了。"楚明允忽然出声。

沈大人的注意力转移到了他身上，恭敬道："那楚大人您肯赏下官这个光吗?"

楚明允微挑眉梢,不答反问:"我把这杯酒喝了你就走?"

沈大人讪讪笑着,递上酒杯:"一杯薄酒,聊表敬意。"

未及苏世誉出声阻拦,楚明允便接过酒一饮而尽,随手将玉杯扔回给他,再加一个不耐烦的眼神。沈大人识趣地客套了下,忙拎着酒壶走开,又挨个去敬了豫章郡守和庐山郡守。

苏世誉惊诧一瞬,随即从袖中拿出一个小小的白玉瓶,倒出几个药丸在掌心:"这是阿越给我的百毒解,大多数毒能解去,你先服下它,我再为你把脉。"

楚明允没作声,按住了苏世誉的手,摇了摇头。

"怎么了?"苏世誉看着他。

楚明允侧身,扭头向后,张口把酒吐了出来。

苏世誉:"……"

楚明允回过脸来,抬手擦过唇角:"这么看着我做什么,忍不住想要夸夸我了?"

"你觉得呢?"

说话间人已经到齐了,众人都列席就座,庭中渐渐静了下来。韩仲文缓缓扫视过一周,从席位上站起身,开口道:"相信在座同僚都清楚淮南所发生的事,也都清楚太尉大人和御史大人所来的目的,今夜韩某先代整个淮南谢过两位大人,也多谢各位远道而来。"

席间顿时响起一片回谢应答之声。

韩仲文看向主位:"两位大人有什么想要说的吗?"

楚明允看着苏世誉,苏世誉淡淡一笑,也不推辞:"都已清楚的事我就不赘言了,既然诸位大人都在,我借此机会问一个问题便好。"他抬眼看向坐在一侧的梁进,语气温和依旧:"前几日梁大人告知与我援军将领洛辛的消息,但楚大人自南境军中归来,却从未听说洛辛与之有过联络,不知这是为何?"

众人不约而同地看向了梁进,梁进面不改色地喝了口酒,唯独避开了苏世誉的视线,没有说话。

"梁大人？"楚明允催促道。

梁进将杯盏放在桌上，他还没开口，一声尖叫抢先响了起来。

他们循声看去，侍女惊恐地捂着嘴，紧盯着豫章郡的郡守，那郡守脸上泛起青紫，他正呆住忽然又喷出一口鲜血，随之一头重重栽在桌上，不再动弹。还来不及反应，几声尖叫接连响起，五六个人直挺挺地倒下，双目暴突，死状如出一辙。

苏世誉看得清楚也记得清楚，这几个人都是方才被敬过酒的人。楚明允转头看了过去，沈大人对上他目光不由得一颤，慌忙几步躲到韩仲文身旁。韩仲文还端坐原位，只是不知何时，府兵围护在了他的四周，手按腰刀，蓄势待发。

事发突然，随他们从长安来的侍从原本守在外围，回过神后当即冲上来挡在楚明允和苏世誉身前，同样握住刀柄，警惕以对。

场面陡然僵持，冷到了极致。

这日天色不佳，夜沉如墨，星月皆隐于重云之后，唯有高悬的灯盏曳曳生光，照得庭院明亮。

楚明允轻轻笑了一声，此刻听来分外清晰。"看来问题是不用回答了。"他气定神闲地扫了眼，"难怪一直没对我们下手，原来是在等今天啊。所以剩下没死的这些人，都是你的了？"

"除了两位大人，都是。"韩仲文看着他，"楚大人果然厉害，也幸好我还没有天真到认为一杯毒酒就能解决你。"

"如此看来，叛变的不是洛辛，而是韩大人和淮南所有官吏了。"苏世誉道，"韩大人既然把自己府邸化作修罗场，想必妻儿早已转移了？"

韩仲文没有说话。

楚明允不带情绪地笑了声："怎么不说话？都到这一步了，干脆说个明白啊。收买张攸，追杀了寿春县丞全家，在寿春只手遮天、为所欲为，你做得这么漂亮，那有没有把援军也杀干净呢？"微微一顿，他道，"我倒不信会有什么凭空消失，不如说这一切都是你精心安排的好戏，其实根本没有什么淮南王叛党。"

"你错了，楚大人。"韩仲文终于开口，他站起身退开几步，"当然有淮南王留下的残党，不然这些人是谁呢？"

话音未落，房檐上密密现出弓箭手们的身影，一身黑衣，正是那晚在寿春县丞家遭遇的黑衣人的装束。

"放箭！"

箭矢应声蔽空而下，如雨纷纷。庭中其他人毫无预料，顿时乱作一团，惊叫着四处奔逃却不免被乱箭射杀倒地，侍从们抽刀格挡，刀箭对撞溅起火花，金石之声铿锵作响。楚明允站起身，广袖一卷挥开迎面而来的箭，他伸手刚拉住苏世誉，却忽然被苏世誉一把反扯了过去，猝不及防地撞在对方身上。

楚明允微愣，转头正看见袖中剑滑出，在俊秀白皙的指骨间闪动一下，转而向远处飞射出，如箭迅速，却又远比箭势猛，化作寒芒一点与三支箭矢擦身而过，直接洞穿躲在檐角的弓箭手的胸膛，带出血花。

那么多的弓箭手，只有这个是特意为楚明允准备的，隐蔽在他看不到的死角，在无数飞矢的混杂声响的掩盖下连发三箭，箭箭直取要害！

只是他们没有料到这个温润斯文的御史大夫居然是会武的。

然而对方毕竟是个神箭手，三发位置不同，苏世誉手上又没了武器，电光石火间避开了前两发，却终究被最后那支箭扎了手臂。

苏世誉毫无反应，甚至连低哼一声都没有，楚明允却脸色陡变："世誉……"

"只是皮肉伤，不要紧。"苏世誉松开他，拔下羽箭要扔，却被楚明允攥住手腕，他清楚地看见箭镞上泛着幽绿色的光，脸色难看至极："箭上有毒。"

苏世誉轻挣开他的手扔了箭，拿出白玉瓶服下几粒药丸，竟还抬眼对他笑了笑："没关系，我能撑得住。"

无处可躲，一遭箭雨攻势下，侍从们为了护全他们两个已经死了大半，剩下几个也是负伤强撑。韩仲文毫不在意已经投靠的人被误杀，庭中已经横尸满地，血流成河，只剩这几个人孤零零地立在当中。弓箭手们换箭搭弓，也正是这一空隙得以让他们交谈，但接下来，他们必死无疑，思及此，弓箭手们也大为振奋，秉着最后一击的心情，将弓弦绷紧到极致后，松手放箭。

流矢飒沓，突然几道黑影掠过，不知从何而来，眨眼间停在了庭中，以楚明允为中心背对而立，扬手间剑光璀璨，织成一张密集的网将箭悉数挡下，有两人也持弓箭，抬手射向檐上。也不过仅仅六人，远少于方才的侍从们，可当他们伫立庭中，气氛浑然一凛。

"属下来迟，请主上责罚！"

楚明允一言不发，抓过影卫手上的角弓，抽出三支箭并搭其上。

正对着那排弓箭手的影卫听到身后传来的声音，冰冷至极："低头。"

他们丝毫不敢犹豫，应声俯身，紧接着厉风在头顶掠过，带出尖厉呼啸声，他们抬头看去，意外发觉那三支箭并未直冲着弓箭手，而是穿透了悬挂檐下的灯笼，其势分毫不减，一路而上，射入人身。

灯笼破裂，火苗腾地在人身上烧开，迅速蔓延开去，房檐上顿时火光冲天，映红了晦暗天色，呻吟惨叫声此起彼伏，无数弓箭手痛苦翻滚着跌了下来，摔在地上后火势再度猛涨，噼啪作响地烧了开来。

楚明允揽住苏世誉，那百毒解不知对这毒到底有没有效，他分明服下了药，脸色却肉眼可见地苍白起来，况且他一向擅于隐藏掩盖，半点痛苦之色都不曾流露，楚明允顿时更加心乱如麻，懒得再管韩仲文："世誉，我们先出去。"

苏世誉点了点头，他神思逐而凝滞迟缓，虫蚁噬咬般的痛密密地啃在经脉骨骼，却还是按下了楚明允搀扶自己的手，摇头道："我可以自己走，你拿好剑。"

"世誉……"

"我自己走。"他坚持道。

"啧。"楚明允只得揽紧了他，转头对影卫吩咐了声什么，离得那么近，苏世誉却听不清晰，模模糊糊的，他抬眼望见不远处烈烈火光，浓烟四涌，忽然没来由地觉得有些冷，恍惚间听见一个细弱的声音在叫他。

"小将军……"

苏世誉一怔。

楚明允看了眼苏世誉，扶着他的手臂又紧了紧，率先冲了出去，影卫紧随其后。

远处回廊下韩仲文死死盯着他们，扬声冲府兵喝道："还愣着干什么，拦下他们！"

府兵们抽刀冲去。

这座府邸里遍植翠竹，郁郁成林，无数幽径曲折相连，韩仲文当年修建时怎么也想不到如今反而对敌人相当有利。竹叶遮蔽下昏暗难辨，剑光闪灭，影动叶摇间血如泼墨，溅染绿竹。

苏世誉脚下猛地踉跄，楚明允一把将他捞起，凭一点微弱的光亮看见他面如纸色，冷汗满额："世誉，你怎么了，哪里疼？"

骨肉像是被钻透劈开似的，连带着胸腔一阵阵痉挛，苏世誉却紧抿着唇摇了摇头，顿了一瞬，他强撑着挣开楚明允，却因脚下虚软，不禁跌在地上。楚明允半跪下来紧盯着他，影卫们也停下脚步，隔了一段距离把他们围护在中间，警觉地盯着周遭竹林。

"你先走……"

"你想都别想。"楚明允直接打断他的话。

说话有些费力，苏世誉慢慢地开口，还认真地分析给他听。"带着我只会拖累你，最终谁都出不去，但只要你逃出去了，韩仲文会留着我的命作为要挟，不会杀我……待你回到军营里再商议救我也不迟。"他看见楚明允的神情，又温声补充道，"听我的，现在不是固执的时候。"

府兵已经发现了他们的位置，重重人影在林外闪动，有一些已经冲进来与影卫兵刃相接了，喧嚣顿起。虽然对方伤亡惨重，可胜在人数众多，一拨又一拨地扑击上来，影卫们体力损耗，也各有负伤。

金鸣断响听在耳里，楚明允扣紧了他的肩头，用不容置喙的冷厉语气说："我偏要固执。带不带你走是我的决定，轮不到你说话。"

苏世誉无奈至极地笑了笑，正要再开口，疼痛自四肢百骸涌上头颅轰然炸开，他猛地一抖，捂住了嘴，可殷红的血从他指缝中不断溢出，大滴大滴地坠下，落在皓白衣襟上化作斑斑血花。

"世誉！"楚明允慌了神，一把握住他的手，从未有过地不知所措，"世誉……你怎么样……"

苏世誉愣愣地盯着满手的鲜血，混混沌沌，他听不清楚明允的声音，另一个声音却一点点清晰了起来。

"小将军……"

他觉得浑身发冷，冷气细密地渗透到血骨里。

"世誉……"楚明允声线颤抖，看到他低垂的眼眸如干涸欲枯的井，暗淡下去无一丝光彩，楚明允紧握着他的手，却分明感觉到向来温热的掌心一点点变凉，脑中陡然抽离成了空白，俯身一把揽住他，"世誉……"

苏世誉什么都听不到，他耳中一阵沉寂，继而响起了哗哗雨声，还有那个近在咫尺的声音。

"小将军……"

虚弱近无，又猛地清晰起来，是濒死一刻，是气绝前的最后一息嘶吼。

"小将军，快逃！"

来不及了。来不及了。

捂不住的汩汩血流，满手的赤红，被滂沱大雨冲刷又涌出，他抬眼远望，沙场万里，狼烟烈火被暴雨浇熄，下一瞬，眼中万物随他一起倾倒在地。

他看见雨滴砸在泥洼里，溅起血色的积水，他看见尸横遍野，都是熟悉的面容，不肯闭目，口型还对着那个"逃"字，然后，他听见走近的脚步声，听见另一个声音叫他。

"为什么？"他已经无力起身。

"没有为什么。"男人抬脚踩在少年背上，低头看他，"长得像个小姑娘一样，你真懂得什么叫打仗？"

他一说话混杂着血的泥水就呛进喉中，却固执地开口道："我们明明那么相信你……"

"你自己要相信我，怪得了我吗？"男人嘲讽道，"小姑娘，全军覆没了，要怪也只能怪你蠢，怪你笨。"

他被扯着头发仰头面对着那张同样熟悉的脸，大雨如注，倾盆而下，雨滴砸在眼里冰冷而生疼，但他一眨不眨地盯着男人。"我一定会杀了你。"他一字字道，"我最恨欺骗利用感情之人。"

以寡敌众，又被轮番拖耗了那么久，有影卫终于无力支撑，颓然倒下。少了这些身形遮蔽，竹林虽幽邃诡魅，但林外的人总算能隐隐约约看见其中轮廓了。

于是一道剑气突然横贯而来，携劈山开石之势，极为蛮横迅疾，一道身影掠过，两个影卫随之倒地，而对方就此突破防守，直冲竹林深处！

剩下的影卫正与府兵激烈交手，当即惊叫："主上当心！"

楚明允松开苏世誉，转身一掌拍出，掌风如涛惊浪涌，竹林飒响震动，对方不闪不避硬是扛下，剑锋偏离，仍旧毫不犹豫地刺了出去，穿透楚明允腰侧。

一击得手。梁进不顾胸口闷滞，脸上露出了点笑意，趁着剑还插在他体内，握紧剑柄猛地拧转长剑！

楚明允终于闷哼了一声，蹙紧了眉瞧着他。

梁进抽剑退开几步，转而又起招式劈面袭来，为的就是一鼓作气，步步紧逼到楚明允无力反击。

然而楚明允抬手几个拨转将他招式化解，似是微缓了口气，梁进看到楚明允眼神陡然狠戾，动作迅疾如电，他心头一寒，来不及看清，只觉得腕骨剧痛之下没了知觉，痛呼才出口，喉咙就被一把掐住，他被整个提了起来，长剑跌到楚明允手中。

楚明允一只手扼住他的脖子，另一只手将剑点在他的肩头，顿了一瞬，猛地就从他肩臂削下来，血光四溅。

梁进惨叫出声，又因脖颈被卡而尖锐凄厉，听得一旁背对而立的影卫都忍不住头皮发麻。

楚明允缓缓吐出一口气，手上动作不停，嗓音微哑："我这几年修身养性，没再活剐过谁，你还偏要自己送上门来，要不要夸你懂事呢？"

惨叫声猛然拔高，越发凄厉骇人，久久不绝，直至嘶哑，又转为断断续续的呜咽，许久后终于没了声息，死寂一片。

影卫看不到发生了什么，但能看到面前府兵们青白惊恐的面孔，他们甚至不由自主地向后退去，眼睛都直勾勾盯着影卫身后，忍不住浑身战栗，仿佛那里有吃人的恶鬼。

"你们过来。"

仅剩的两个影卫对视一眼，转过身竭力忽视满地惨状，走到了楚明允的身旁："主上。"

苏世誉靠在一株粗壮的竹子上，垂头低眸毫无知觉的模样，楚明允半蹲在他面前，用没沾上血的手为他抚开散落的发，吩咐道："这是我的……"话音微微一顿，他忽地迷茫，不知该怎样形容两人的关系，转而道，"你们守好他，半点事都不能有。"

"是。"影卫齐声应道。

楚明允拿起剑转身向外走去，他步子不急，慢慢穿过茂林修竹，手腕轻抖，甩去剑上沾染的血，剑光清亮，一晃一晃地映在他脸上。这个提剑的男人一身赤色，苍白的脸上溅落了不知多少血，红玉似的血珠滑过他眼角，沿着鸦黑发梢和素白下颔滴落到地上，惊心动魄。

府兵们肝胆惊颤，却又不敢再退，握紧了刀如临大敌地盯着他，然后眼睁睁看着他弯眉笑了，无一丝温度，随即剑光暴涨，纵横灼亮，锋芒几欲划破沉郁的夜色。

远处沈大人边观望，边忐忑不安地对韩仲文道："韩大人，您看，这是激起他杀性了啊……可、可怎么办好？"

韩仲文面色凝重，却仍冷静道："你仔细看，他腰侧的衣裳颜色在变深，说明伤口还在流血，又是以一敌众，撑不了太久。"

"可按这个势头，他这么冲出去也不是没可能啊……虽说整个城都在您的掌控中，可毕竟更麻烦了啊……"沈大人道。

韩仲文皱紧眉头，思索片刻，对左右吩咐道："那个东西不是被运过来了吗？把他放出来。"

"滴答!"

"滴答!"

有什么液体滴落在他额头上,温温热热的,又被拭去,指尖冰冷;有什么声音响在耳边,隐隐约约,像是急促不稳的呼吸声,那么熟悉。

苏世誉缓缓地眨了眨眼,视线逐渐清晰起来,入目却仍是一片昏暗,只是在这昏暗中他看到了一角暗红莲纹。感知也逐渐苏醒,他察觉到自己正背靠着墙,被人全然护在身前。

苏世誉迟缓地抬起眼,费力地将目光落在楚明允脸上。天光暗沉,极黑极静的夜,楚明允低眼看着苏世誉,血从他的额角漫下来,素白面容上一片殷红,可他的眼睛清清亮亮的,像星星一样。

——我最恨欺骗利用感情之人。

那么你呢?

半晌,苏世誉缓缓地抬起手,擦去他脸上的血,轻声开口:"怎么弄成这个样子……"

"世誉?"楚明允一愣,慌忙握紧他的手,哑着嗓子低低地道,"你吓死我了。"

苏世誉轻轻笑了笑,拍抚他手背的动作却一滞,又猛然偏头吐出一大口血来,血色泛黑。

"世誉……"楚明允紧张地看着他。

苏世誉摇了摇头,擦去唇边血迹。"不必担心,这是瘀毒。"这句不是假话,他的确感觉神思渐渐清明,身上也终于有了些力气,尝试着站了起来,又对楚明允安抚一笑,"你怎么样?"

"我没事,"楚明允道,"那些府兵都死了,韩仲文应该在抽调人过来。本来能带你出去的,只是不知道他从哪里弄来了个怪物守在门口,我的影卫都死在那怪物手上了。"

他们已经出了庭院,竹林也到了尽头,前方再无隐蔽之处,但也离府门极近了。苏世誉能遥遥望见楚明允所说的怪物,勉强能辨认出是个人形,佝偻匍匐着身子,毛发凌乱蓬杂,若不是手上还攥着把刀,相比起来倒更像个野兽,府门前偌大的空地只有他独自一个,似乎韩仲文也心存忌惮,不敢将手下安排到他身旁。

余痛还未消退,苏世誉按着胸口缓缓深吸了口气:"那的确是人吗?"

"应该是,武功不低,不过没神志,像是个疯子。"楚明允收回视线,紧盯着苏世誉,"世誉,你现在到底怎么样了?"

"内力还有些凝滞受阻,武功恐怕使不出多少,其他倒不成问题。"苏世誉看着他满身的血,皱紧了眉,"反而是你,若是没事怎么会脸色苍白成这样?"

楚明允漫不经心地笑了声。"被你吓的。"他拉住苏世誉,"没武功也好,好好拉紧我,哥哥带你出去。"

隐隐地已经能听到增派赶来的人的脚步声,危急关头,苏世誉来不及也顾不上回他这句话,反握住他冰凉的手腕,一齐出了竹林,直冲向府门。

他们刚显出身形,身后有人高呼一声,当即加紧步伐追来。那府门前的怪物看到他们两个,竟也明显地颤抖了一下,猛扑了上来,成了前后夹击之势。

楚明允一步当先挡在苏世誉身前,剑如流光,疾如厉风,一剑直直递出,携万钧雷霆之势,凛然肃杀,任何防御皆不堪一击。

然而那怪物在扑上来的瞬间松开了手中的刀。重刀"当啷"一声掉在地上,长剑没入他胸膛,一声皮肉破开的闷响,血如泉涌,而那怪物居然开口说话了,声音涩哑难听,犹带颤抖地道:"大人……"

楚明允微微一愣,苏世誉亦一怔,无端熟悉。

"对……不起,"他艰难地抬起脸来,乱发遮掩下他青白凹陷的脸上有晶莹的泪流下,整个人颤抖难止,"对不起……大人……"

仔细辨认着这张似鬼如骸般的脸,苏世誉不确定道:"洛辛?"

"我……让你们……失望了……"洛辛难以自控地痉挛颤抖着,紧攥着插入胸口的长剑勉强站立,大摊鲜血积在地上,他泪流满面。"对不起,大人,对不起……可是我……没有……"他呜咽着哭了,声音嘶哑至极,字字艰难,"真的……没有叛……"

苏世誉低低叹了口气："我们知道。"

身后的人已经追赶上，洛辛眼里还噙着泪，盯着他们俩却笑了，泪水携着笑意滚落，他后跌了一步，长剑顺势滑出又带了一溜血迹，洛辛嶙峋的手摸索着握住了地上的刀，声嘶力竭。

"快走！"

他猛地挺身站起，像是爆发出了毕生的力气，越过楚明允和苏世誉，迎面冲向兵戈长刀。

宛如奋力扯断铁链，他逃出了那座阴暗牢笼，在烈日下恍若惊醒，如梦一场。

朱红府门在他身后开启，又以他身躯为挡，紧紧闭合上。

夜色仍旧沉沉，无一丝月色，眼前纷杂的刀光亮得刺眼，体内暴动的狂躁随着血液与体温的流失消散了，洛辛蓦然感到从未有过的平静，还来得及想起先前苏世誉让他多读些书的话。

他那么笨，只懂习武，不理解大人的用意，懵懵懂懂看了《礼》《易》《尚书》等诸多典籍，不加咀嚼囫囵吞下，到如今竟也真能平白想起一两句来，依稀记得是——

  孔曰成仁，孟曰取义。
  惟其义尽，所以仁至。
  读圣贤书，所学何事？
  而今而后，庶几无愧！[①]

郡守府的朱红府门重重地在身后闭上，关不住的厮杀怒吼声传出，响在沉寂的夜里。

苏世誉凝眸回望了一眼，又长长叹了口气，只是叹到一半血气翻涌，不由得压着嗓子低咳了两声。苏世誉复看向身旁的楚明允，他微垂着眼，脸色白得厉害，从方才起就没再开过口："你身上是不是有伤？"

[①] 文天祥丞相的绝笔作品，写在衣带里，称为《衣带赞》。

楚明允抬起眼帘看他，唇角还带了点笑意，张口想说什么，却因胸口剧烈起伏一时说不出话来。

一道尖锐啸声骤然响起，直冲云霄，他们回头看去，巨大的烟花在苍穹炸开，万点璀璨，照亮了身后的郡守府。死寂的城中由此隐隐有了动静，从四面八方传来，原本空旷漆黑的街道上，一户户人家的灯亮了起来，接连远去，绵延开一片辉煌灯火。

他们对视一眼，反应迅速地退到最近的巷道里。不多时门户纷纷打开，持兵器的人从屋中跑出，集结成队，同样的黑衣打扮——是叛党。

答案就此昭然若揭。为什么叛党会凭空消失？为什么整个寿春城全是男人，不见女子？因为这座城被化作了别样的军营，客栈供食，民舍供居，根本就已经没有百姓，只有叛党隐匿成户！

一入寿春，犹如入瓮。难怪韩仲文、梁进他们行径如此大胆，只因有恃无恐。

莫说他们两个眼下情况不佳，就算毫发无伤，恐怕也难以直面这满城兵甲。长街灯火处最危险，一些像他们正隐蔽其中的狭窄小巷之类的地方还昏暗无人，勉强算得上安全。然而一骑快马从郡守府中奔出，沿途呼喝，叛党得令立刻四处搜寻了起来。

苏世誉不禁皱了眉。虽说早在宴前，为了应对变故，苏世誉就让苏白驾车藏在一个偏僻巷尾等候消息，但是那里离此处尚有一段距离，但愿他藏得足够好，别被叛党先一步发现了。

一队黑衣人已经慢慢搜了过来，几个人谨慎地迈进漆黑的巷口。

黑暗中苏世誉听到身旁人低低叹了声气，拽着的衣袖忽然从掌心抽离。楚明允闪身迎了上去，雪亮的剑弧划过虚空，带起泼墨般的血雨，尸体倒地的重重闷响接连响起，巷外的其余人紧跟着拥了进来。

他竟还能丝毫不落下风。

身后是死路，自然是向外杀出。苏世誉凝神强催内力，动作虽艰难却也解决了几个人，眼看又有黑衣人转而扑了上来，利刃劈面砍来之际，他挡下对方手腕，刀锋距眉目不过分寸，陡然间他却难以再推开半点。他咬紧牙关，果然那虚软无力感又绵绵漫上了肢骸，内力在经脉里凝绝不通，被催动撕扯得生疼。

一只手忽然按在了黑衣人的头顶，街道上的灯火依稀漏了进来，苏世誉能看到素白的五指微微收拢，面前黑衣人口鼻顿时溢血，眼前的刀随之摔在地上。

楚明允眉眼阴冷，一手提剑，一手揽过苏世誉，掠出巷子在长街疾行。被先前打斗声吸引来的一队黑衣人在后方紧追不舍，拐过几个岔道后他们又迎面撞见另一队黑衣人，前后俱堵，无路可行。

苏世誉环顾一眼，发觉身旁正巧是他们曾投宿的那间空客栈，楚明允显然是有意为之，揽住他的手又紧几分，继而足尖点地，猛地纵身携他凌空跃上了楼，破窗而入的刹那间回身削断客栈悬幡，幡布当头盖下，引得底下生了混乱。而他们穿过回廊，进入最里的房间，推开窗再度跃下，衣袍翻飞，有细细的风声过耳，还有楚明允越发清晰的喘息声。

他们先前检查过这间客栈的所有房屋，自然熟悉，也就清楚这窗外是条狭窄的巷，而且正与苏白所在的地方曲折连通。毕竟眼下情形再沿途过去实在困难，楚明允索性就抄了这么个近路。

落地时以剑拄地稳住身形，他忽然放开苏世誉，整个人不禁后跌了两步险些摔倒，被人及时扶着才稳住。可苏世誉方一触及他腰际，却感觉到他猛地一颤，自己也满手温热黏腻。

苏世誉微微变了脸色："楚……"

楚明允抢先低哼道："疼。"

苏世誉就再也说不出他什么来，只得道："我给你把脉。"他便将手伸向对方的腕。楚明允却往回一缩，连带着人也退靠在青石墙上，又滑坐在地，长剑脱手落在了一旁。

他们俩都已经习惯了在黑暗中视物，苏世誉清楚地看到楚明允脸色难看到了极点，却抬眼冲他扯出一个苍白的笑来。"世誉，"声音也轻飘飘的，"我这次……只怕真的是要……"

苏世誉抓着他肩头的手骤然收紧，指节青白，垂着眼一言不发。

"世誉，"楚明允盯着他瞧，气若游丝，话音里隐约还含着笑，"你还有没有什么话要对我讲？现在讲了，我也算死而无憾了。"

苏世誉缓缓对上楚明允的眼，墨色眼眸里暗潮汹涌，他的手竟在不自觉地发抖，喉头哽咽，半点声音都发不出。苏世誉一点点地小心揽住楚明允的肩，深深地闭上了眼。

搜寻的人似乎还远在别处，青石窄巷里寂静无声。

楚明允靠在他肩头，忽然就笑出了声："我还等着你开口呢，这算是什么意思？"

这声音毫不虚弱，苏世誉一怔："你……"

楚明允直起身，扭头看向他，眉眼盈盈地带着笑："逗你的。这么容易就不行了，那我还打什么仗？"

说着就要站起身，苏世誉抬手一把扣住他的手腕，楚明允又是要挣开，却被不由分说地扯了过去，三指搭脉，楚明允看到苏世誉脸色登时变得比他的更难看。

脉象虚浮无力，方才那副命悬一线的样子才更像是他该有的模样。

楚明允有些心虚地瞧他："你现在想通了再讲几句也还来得及……"

"楚明允。"连名带姓，不带情绪，苏世誉看着他。

"苏哥哥……"

"闭嘴。"苏世誉撕下衣料，动作小心地将他腰间伤口一层层包扎好。

楚明允看着他难得面无表情的脸，温声细语道："世誉，我有没有说过你生气的时候生动许多？"

苏世誉看了他一眼："说过。"

"……"

失策。

楚明允后知后觉地想起当初谭敬案时撕的那两页账目，半响，他道："那还是当我什么都没说吧。"

苏世誉没应声，处理好了伤口后揽过他的肩头。楚明允抬手及时拦下："哎，刚才在府里你都不让我帮，这会儿我也不让你帮。"

苏世誉深深地看了他一眼，轻叹了口气，拉过他的手臂搭在肩头，扶着他站起身。

巷外远远地传来了脚步声，其中隐约还夹杂着马蹄音，呼喝吵嚷，越发清晰，越发靠近。

苏世誉扶着楚明允正往巷里走的步履一顿，皱紧了眉。因为有脚步声正从巷尾传来，不过是一个人的足音，不疾不徐，悠悠回响，自远而近。

苏世誉按紧了楚明允，另一只手拾起地上长剑，却忽然意识到对方脚步声极为轻盈。

柳云姿自黑暗中一步步走了出来，目不斜视地行经他们，仿佛未见。继而她脚步稍顿，深吸了口气，提裙小跑到巷口张口就唤："子铭——啊！"

她一声惊呼。对方也慌忙收刀，正是从郡守府骑马而出的人，带着一队黑衣叛党堵在巷口，惊疑不定："夫人？！您怎么会在这儿？"

"我……你们这是在干什么？是有什么歹人吗？"柳云姿声音里透着焦急，"你可见到子铭？一不留神他就跑出来了，我已经找好一会儿了，都没见他人影！"

"小少爷在外面？"对方也是一惊，"这可不妙，万一被挟持当作人质了……"

"什么挟持？"

"夫人莫急，"对方忙道，"我们的人正在全城搜寻，一定能先找到小少爷的！眼下城里不安全，我先送您回去。"

"不必了，这里离得也不远，我自己回去就是，你不用管我，快，快去找子铭！"她心急如焚。

"是、是。"对方应着，又犹疑道，"夫人，您身后这条巷子……"

"我已经找过了，什么都没有。小孩子脚步快，估摸是跑远了。"柳云姿道，"拜托了，一定要尽快找到他！"

"好，夫人放心，属下一定会将小少爷安全带回！"对方向后吩咐一声，催马先行，其他人紧随着离去。

渐渐重归安静，柳云姿伫立在巷口远望，片刻后回转过身来，神

· 111 ·

情平静,哪里还有半分焦急。

看着柳云姿走到他们面前,苏世誉淡声道:"多谢韩夫人出手相助,只是不知有何缘由?"

柳云姿看着他们,良久,叹了一声:"只求大人能饶我夫君一命。"

楚明允瞧得饶有兴致,闻言忍不住笑了:"韩夫人,你这话说得可真奇怪啊。现在明明是你夫君想要我们两个的命,哪里轮得到我们饶他?"

柳云姿神情平静:"今夜无论两位大人是生是死,赢的人都不会是他。与其如此,我希望两位大人脱险之后,能放过我夫君。"

"你倒真提醒我了,"楚明允道,"韩仲文一个接任的郡守,怎么可能调动得了淮南王的余党,他背后的人究竟是谁?"

"大人若能放过我夫君,待我一家平安后,作为答谢,我自然会传信告知。"柳云姿道。

楚明允咽回涌上喉头的腥甜,低低咳嗽了声,笑意微冷:"你这是在谈条件?不答应的话要如何,出去再把那群人叫回来吗?"

柳云姿摇了摇头:"我既然决定帮大人,便不会再反悔,算来以大人两命换我夫君一命,并不过分吧?"

"你凭什么觉得我需要你的帮忙,难道我杀不出去吗?"楚明允嗤笑道。

"可我已经帮了大人,大人也的确承了我的恩情。"柳云姿看向苏世誉,"苏大人是君子,一贯是有恩必报的,当作我卑鄙也罢,只求大人高抬贵手,放过我夫君性命。"

楚明允笑意更深:"不巧,这位君子这会儿心情正差呢……"

苏世誉看了他一眼,楚明允默默闭上了嘴。

苏世誉又将目光落在柳云姿身上,低叹道:"夫人既然这般明晰事理,当初也好,眼下也罢,为何还要如此执迷不悟?"

须臾沉默,柳云姿微仰起头,眼底泛上一丝泪意,却轻轻地笑了,柔声答道:"大人,并非不悟。"

十四为君妇……十五始展眉,愿同尘与灰。①

双膝一弯,她跪下:"妾身别无所求,只求大人留我夫君性命,方才相救以表诚意,日后我定当将幕后主使供出。苏大人一诺千金,但求您开口答应!"

楚明允侧头看向苏世誉,苏世誉正对着柳云姿,眸色深沉,神情波澜不惊,无悲无喜,片刻后他终于开口。"不错,君子有恩必报。韩夫人出手相救,于我和他自然是大恩,我感激不尽。"他微微一顿,却继续道,"只是承蒙谬赞,苏某不才,还算不上是君子。"

话罢他扶着楚明允转过身,向巷子深处走去。

柳云姿俯身叩首:"求求大人看在妾身和子铭的分上,放过我夫君吧!"她声音颤抖,隐有微泣。

无人应声。他们的身影融于黑暗,渐渐远去,一次也不曾回头。

马车藏在另一条小巷的尽头,万幸还没被搜到。苏白听着动静战战兢兢躲了那么久,一望见他们当即跑上前:"公子!公子您终于来了!呀,受伤了吗?怎么有这么多血……"

"尽快出城,其他的稍后再说。"苏世誉先将楚明允扶上了车。

"可、可是公子,现在整个城都已经封起来了,咱们怎么出得去啊?"苏白焦灼道。

"即便是闯也要试试,否则只能被困死城中。"苏世誉坐进车里。

"好!"苏白咬了咬牙,他衣袍外特意罩了层披风,将兜帽拉下遮住面容,扬鞭驾车,"驾——"

骏马嘶鸣,蹄声踏踏,飞驰而出。

马车中苏世誉单手持剑,试图调息再强运内力,忽然衣角被扯了扯,他眸眼看去,楚明允倚靠在车里,脸色更差于方才,血色全无,苍白得只如墨笔勾勒:"我,再说,一句话……行不行?"

苏世誉不置可否地看着他。

---

① 出自李白的《长干行二首·其一》。

楚明允蹙紧了眉，费力地抬了抬手："你把手伸进我怀里……"

苏世誉皱紧了眉："都什么时候了……"

"有个铜符。"他艰难补充，有些委屈。

苏世誉小心翼翼地探手进去，果然拿出一个铜铸兽符，蟒首四足，前额独角，威武凶戾。

寿春城楼上成排火把熊熊燃烧，亮如白昼，城门兵卒握紧长戟，身形紧绷地盯着城中。戍卫头领更是丝毫不敢懈怠，见到一辆马车疾驰而来，当即一挥长刀，厉声喝道："今夜有令，严禁出城！你们是什么人？"

长戟纷纷递出，锋芒尖锐，对方猛地勒马，堪堪停下。

"你们是什么人？"头领再度喝问。

驭车的人垂着头，宽大的兜帽遮挡着脸，一声不吭。

"鬼鬼祟祟，给我拿下！"

还没来得及动作，一只手忽然从车帘后伸出，握了块铜符，在火光下映出熠熠光亮。

"世子……"头领喃喃着，猛松开刀，挥手命属下收回武器，不及多思，忙急声吩咐道，"还不快把城门打开！"

一出城门，苏白又奋鞭策马，几乎狂奔驶出，足足走出老远，他回头望一眼平野广原中寿春火光远如星，僵硬的手指才稍松开马鞭，瘫软般地靠在车框上，大口大口地喘气，已然是大汗淋漓。

车中苏世誉只觉靠在身侧的楚明允重量陡然一沉，侧头看去，他终于再也无力支撑，彻底昏了过去，触到的衣上血都已经冰凉。

南境军营。

副将徐慎挑帘进帐，看了眼床榻上昏迷的楚明允，对着苏世誉恭敬道："苏大人，将军的情况已经稳定下来了，不必太担心，夜很深了，您不如回去休息吧。"

苏世誉看向他，笑了笑："今夜来得突然，情况又紧急，让你忙碌安排了许久，辛苦了。"

"属下职责所在，大人不必客气。"徐慎道，"您的住处已经安排好了，属下带您过去？"

苏世誉却摇了摇头，视线落回楚明允身上："不必了，我今晚待在这里就好。"

"大人放心，过会儿我会派人来守着的。您身上也有伤，还是去休息一下吧。"徐慎道。

"无妨。"苏世誉道，"你明日应该还有操练，不用在意我，去歇息吧。"

话已至此，徐慎也不再劝，应了一声恭敬退下。

军帐里一下子静极了，能听到帐外的长夜风声。

苏世誉沉默地看着楚明允，他紧闭着眼睛，眉头仍未舒展，昏迷中也并不安稳，像在抵御疼痛，额头又渗出了一层冷汗。

苏世誉拿了帕子给他擦汗，楚明允忽然间睁开了眼，在迷蒙警惕中匆匆看了一眼，便又闭上眼睛沉沉昏睡了。

苏世誉的手却僵住了，他捏着帕子，心头惊跳，他知道这一眼意味着什么，至少在这一刻，楚明允对他是全然信赖、毫不设防的。

柔软的帕子慢慢地擦净了楚明允的脸，苏世誉垂眼看着他，低声笑了。"我时常会错以为，你果真赤诚如此。"话音浅落，静默半响，他又开口，看着楚明允舒展不开的眉心，认真、慎重，一字字地轻声说道，"不用怕，我就在这儿。不会离开。"

楚明允醒来时刚刚过午，帐外日光晴好，帐内却被厚帘重掩，一点风都透不进来，有些昏暗，还点着盏小灯。

他方一睁开眼，便听到有人起身的轻响，然后自己就被小心地扶着坐起，鼻端满是对方身上安神香的温和气息。一个瓷杯被递到了眼前，楚明允也不去接，就着苏世誉的手喝完了水，又抬眼去瞧苏世誉。

苏世誉将杯盏放下，拿起一直温在桌上的药壶倒了碗乌黑药汁，先试了试温度，才又走到他身旁。

楚明允一时没动。他对负伤早就习以为常，眼下身上大小伤口早已经处理好了，一觉醒来精神也恢复得差不多了，除了一些经脉伤损犹在作痛，自觉并无大碍，因此盯着眼前散发出浓郁苦味的药，实在不想咽下去，但楚明允偷瞥了眼苏世誉，忍了忍，还是乖乖喝完。

眼看苏世誉又要起身，楚明允忙扯住了他的衣袖。"世誉，"声音仍有些发哑，"你……"

苏世誉动作一顿，看着他："怎么了？"

"你还在生气吗？"

苏世誉没有出声，楚明允便扯住他的袖口不放，定定盯着他道："你不可以生我的气。"

苏世誉不禁轻笑："为什么？"

"因为……"楚明允唇角微动，似说了些什么，突然捂住了腰腹，苏世誉连忙拉开他的手臂，想察看伤口，才听清他在幽幽叹着，"我好可怜，受了伤还得不到关心。"

苏世誉抬起头，看到楚明允脸色还苍白着，眉眼却盈盈笑开了，被闹得彻底没了脾气，跟着无奈笑了："我没在生气。"

楚明允思索了一下，看了看药碗，又道："世誉，我配不配合？"

苏世誉扫过他身上的伤口，又对上他的眼睛，极其勉强地点了点头。

楚明允笑意更深："那你不奖赏我些什么吗？"

苏世誉终于温温和和地开口了："你知道得寸进尺怎么写吗？"

楚明允厚颜无耻，笑得眉眼弯弯。苏世誉叹了声气，提起了正事："韩仲文那边应该还会有动作，早上我派苏白带人去找先前见到的流民了，他们应当知晓寿春的真相，尽快查明，也便于行事决断。"

楚明允漫不经心地"嗯"了一声，伸手想掀起被子起身，被苏世誉一把按住道："你伤得太重，这几天好生休养，不要乱动。"

"啧，我的身体我清楚，用不了几天，哪里会那么娇弱。"楚明允道，"我就坐着，不乱动行不行？"

苏世誉温声道："听话。"

"可我一个人躺在床上很无聊啊。"楚明允瞧着他。

苏世誉："……"

这人几岁了？

寿春城外的深山中有处狭长洞穴，天已入秋，草木凋零，山洞里显得更为阴冷，衣衫单薄破旧的一群人就窝在这里，依偎着彼此取暖。

"娘，"被抱在怀中的小女孩忽然小声开口，"我好饿。"

妇人抱紧孩子，拍了拍她的背："乖，哥哥出去给我们找东西吃了，你再睡一会儿，起来就有吃的了。"

"可是我饿得睡不着……"

半个馒头被递到了眼前，虽然已经干硬，但对这群流民而言已经是极为难得的了。妇人一愣，顺着看向同样瘦骨嶙峋的女子，将馒头推了回去："云娘，你多久都没吃东西了，你留着！"

"我还能坚持，小孩子禁不住饿。"云娘道，"拿着吧，别客气了。"

小女孩盯着馒头咽了咽口水，又看着她，还是摇摇头："姨姨，你吃。"

云娘笑了笑，将馒头放在孩子怀里："你听话，奖励你的。"她拿起长剑，抱在怀里慢慢摩挲。

旁边的中年人忍不住出声："云娘，你说咱们还得这样多久？天再冷点，别说吃的了，活活冻死都是有可能的。"

其他人闻言相互对望，胸口有如石压，沉默更甚。云娘低低叹了口气："昨天晚上城里放了烟火信号，应该是出了事，反正境况怎么都不会比现在更差了，再等等看，说不定有转机。"

"能有什么转机？"角落里有人道，"回不了家，去不了别的地方，缩在山里迟早也是个死，早知道还不如直接死在那天晚上，省得受这些苦了……"

"你这说的是什么话？！"中年人大为恼火，冲着对方斥道，"你想死现在就出去，没人拦着，你在这里说个什么。云娘的夫婿和他兄弟都死了才换得咱们活着逃出来，现在人家还天天替你操心死活，你说这话有没有良心？"

"陈大哥。"云娘劝道。

中年人气恼地扭过头，那人忍不住哽咽了两声："云娘，对不住，我不是那个意思，我只是……"

"没事，我理解。"云娘低声道。

转而又成了一片寂静，不知多久，外面突然响起奔跑声，小女孩顿时笑了："是哥哥！哥哥回来了！"

果然一个男孩飞奔进来，扑到那母女面前，从怀里掏出一个饼，献宝似的递上去："娘、妹妹，你们快吃！"

面饼酥香四溢，飘满山洞，催得人饥肠辘辘难忍。云娘的脸色却陡然变了："你从哪儿弄来的饼？"

男孩回身一指："那个哥哥给我的！他还有好多！"

洞口处的清秀少年正跨过地上横枝走进来，抬眼看到拔剑出鞘警惕以对的云娘，打量了一番。"拿着剑的女子……应该就是这个吧……"他提声道，"姑娘别怕，我奉我家公子之命，前来请你过去问话。"

"你家公子是谁？"

苏白笑道："我家公子是当朝的御史大夫，奉陛下之命正在此清查。"

云娘稍有犹豫，中年人忙叫道："不能去啊！云娘，谁知道他的话是真是假，万一是要杀你呢？！"

"怎么可能，谁不知道我家公子是什么人，全天下都知道苏大人贤良仁厚，既然说了是问你话，干吗要害你？"苏白道。

"我呸！"中年人怒道，"事到如今还有什么贤良？都到这个地步了还装什么装，朝廷里面根本就没一个好东西，还不如早让淮南王造反了好！"

苏白当即就不乐意了，云娘也觉得他说错了话，忙递过去个眼色，开口道："小兄弟，你说你是御史大夫的人，但怎么证明呢？"

苏白一向跟随苏世誉左右，凭脸就能自由行走诸多地方，从没想过证明身份的事，更何况就算他能拿出证据，恐怕对方也不会认得，再质疑一通真假又要没完没了。想了想临行前公子的交代，苏白冲身后的人吩咐了一声，对方走上前来，捧着满袋的酥饼，顿时香味弥漫，所有人都不约而同地将目光落了上去，隐隐有咽口水的声音。

"你跟我们去回话，这些吃的就留给你们了。"苏白道。

是的，无须证明，仅仅是为了这些食物，无论真假，她都要走这一趟。云娘收剑回鞘，点了点头："好，我跟你走。"

"云娘！"身后传来几人的声音，她沉下了心，一步步走了出去。

门被推开，一声轻响，桌旁对坐的两个男人偏头看了过来，在看清对方面容的瞬间，云娘心头一跳，转身就逃，然而这是军营，没跑出两步就被士兵团团围住。她面如死灰，咬牙立在当中，"铮"的一声拔剑而出，宁可拼个鱼死网破。

她还未及再有动作，屋中传来一道温和嗓音："姑娘切莫惊慌，我们并没有敌意。其中大约有些误会，不妨进来详谈？"

一番思虑权衡，云娘最终转身走进屋中，手上仍紧紧握着剑。守卫正要拦，却听屋中淡淡道了声"无妨"，便退回原位。

楚明允单手撑着下颌，只在她进来时似笑非笑地瞥了眼，便收回视线接着端详桌上棋局。先开口的自然是苏世誉："姑娘莫怪，初见时情况混乱，我们只是恰巧途经出手阻拦，并不知晓发生过什么，与韩夫人也并不相识。如今猜想你们大概有些难言之隐，便请你来问个清楚。"

云娘沉默了一下，才开口道："你们……真的是从长安来查案的？"

"正是。"苏世誉道。

她身形忽然颤了颤，双手捧起剑过头顶，猛地跪下重重磕头："求大人为我们做主！九江郡守韩仲文勾结叛党，杀我们百姓无数，求大人明察！还我们公道！"

"姑娘放心，我们自然会将真相查明。"苏世誉将她扶起，"还请将你所知之事详细告知我们。"

"韩仲文勾结叛党，丧尽天良！"云娘怨怒难平，抬起手中剑，

"这把剑,原本是我夫君的,我夫君是寿春守军中的一个都统,领兵驻守在城外。当时我亲自为他送去了衣物,结果夜里回来时发现整座城都被封死了,我赶回去告诉了夫君,他带兵过来跟守在城门的人打了起来,趁机撞开了城门!"

她话音一顿,近乎咬牙切齿般地继续道:"我知道城里可能会发生些什么,可是我做梦也没想到,里面居然是在屠城!满城都是!不管男女老少,他们直接闯到家里,见人就杀!"

苏世誉皱紧了眉,不发一语。

她深吸了口气,稍稍平复了些心情:"大人当日见到的流民,就是在那时候趁乱拼死逃出城的。但对方人太多了,我夫君带来的人完全不够,然后……他就把我敲昏,让人把我带走了。"

"还望节哀。"苏世誉叹道。

云娘抬袖擦了擦泛红的眼角,道:"大人,我敢以自己的性命作为担保,绝对是韩仲文在和叛党勾结!不然怎么可能被屠城了也没有派兵援救?而且我知道,叛党根本没有消失,他们跟援军打了一仗后就躲在了北边的山上,守军就围在山下,可是韩仲文都围了几个月了,一直不攻打,分明就是心里有鬼!"

闻言至此,楚明允终于抬眸看了一眼,微微蹙眉。

她这话是有问题的。叛党的下落再确定不过了,就是化成平民藏在了寿春城中,怎么会出现在山上?可她身处如此境地,不可能欺瞒他们。

细细一想,刹那了悟,楚明允唇边浮现一丝冷淡笑意。

说到底,这不过又是韩仲文玩的一个把戏。叛党在寿春城里,寿春守军在山下,那山上,自然只能是"凭空消失"的援军。毕竟死了一城的人,这事瞒得了远在千里的长安,瞒不过近在咫尺的守军。想来洛辛那副模样,援军与叛党一战吃了大亏,只好退居山上防守,而韩仲文干脆就利用了守军对叛党的切骨仇恨,倾兵包围,一来打压遏制了无法控制的朝廷援军,二来方便了自己在城中调度叛党。

苏世誉与楚明允对视了一眼,显然也想透了这层,他简单安抚了云娘几句，唤来苏白吩咐了对这些流民的安置，便遣人送她离去。

"怎么样，想好怎么处置韩仲文了吗？"楚明允懒散地倚着桌案。

苏世誉还立在门前，远望着苍穹上孤雁飞鸿，却答非所问："想来韩夫人是清楚她夫君所犯下的这些罪孽的，竟然还执意要为他开脱求情。"

"那又如何，难不成你还真被她那点恩情打动了？"楚明允微挑眉梢。

苏世誉摇了摇头："只是觉得无法理解。"

"呵，有什么理解不了的。"楚明允笑道，"你以为谁都能像你一样秉公无私？为亲眷隐匿包庇、开脱求情，这才是正常人会有的反应。"

"律法的确有亲亲相隐不受连坐之说，可谋逆乃'十恶'之首，族诛不赦。"苏世誉道，"为人臣者而不忠，已经是失其义，更何况谋反作乱危及社稷，贻害百姓。家国为大，平息动乱、安稳治世自然是第一位，如若不知便罢了，既然知晓，又如何能放任纵容如此祸端？"

忽而须臾沉默，楚明允眸光微动，素白手指有一下没一下地敲在案上，伤口还在绵绵刺刺地泛着疼，他低低咳了声，似是想到了什么，问道："你的意思是，谋逆的都该死？"

苏世誉答道："罪应当诛。"

"哪怕想法跟当初的苏行一样？"

苏世誉沉默了片刻，才道："是。"

"若你是柳云姿，谋反的是你的夫君，你还这么觉得？"

苏世誉背对着楚明允，他们看不到对方的表情，只听得到彼此的声音都是淡淡的，一如对花饮茶、月下把酒般随意闲静。

苏世誉反问道："有何不同？"

身后便传来低低的笑声："你脑袋难道是石头做的吗？"

苏世誉转过身，楚明允仍坐在桌旁，两人隔了一段距离，逆光之下，彼此都似一道孤立的剪影。他还未及开口，楚明允就深深叹息道："可我觉得不同了。"

侍从快步走进厅堂，在韩仲文跟前跪下："大人。"

"怎么样？西陵王怎么说？"韩仲文急切起身问道。

侍从抬头看了他一眼，答道："回禀大人，小人没能见到西陵王，根本连府门都没能进去！王府里的人说是不方便，兵卫拦着不让进，求人通报也没什么回应。小的没办法，只能先回来问问您。"

韩仲文脸色彻底变了，身形狠狠晃了一晃，语调不由得尖锐了起来："不方便？有什么不方便的！李承化就这么急着撇清关系？这么急着划清界限？都已经绑在一条绳上了，他还妄想抽身自保吗？难道就这么弃我于不顾？"

侍从不敢应声，一直跪在旁侧的戍卫头领却忍不住道："大人明鉴！昨晚属下的确是看见了世子的符令才放行的，属下真的没料到……"

"够了！"韩仲文打断他的话，"你现在说这个有什么用？楚明允和苏世誉已经被你放走了，不用说，肯定早就到了南境军营，张攸事情败露后跟我断了联系，现在南境军全在他们掌握中，你让我怎么办？"

戍卫头领也低下头去，大气不敢出。一片死寂，半晌，韩仲文略微平静了下来，却不再理会他们，径自走出了厅堂。他一路穿庭去了后院，房中柳云姿正缝着寒衣，见他来了起身笑道："夫君。"

"夫人。"韩仲文覆上她的手，紧握了一握，才沉声道，"你立刻去收拾一下，带着子铭离开寿春，娘家也先不要回去，找个安全的地方……"

"我带着子铭，那夫君你呢？"柳云姿忙道，"既然要走，夫君就同我们一起走。"

韩仲文摇头："我得留下。他们不会放过我，如果我走了，你们必然会受到牵连，还怎么脱得了身？"

"那妾身便与夫君一同留下！"柳云姿道。

"夫人！"韩仲文加重了语气，"你留着只会白白丧命，留在这里干什么？听我的，赶快带着子铭离开，就当是为了保存我的血脉。"

"让人护送子铭离开，妾身不走。"柳云姿固执地看着他，"妾身自记事起就在夫君身旁，身上衣衫是夫君选的，头上发钗是夫君簪的，人也是夫君的，如果没了你，我不知该怎么在这世上独活。"

韩仲文忍不住叹了口气，将她拥入怀中，轻吻她的额头："夫人，韩仲文何德何能，我又怎么忍心让你陪我赴死？"

她摇了摇头，笑容温婉如常。

正在这时，侍从忽然从外面冲了进来，激动得甚至忘了礼数，高喊着："大人！大人！援军的兵符找到了！"

"找到了？！"韩仲文放开柳云姿，接过侍从双手奉上的兵符，"那么久都没找到，究竟是藏在哪儿了？"

"回禀大人，难怪之前都找不到，原来是那个洛辛把兵符给吞下去了！处理的时候把尸体剖开了才找出来的！"

他拇指仔细摩挲着兵符，上面虽有些纹路模糊不清了，但是无妨。韩仲文眼神渐渐变得坚毅如铁，一下攥紧兵符："好，天助我也。那就再赌上一把！"

"夫君，不要。"柳云姿拉住他的手臂，"我们降了吧，局势已定，趁着现在还握有些筹码，不如做个交换，去求楚大人和苏大人放过我们吧。"

"你想得太天真了，夫人，他们两个是什么人，还是你真当楚明允和苏世誉是什么良善之人了不成？更何况那晚我对他们下了杀手，投降后不将我碎尸万段就算心慈手软了，怎么可能还会放过我们？"韩仲文道。

"可是夫君……"

"就算你说的有可能，但我怎么能把身家性命系在他们的一念之差上？局势已定？不，还没定！现在我还能拼死一搏，还会有一线生机！"说完，韩仲文转向侍从，吩咐道："你再去见西陵王，明明白白地告诉他，即使我败了，也不会让他逃，让他彻底断了独善其身的念头，立即派兵来支援我！"

"夫君……"

韩仲文深深地看了柳云姿一眼，然后强拉开了她的手，头也不回地走了出去。房中只剩柳云姿枯站在原地，眼中晶莹终于凝结成泪水滑落，她慢慢抬手捂住脸，跪坐在地上低泣出声。

· 123 ·

外间的响动声吵醒了睡在内间的韩子铭，他边扯着睡歪的长命锁，边下床走了出来，惊讶地拉了拉柳云姿的手臂。"娘，你怎么了？"他触到湿湿的泪水，急忙道，"别哭呀……"

柳云姿紧紧地抱住孩子，泪如雨下。

地面隐隐颤动，铁蹄滚滚，是大队人马正冲着军营逼近，望得见远方被马蹄激起一片烟尘浩浩。

"报——将军，敌方来犯，已在二十里外！"

"知道了。派兵出营列阵，不准轻举妄动，等我命令。"

"是！"

斥候领命退出了中军帐，苏世誉看向身旁的楚明允，不禁开口道："韩仲文当时没有立即发兵紧追，而是等到如今才大举攻来，必然是已经掌握了朝廷援军。你伤势很重，此战由我替你吧。"

"我说要打了吗？"楚明允笑道，"韩仲文是被逼急了，连脑子都不要了，再给他三万援兵也没用。"

"怎么说？"苏世誉问道。

"你觉得他派来的会是什么兵？"

苏世誉略一思索："援军与寿春军都有不稳定因素，难以全然掌控。稳妥起见，留守城中的应还是叛党，派来一战的想必是那两支军队。"

楚明允笑吟吟道："世誉真聪明。"

站在他们身后的苏白默默无语。

楚明允忽然回头看了过来，苏白尴尬地对上他的视线，犹豫着正不知道该说些什么，却听楚明允吩咐道："把上次那个女人找过来，要快。"

"啊？"苏白一时反应不过来，看到楚明允的眼神后顿时惊醒，"是！"他忙不迭跑了出去，与疾步进帐的徐慎擦肩而过。

徐慎行礼道："将军，敌方已经迫近，请您下达命令！"

楚明允轻笑了声："鸣鼓备战，升我将旗。"

朝廷援军与寿春军的骑兵当先前来，混编为一，数千人疾驰行军,马蹄声震响如雷,声势浩荡。前方的军营里骤然响起号角声,雄浑高亢,遥遥传来,赵恪靖抬目望去,身下烈马不断行进,与对面的距离迅速缩短,他看得越发清晰,辕门外重重兵甲严阵以待,晦暗天光下旌旗翻卷,其上赫然写着一个"楚"字,他不由得一愣。

援军的主将虽然依从苏世誉的意思委任了洛辛,但楚明允也不会放心把军队全交给他,因此身为副将的赵恪靖自然是楚明允的人。当日抵达寿春时和叛党交战不慎中计,他听从洛辛的指令带兵退守山中隐蔽,一连数月艰难度日,连战马都杀了不少来吃,尽管如此,还是免不了死去许多兵士,但好在主力犹存,也终于熬到了兵符重现,得以下山,然而他们才稍作休整就又受命出战,目标竟还是南境军营。赵恪靖虽满腹疑惑,但传令者并不打算跟他解释什么,赵恪靖也只好听命行事,可如今眼前将旗是再熟悉不过的了,三州数郡城池,百里荒蛮沙漠,他正是在这面旗帜下浴血奋战。

身后响起低低议论的声音,显然其他骑兵也望见了将旗,心绪动荡起来。他们离对方已经近了,赵恪靖猛然勒马停下,举起右手,旁边的人心领神会地挥动令旗,先是援军缓下动作,寿春军见状也茫然停下,队伍随之止住,隔着一段距离与南境军对峙,号角声仍呜呜作响,两边僵持,皆无动作。

"你在做什么?谁准你擅自停下的!"暴喝声随人而近,怒气冲冲地停在他旁边。

赵恪靖看向对方,来人正是手握兵符的传令者,率领寿春军,也是这次行动的主将,他想不起名字,只依稀记得对方是淮南别处的一个郡尉:"在弄清事情之前,我不会轻举妄动。"

"可笑!你身为将领,难道不知道军令如山?"郡尉喝道,举起兵符,"继续进攻!"

赵恪靖一动不动,转头望向远处猎猎飘扬的将旗。

郡尉大怒:"看清楚,兵符在此,你是要违抗命令吗?"他掉转马头,高举着兵符冲兵士们大喊:"继续前进,攻下军营!"

底下人隐约有些骚动,尤其是不知道发生了什么的寿春军,却都踟蹰着没有行动。

"混账!"郡尉扯过赵恪靖衣领,"依照军规,我现在就能杀了……"

一道黑影飞掠而来,快得连赵恪靖都来不及反应,眨眼间郡尉松开了他,难以置信地死瞪着穿透自己胸口的箭,才一张口,一口血喷溅在对方铠甲上,而后仰面栽落马背。

军中顿时哗然。

赵恪靖一眼看到门楼上持弓的人,却大喜过望。"主上,"他高声道,"楚将军!果然是楚将军!不必戒备!"

寿春军面面相觑,不知如何是好,旁边却随之响起了高呼声,开始还很零星杂乱,渐渐就统一清晰了起来。

数月在生死夹缝中挣扎苟活,前途灰暗无光,在渐冷的气候、凋零的草木中,眼看着战友一个个病死或饿死,援军众人近乎绝望,甚至已经不敢再奢望能回到长安,却万万没想到竟能在这里见到楚明允。先前见到兵符他们尚能冷静,而在这突然之间,援军几乎热泪盈眶,忍不住一齐振臂欢呼:"楚将军!楚将军!"

苏世誉站在营寨中,仰头遥望门楼之上楚明允的背影。他虽在营中,离得较远,但凭他的武功自然能清晰听见外面声响,更何况那高呼震山,即使毫无内力的人亦能隐约听闻。呼喊中满满皆是欣喜雀跃之意,苏世誉眸色却渐渐深重如墨,一潭沉郁难以化开。

苏世誉忽然想起很久以前问过楚明允,若同时有兵符与他的命令,军队将会听命于谁?

答案已然明晰浮现。

而这已经远非一个太尉、一个将军所该拥有的威信。

"属下终于见到您了……"营外,赵恪靖喃喃自语着,就要催马上前,而对面的队伍忽然从中分开了一条道,一个女人走了出来,停步在两军之间,面对着他们。

战场上从来没有女子出现过,赵恪靖惊讶不已,然而寿春军比他更为惊讶。云娘的夫婿在寿春军中人缘颇好,许多人都认识云娘,还有几个都统将领受邀去她家吃过饭喝过酒,此时都大惊失色,不明白为什么她会突然出现在这里,而且还是从敌营中走出来的。

云娘抱紧了怀中长剑,仿佛能从冰冷的铁剑中汲取温度,她扫视一周,深吸了口气后,闭目重回到那个血腥黑暗的夜晚。她高声开口,字句清晰,毫不含糊,连细枝末节都一一道来。

她一个女子,武功算不得上佳,声音自然也大不到哪儿去。站在前方的骑兵就将听到的内容向后转达,依次传遍,他们的神情从开始的困惑,转为震惊,再到惊怒,直至听闻屠城景象,转达的士兵个个变得双目血红,咬牙切齿,愤怒欲狂。

他们应征入军,肝脑涂地,所求不过护得国土平稳、家人安康,可如今,至亲家人被残忍屠戮,他们却还被凶手欺瞒耍弄!

及至此刻,韩仲文靠着兵符调控的援军和靠着谎言利用的寿春军全部倒戈,局势彻转。

重编整饬队伍后,楚明允下令趁势而击,反攻寿春城。

南境军、寿春军、朝廷援军,三军联合发起突袭,叛党闭城顽抗。擂鼓撼天,兵戈震响,流箭如雨,火油沿城墙浇下,烈烈燃烧。鏖战直至黄昏,满天血色云霞下,城门大破。

攻入城中之时,未及逃脱的韩仲文一家被叛党抢先灭口,愤怒的寿春军一拥而入,将他的尸体撕碎,余下叛党或被当即斩杀,或投降被俘。

那些流民随后回到城中,有的与军中家人相拥团聚,有的在物是人非的家前痛哭失声,人间百态,一眼看尽。

暮色重压的郡守府邸里,苏世誉默然无言,似是思虑重重,楚明允不难猜到,韩仲文一死,跟之前淮南王的情形如出一辙,人死灯灭,线索全断,幕后之人依旧隔着迷雾重重,难以窥知。

楚明允走到他身后,想说些什么,苏世誉忽然偏头看向一旁,楚明允随他望了过去,只见青石地上一摊鲜血中躺着把银质的长命锁,光泽莹亮,血痕斑斑。

章十七 —— 決裂

雍和九年，深秋，历经数月，淮南叛乱一案终于告结，经查证共有三十余名官吏遇害，拘捕涉案大小官员近百人，消息传回长安，朝野震动，天下俱惊。

这些官吏皆是淮南王伏诛后朝廷派遣委任去的，如今却犯下滔天大罪，自然不能轻饶，而西陵王也默许了朝廷对此的处置权，并不干预。主犯韩仲文已死，无从追究，于是下令就地斩首重犯数十人，以示震慑，余下众人押送入京，再审定夺。待一切安排妥当，御史大夫与太尉先行启程，返回京城。

车队虽长，他们的速度却极快，穿山过野，行路渡河，不日即可抵达长安。

夜里停宿在驿站，随从回报行程后恭敬告退，苏世誉转身回到房中，忽然意味深长地开口："这两日似乎总有人在这个时辰来禀报事务。"

"是吗？没注意。"楚明允坐在桌旁，漫不经心地翻着书。

苏世誉看向桌上空了的药碗："你的药呢？"

"喝完了啊。"

"又倒在哪里了？"

楚明允将书翻过一页，头也不抬，恍若未闻。

苏世誉轻叹了口气，拿过药壶又倒出一碗，搁在桌上。

楚明允权当没看到，先开口道："我怎么觉得你这几天有心事，还在想是谁唆使的韩仲文？"

苏世誉注意力被转移过去，道："我曾想过是西陵王，但细想下来又觉得不是，可也想不出还有什么可疑的人。"

"怎么说？"

"淮南这场局其实布得并不算非常高明，隐瞒远在京城的我们绰绰有余，面对寿春军时韩仲文就显得有些勉强了，那他怎么会骗得过西陵王？而依他们迎接你我那天的情形来看，世子和韩仲文还是较为熟悉的，既然如此，他一手遮天般的所作所为，掌管淮南事务的世子又怎么会丝毫不知？"

苏世誉沉着思索了起来："可也不该是西陵王，他没有这样做的理由。淮南已经是他的封地，动乱生变对他并无益处，反倒损折更多。况且那晚的宴席上世子没有出现，后来我与西陵王的那封信你也看到了，他说世子前一阵因为一些事负气出走了，他自己没有怎么打理过淮南，对于韩仲文也是一副毫不知情的样子。正如你曾对韩夫人所说的，单凭韩仲文是无法调动叛党的，那对方必然是与淮南王有所牵扯，才能让叛党为他所驱使，可我还想不出是谁。"

楚明允低笑了声，不甚在意："何必想这么多，你在这边满腹心事，他那边也未必能坐得住，毕竟这案子越大，就越容易藏不好。"

"也是。"苏世誉叹道，"终究是没有确切的证据，不能只凭臆断推测来下定论。"

苏世誉瞥了一眼摆在桌角的兰花，盆栽里土壤深沉湿润，下了定论："你果然把药倒了。"

楚明允："……"

苏世誉不仅没忘了这茬，还证据确凿了。楚明允仍不甘心放弃，理直气壮地指着耷拉的叶片："你看，花中君子都要被药给苦死了。"

这分明是快被浇死了。

"伤还是要彻底养好才行，免得以后旧伤积郁，侵损根基。"苏世誉认真道。

"行。"楚明允认命地长叹了口气，拿过那碗药汤，皱着眉一饮而尽。他转头看向望着自己的苏世誉，忍不住笑了："世誉，你怎么还是这个表情，也不笑一个？"

苏世誉一时没有答话，楚明允便以肘抵着桌子，捏住自己下巴，露出一副愁眉紧锁的深思模样。

"你怎么了?"苏世誉莫名其妙。

楚明允维持这做作的姿势不变,答道:"你现在就是这个样子。"

"胡编乱造,我什么时候有过这种动作。"苏世誉被逗笑了。楚明允便偏回头来看他,扬着唇角,一副得意模样。

苏世誉蓦然说不出话来。

他的确有心事愁结,为的却不仅仅是案子。

窗棂外明月皎皎,远山显出暗色轮廓,山寺钟声遥远模糊地传来,巍巍长安城已经近在眼前。

水月将碎,镜花欲裂,逢场作戏终要行至幕落。

空负了这一世清醒,明知是假,却偏饮鸩止渴,越错越深。

淮南数日如一梦,终究不可奢求,一晌糊涂,已经足够。

他最终缓慢而近乎珍重地抬起手,在楚明允的发顶轻揉了揉,像在安慰缺乏安全感的孩子,继而收回手转身向外走去,声音温和如常:"明日就能回京了,早些休息。"

楚明允按按额头,缓缓回头看着他的背影,无声地笑了。

他孤身站在荒野上,瓢泼般的大雨将天地浇得透彻,残破战旗与伏尸死马混杂一地,血水和泥水汇聚成流,沿着他的靴边流淌。有人唤了他一声,他回过身,却猛地被一只手扼住脖颈,整个提了起来。

男人的脸在眼前扭曲狰狞,他脚下悬空,双手死抓着对方的手指,喉咙里刀绞般地疼,一个音节也吐不出。白色的帐顶在视线里摇晃不定,他听见男人的嘲笑。

"小姑娘,省点力气吧,我可还不想把你打残了再交上去。"

几近窒息,那声音萦绕飘荡,忽远忽近。

男人的手猝然失去力气,他摔倒在地勉强站起,滚烫黏腻的颈血溅了他满脸,引得胃里灼烧翻腾,几欲呕吐。他看着那颗人头骨碌碌地滚远,撞在远处一人的脚边才停下。

苏诀低头看了一眼,又抬起眼望向他。他跪下,低低地道:"父亲。"

"他骗了我们，害死了他们，七十一人全都……"

"什么七十一人？哪里的七十一人？"苏诀打断了他的话，低斥道，"那是你帐下的四千人！是他害死了他们？是你害死了他们！"

"父亲？"他怔怔地看着苏诀。

"那兵阵我教过你，你破过，你可以赢，为什么会败？"苏诀一步步走近，"你有耳有目，能察能断，为什么放弃自己的判断，去相信依赖别人的话？那四千兵将的主将究竟是谁？！"

"是我。"他俯下身，清瘦身形不禁微微颤抖，他额头贴上粗糙地面，胸腔酸涩疼痛，嘴巴却干涩发苦，"是我的错。"

苏诀不语，垂眼看着他，长久沉默后伸手拉他起来："抬起头看看，你还要不要再错一次？"

他迟疑地抬起头，顺着苏诀所指的方向看去，那颗人头还在原处，人脸却赫然变了模样。

是楚明允的脸。

血腥气霎时自喉头冲上，他惊骇得踉跄后退，一脚踏空便从山崖上滚了下去。

嶙峋乱石割得他鲜血淋漓，他最终摔落在崖底，浑身骨头都像是碎了。他望见满是雾气的山崖上两人相对而立，寒光倏然一闪而过，三尺青锋穿透了其中一人的胸膛，那人从山崖上直坠而下，重重跌在了他身旁。

崖上雾气浓重，看不清面目，只看得清持剑者转身时袖角有一抹红莲似血。他艰难地侧过脸看向身旁，那张苍白面容的眼瞳中映出张一模一样的脸。

苏世誉陡然惊醒坐起。子夜寂寂，只听得见自己的喘息声，他抬手覆在脸上，摸到了满额冷汗，他紧闭上眼，声音微颤。

"不会再错了……父亲，我不会再错了。"

行程预估得不错，次日才刚过午，他们一行就回到了长安。

接到消息时秦昭正在外办事，当即赶了回来。府门口站了个青衣婢女，她在等着，一见他下马就匆匆迎上："首领可算回来了！大人正在书房里等着，让您回府就过去呢！"

秦昭快步到了书房，推门而入："师哥，你终于回来了。"

"嗯。"楚明允低眼看着文书。

秦昭停了脚步，忽然觉察到气氛有些异样，奇怪道："师哥？"

楚明允慢慢抬起了眼帘，扬手把那一摞文书摔在了桌案上，不带一丝情绪地开口："怎么回事？"

"什么？"

"朝中势力像一盘散沙我就不说了，我只问你，没有我的准许，谁胆敢把周奕从西境调回来？"楚明允冷声道，"当初因为楼兰王女的死才找到机会让他去掌管西境兵马，现在局势稳定了又给调了回来，这算什么，让我白送了个便宜过去？"他直视秦昭，"到底是谁下的令？你信中为什么没有提过这件事？"

秦昭错愕："这不是你的意思吗？"

楚明允蹙紧了眉："我的意思？"

"一切行事都是按照你的交代，还是跟以前一样。这些都是你信中的吩咐，调回周奕也是……"秦昭看着楚明允的神情，渐渐心中也没底了，从袖中取出一封密令递上，"这是我前不久接到的。"

楚明允拆开密令，脸色彻底沉了下去，良久，他才垂着眼自言自语般地轻声道："原来他不见人影的时候是为了这个呀？"

"谁？"秦昭心头一震，"师哥，难道这……不是你写的？"

一声轻响，信纸被撕碎，撒下一地雪白。

"想不到？"楚明允瞧着自己的手，话音里竟有一丝笑意，却含了微微咬牙的意味，"是啊，我也想不到。且不说是怎么拦下黑羽鸟的，这世上，字迹、口吻，都能像到连我师弟都分不出真假的人，还能有谁？"

秦昭尚且难以接受，闻言更是毫无头绪，可是看着他这模样，一个答案无端浮上心头："苏世誉？"

楚明允看了他一眼。

秦昭道："师哥，我早说过杀了他……"

楚明允一言不发，忽然向外走去。擦肩而过时秦昭转身想拉住他，手却抓空了，惊讶看去，不过眨眼间，庭中已经没了楚明允的身影，空荡荡，唯有枯叶飘落枝头。

书房的门被猛地推开。苏世誉站在桌案后，淮南回报刚刚拟写好，他搁下了手中笔，神情淡然，似是等候已久，先一步开口道："是我做的。"

楚明允硬生生止了步，隔了段不远不近的距离看着他，"呵"的一声笑了："我还什么都没问，你答得倒是干脆。"

苏世誉没有说话。

外面渐渐起了风，沉默一瞬，楚明允忽然听不出情绪地出了声："世誉，你就没什么想要对我说的？"

苏世誉垂下眼眸，极轻地叹了口气："道不同不相为谋，你比我更懂这句话。"

楚明允眉目骤然一冷，却笑了出声："好，好个道不同，可你现在才跟我讲道不同不相为谋，是不是太晚了点？那之前在淮南的那么多天算什么，现在觉得道不同了，还是想干脆说之前全是假的？"

他正对上苏世誉看来的目光，不禁一顿，笑意从脸上隐去，紧蹙着眉极不能置信道："苏世誉？"

苏世誉想要避开视线，下颌却突然传来疼痛感，檀香扑面，楚明允眨眼间已近至眼前，隔着桌案一把掐住了他的下颌。苏世誉的手撑在案上及时稳住了身形，却任由他捏着没有挣脱，楚明允手上稍用了力，迫使苏世誉不得不抬头对上他的眼。

四目相对，苏世誉极近地看进楚明允眼底，听到他冷冷道："假的？

"说着不在乎跟我胡闹了两三个月，一路上百般依着我，为了我身上的一点伤自己整夜不休息，就只是为了算计我？既然是演戏，那你何必要这么折腾自己，干脆趁我没意识时一把掐死我不就省心了？是想说入戏太深了，还是因为看着我剖心以待的样子可笑，觉得挺有意思的？现在用完了就扔开，你把我当什么了？"

苏世誉撑在书案上的手几不可察地一颤，缓缓收拢了手指。

"可我还是不明白，"楚明允声音压低，不由得带出了三分狠戾，"苏世誉，你就真那么忠心，对谁都演得出情深义重的戏码？"

苏世誉神情凝固了般，不起波澜，被掩盖在袍袖下的手却紧攥着，指尖深陷进掌心。

"怎么不说话？"楚明允瞧着他。

苏世誉闭了闭眼，竟淡淡笑了声："我没什么要说的。"

楚明允定定看着他，眸色深沉，半晌无话。

毫无疑问，楚明允是带着火气来的，苏世誉这一着棋虽未能伤及根本，却也是让楚党损失惨重，但从看到那封伪造的信件开始，他却抽不出空去想这些得失，满心在意的只剩苏世誉的态度。

多年党争，不是一朝一夕能扭转的，他自然明白，因此哪怕苏世誉当着他面写一折子把楚党全弹劾了，他也无话可说。可是既已坦诚相待，又何必再来背后捅刀、阴谋算计？

随着苏世誉话语落音，这一腔怒火瞬间凝成了冰，冰凌刺在心里生寒。

楚明允还不至于昏了头脑，忘了苏世誉和自己政见相悖，立场相对。近来的几起大案皆是冲着他们双方而来，他们不得不共同应对，因此才得以和缓关系，多了接触，等到把杂人收拾利落了，朝堂上争夺的仍旧是楚苏两党。

他心里清楚，却不以为意，权势利益可以慢慢谋算，政见立场也未必是不能动摇改变的，只要苏世誉愿意卸下心防，其他一切都不过是时间问题，易如反掌。

可若这一切是假的呢？

楚明允看着他，钳制着他的手没有松，眼神却一点点平静下去，放缓了语气。"朝堂、兵权，这些我全都可以不计较，我只问你一句话。"他顿了顿，慢慢道，"你待我究竟有没有过真心，哪怕一丝一毫？"

苏世誉一愣，似是极其出乎意料，不禁问道："你想问的是这个？"

"你只用回答我，有，还是没有？"楚明允道。

苏世誉再度陷入沉默，楚明允也就无声地等他回答，屋外木叶萧萧作响，秋风吹得窗棂微微震动。良久，苏世誉终于悄然难忍般地露出真实情绪，像是在肺腑中积郁压抑了太久，出口时都蕴着心头血的温热苦涩："你觉得……我该不该站在你旁边？"

楚明允的脸却因这句话血色尽褪。

扼在下颌的手顿时一紧，再往下一点，他可以轻而易举地扼住苏世誉的脖颈，但楚明允却放开了手。苏世誉看到他低了头，看不清表情，只看得见紧抿的唇角，再开口时声音却分明是带笑的，一字一字都像从齿间挤出："是，是……我忘了，我忘了你苏家几代忠良，你更是位极人臣，陛下宠信，哪里都好得很……怎么会看得上我这种人？"

苏世誉一瞬间想开口解释什么，却堪堪压在舌尖，又缄默于口。

他垂着眼，苏世誉能看到他长长的眼睫，微微颤动，似是振翅欲飞的蝶，无来由地想起那天夜里楚明允挤上床榻坐在自己身边，提起不为人知的过去，那时苏世誉忍不住想要安慰他，他便笑意盈盈，顺从地低下了头。

他手指不觉动了动，这时楚明允身形微颤了一下，却忽然退开两步，再抬起头时已经恢复如常，瞧着他缓缓地露出一丝冷淡的笑意，与先前朝堂上的针锋相对无二："苏大人真是好手段。"

苏世誉压下心绪："承蒙谬赞。"

楚明允收回视线，漠然转身离去，苏世誉却忽然出声叫住了他。

"楚大人。"

他脚下一顿，手按在门上，没有回头。风循着吹入屋中，吹得书案上雪白的纸张翻飞。

苏世誉的声音响在身后："你我终究同朝多年，容我相劝一句，如今尚且为时不晚，还望你能悬崖勒马。"

往来信件都被苏世誉拦截下了，自然清楚他在预谋何事。

楚明允没有回答，抬步离开。

书房一下子静得悄无声息，苏世誉深吸了口气，仍有些回不过神

· 137 ·

来，被楚明允那句问话砸出的茫然和诧异，此刻毫不遮掩地流露出来了。

分明是他不自禁，靠近虚情假意的做戏人，怎么到头来反倒是那人问："你待我究竟有没有过真心，哪怕一丝一毫？"

苏世誉摇头轻笑，抬手时才发现方才攥得太紧，掌心变得麻木作痛，缓缓渗出了血，沾在指尖点点殷红。他拿过锦帕擦手，苏白一声不响地进了书房，捧着茶水站在他跟前。

苏世誉看了眼木头桩子似的他："怎么了？"

"属下、属下刚才过来了一趟，没敢进来，"苏白小声道，"听到了一点。"

"嗯。"苏世誉搁下锦帕，接过了茶。

"公子为什么不说实话？"苏白低着头，"我觉得公子是真心对待楚太尉的……"

苏世誉不禁笑了："你怎么觉得？"

苏世誉留在身边侍奉的人都没有深沉心思，苏白说不出个所以然，只能凭着直觉答："就是一种感觉，楚太尉在的时候，公子跟平时都不大一样。"

苏世誉闻言笑意逐渐淡下，轻声道："真心与否，其实本身并不重要，重要的是它会带来什么后果，会不会为人所利用。"

苏白困惑不解地看着他。

苏世誉顿了顿，忽然开口道："你以前不是一直好奇我征战的事，偷偷问了好几次，还想不想听？"

公子上过战场的事在苏家很少有人知道，已故的大将军苏诀在世时将痕迹抹得干干净净，苏府上下也严禁提起，渐渐地所有人都认为苏世誉是少年入宫伴读，随后入朝为官，走得平稳和顺。

管家苏毅与苏诀曾谈到只言片语，苏白不经意听见，便放在心上，谁知一向好说话的公子也摇头不答。苏白虽然不知道苏世誉为什么这时忽然提起这件事，却不忍错过好机会，忙道："想听！"

"说来倒也不算复杂，"苏世誉想了想，"那时我十五岁，随父亲抵御匈奴入侵。父亲有心磨炼我，单独让我领了一支军队，待我与其他将领无二。但毕竟年纪小，没什么实战经验，身边的副将辅佐教导了我许多东西，我心里很感激，视他如师如长。后来我们中了匈奴的诱兵之计，他的看法与我不同，我虽犹豫，但禁不住他劝说，选择相信他的判断。"他话音微顿，才继续道，"然后我帐下四千将士被悉数坑杀，只有我一人活了下来，才知道他早已经叛国。"

苏白没料到会是这么惨痛的记忆，看苏世誉神情平静，又忍不住追问："当时肯定很凶险吧，公子您是怎么逃出来的？"

苏世誉却摇了摇头："我没有逃出来，只是他想留我一命。一是因为我是父亲的儿子，二是因为他觉得我长得像个小姑娘，打算把我献给匈奴皇族。

"在到达匈奴营寨之前，我杀了他，在他身上捅满了七十一刀，又想尽办法回到了父亲军中。"

"七十一刀？"

"我记得被他亲手杀死的人一共有七十一个，都是身边最熟悉的、最亲近的人。"苏世誉沉默了一会儿，又慢声道，"那一战是我的错，我错信了不该信的人，所以付出了代价。而如今，楚明允有不臣之心，我若再错，代价恐怕就是整个天下了。"

他本没必要告诉苏白这些，说至此处，才发觉更像是对自己的告诫。

而苏白大惊失色。"什、什么？楚太尉他居然想要……"那个词不敢出口，连忙压下声音，"那公子要怎么办？"

苏世誉淡淡一笑："若是会有那么一天，自然要依律处置。"

苏白呆愣愣地看了苏世誉半响，不过脑子地问："公子，您心里难过吗？"

苏世誉猝不及防，不禁一滞。

见他这样，苏白连忙找回了眼色，埋头给苏世誉添茶。

苏世誉却垂下眼，轻声道："即便真要如此，也没什么，总不过是等天下安宁，我再还他一条命罢了。"

苏白手一颤，滚烫的茶水就溅了出来。

十几年前的这桩旧事，于朝廷、于苏家，都不大光彩，它消失在了兵部的籍册里，也尘封在了他的记忆里。今日拂去灰尘再拾起，他不由自主地又随之想起许多事。

苏世誉靠在椅背上，手指轻按在太阳穴上，眉眼间竟显出一丝疲倦。屋外渐渐下起一场秋雨，淅淅沥沥地生出凉意。

当年那场仗还没打完，父亲就把他关了禁闭，等回到长安，便让人把苏世誉的衣裳全换成了白衫，并严令禁止他再和任何人动手。

但少年人多少都会有些叛逆，更何况他骨子里自有股固执，只是被温和性情掩盖得不大明显。

那时叔父苏行还没被贬谪出京，坐在堂中与苏诀议事，少年的苏世誉自廊下经过，行礼问好后正要离去，却被苏诀叫住。

"誉儿，你过来。"

苏世誉走入堂内，站在他们面前。

"把手臂抬起来。"苏诀道。

苏世誉看了眼父亲，迟疑一瞬，还是慢慢抬起手，皓白的衣袖内侧有一小抹被水洗过的淡红，隐隐还带着丝血腥味。

苏诀面色一沉："我告诉过你什么？"

苏世誉垂下眼，没有回答。

"哎，大哥，算了吧。"苏行忍不住出声，"你又不是不知道京中近来不太平，匈奴那边接地猖狂，别的人也想掺和一把，誉儿都这么大了，能护着自己，你总不能让他被人追杀也不动手吧？"

"他就是动手才更会出事，要是能好好护着自己，我还至于给他下禁令？"苏诀转而看向苏世誉："你现在胆子大了，为父的话也可听可不听了？"

苏世誉低声道："不敢。"

"之前没发现过，这是第一次？"

苏世誉微顿了下，才道："不是。"

"跪下。"

他应声跪下，旁边下人受了苏诀的示意，捧了条软鞭上来。苏行当即变了脸色，跟着站起来："都坦白说了，还上家法做什么？大哥，誉儿他毕竟还小……"

苏诀道："刚才不是你说的大了？"

苏行："……"

"十五六岁的人了，打过仗，杀过人，心里什么都清楚，还小什么？"苏诀握了一握鞭子，"现在不管，他改不过来，早晚要被自己害死。"

"可是……"话说一半，苏行就看到苏世誉已经默不作声地抬手去解衣襟了，忙急声道："说要脱上衫打了吗？大冷天的，你把衣裳解开干什么，怕不够疼？还不快穿好！"

苏诀侧头瞪了苏行一眼，却没说话，算是默许了。

苏世誉便理好了衣襟，低声道："多谢叔父。"

苏行含糊应了声，顶着苏诀的视线讪讪坐回了原位。

"誉儿，"苏诀站在他身后，并不急着动手，"知道我为什么让你禁武吗？"

苏世誉道："知道。"

苏诀点了点头："刚才我跟你叔父谈过，跟你娘提的时候她也同意，我不会再带你上战场了，往后你只须学着去做一个文臣。"

苏世誉倏然愣住，难以置信地抬起眼。

"有问题？"苏诀沉声道。

他毫不犹豫道："我不要。"

"啪"的一声软鞭落下，少年背上顿时沁开一道血印，他不禁一颤，却咬着牙重复了一遍："我不要。"

"誉儿！"苏行惊起。

"孩儿有错，尽管责罚就是，但父亲为何要做如此决定？"苏诀没有手下留情，鞭痕交错烙上白衫，背上一片火灼般地发疼，他却提声道，"我苏家四代领兵，出了多少名将，几乎无人选择从文，父亲和叔父也都是活在沙场上的人，为何要让我做文臣？"

"我心意已定，你不用多说。"

"父亲为何如此决定？"苏世誉追问。

苏诀持鞭抵在他背上，忍无可忍："苏家四代，不缺你一个将军！"

苏世誉猛地看向苏诀，错愕至极："父亲……"

"跪好！"苏诀一声厉喝打断他。

"快去把大嫂请过来。"苏行边压低声音吩咐，边不住看向满额冷汗的侄子。下人们都被吓得屏住了呼吸，厅堂中只剩一下下的鞭声听得人心惊胆战。

苏诀停下手，气喘不止，也不知是累的还是气的，他紧盯着苏世誉："我给你一次机会认错。"

清瘦少年的脸色苍白一片，唇线紧绷："孩儿不知哪里错了。"

苏行心头一震，根本不敢去看大哥的脸色，低声催劝："誉儿！"

苏世誉浑然不理，顾自道："孩儿自小就听父亲教诲，一心向往沙场征战，愿为国捐躯赴死，不愿终日待在朝堂钩心斗角，何错可言？是您教我行军兵法，也是您一遍遍告诉我，何为'报君黄金台上意，提携玉龙为君死'。"

"可你还能领兵打仗吗？"苏诀怒斥，紧攥着长鞭的手颤抖，鞭上血珠滚落，"单凭那四千条人命，你就早该被推出去斩了！好好看看你现在是什么样子，杀人的时候自己更不惜命，谁也不肯去信，就算让你去沙场，你能一个人打了所有的仗？你凭什么让那些士兵听你信你？你还有什么资格去做一个将领？"

搁在身侧的手紧攥成拳，苏世誉不发一言，他伤痕满背，皓白衣衫近乎要被鲜血染透，却仍不肯低头。

苏诀看着他，突然扔开了软鞭，一把抽出悬挂在墙上的剑："看来我的话你是听不进去了，好，既然早晚都要死在别人手上，倒不如让为父先了断了你这逆子！"

剑光如雪，映在苏世誉脸上。

苏行顾不得多想，扑上去拦住苏诀："大哥！"

"夫君！"苏夫人冲了进来，连忙将苏世誉护入怀中，还未仔细看遍伤势，泪已盈满眼眶："誉儿……"

苏世誉握住苏夫人的手，手心冰凉，却弯起唇角对她轻轻笑了一下。

苏诀推开了苏行，沉默地看了一会儿，然后将长剑摔在苏世誉面前："去祠堂好好反省，谁都不准给他送饭上药，什么时候想明白了什么时候再出来。"

家主下了命令，祠堂守卫自然不敢敷衍，虽然心疼小公子带伤跪在里面，但面对着夫人也不能违令，为难不已："夫人见谅，属下是真的不能让您进去啊！"

"我儿子跪在里面，我只想见一见也不行吗？"苏夫人语气温和，态度坚定。

"您也知道，老爷不准旁人进去，更何况您还……"守卫看了眼夫人身后侍女提的食盒，摇了摇头。

苏夫人叹了口气，从袖中摸出一枚玉佩，上好的羊脂白玉，莹润柔和，她轻声问道："我的话已经没有分量了吗？"

守卫顿时慌乱无措："夫人，您、您这是做什么？不拿玉佩出来，您在府中的地位也是不用说的，属下万万不敢对您不敬啊！"

"那你让我见一见誉儿，放心，我不会久留。"

"可是夫人……"

"若是夫君怪罪，自然有我替你说话，拜托了。"

守卫闭上了嘴，犹豫地看了看玉佩，又看了看夫人恳切的神情，终于别过视线，让了开去。

苏世誉正对祖宗牌位跪着，盯着供在祭桌正前方的一柄长剑出神，听见声音转头看去。苏夫人就在他面前坐下来，打开了侍女递上的食盒："这都是娘亲手做的，誉儿，你先吃一点，等下我再为你上药。没事，你叔父正在劝你父亲呢，他一时半会儿过不来。"

苏世誉瞧着她，摇了摇头，只低声道："娘。"

少年清润的音色有些发哑，听得苏夫人心头发涩，不禁又湿了眼眶。"你说你何必偏要惹你父亲生气呢？"她抬手抚在苏世誉脸上，"他的脾气你还不清楚？道个歉，低头认个错，再不然别忍着，哭出来，他心一软，怎么还舍得罚你呢？"

苏世誉垂下眼眸，没有吭声。

苏夫人低叹了口气："怨你父亲了？"

"没有。"他道，"孩儿知道父亲其实于心不忍，他握鞭的手在抖，拔剑说要杀我，是因为再也下不去手，想让叔父拦住他。若是我再流泪，父亲会更难过的。"

苏夫人一怔，随即抱住苏世誉，泪水无声滑落下来："我的傻儿子，你这种性子，苦的是自己啊。"

身后传来"吱呀"一声门响，苏世誉轻拍了拍她的背："娘。"

苏夫人松开他，转头望去，一方天光穿门斜落进堂中，苏诀背着光站在门前，看不清表情。

苏夫人连忙擦了擦泪："夫君，就放过誉儿……"

"我刚才听到了。"苏诀抬手打断她的话，缓缓走了进来，顿了一瞬，跟着跪坐下来，平视着苏世誉，"我看你还是不觉得自己有错？"

苏世誉默然不语。

"我只有你一个儿子。"苏诀忽然道，"你可知道我对你何求？"

"建功立业，不辱苏家门楣。"

苏诀定定地看了苏世誉良久，蓦然毫无征兆地笑了，他面容冷峻，极少和颜悦色，此时一笑眉宇间竟显出一丝温柔："错了。"

苏世誉意外地看着他。

"我希望你好好活下去。"不知是不是错觉，苏诀声音温和了许多，"我宁愿你平庸，甚至无能，只要能远离凶险，哪怕窝在京中一辈子没法出人头地也不重要，只要平安喜乐地活着就好。

"我一直对你严厉，可现在我突然想，是不是我错了？那天你回到我面前，我以为你死了，可是你还活着，但眼里是我看不懂的东西，那些日子发生了什么，我没问过你，你也肯定不打算告诉我……是我疏忽了，直到后来才发现，我的儿子变了。"

"誉儿，"他长长叹了口气，"父亲这辈子从没有后悔过，哪怕打了败仗,被人算计陷害。可是当初带你上战场,居然成了我唯一,也是最后悔的事。"

"父亲……"

"我知道你不情愿,但沙场已经不适合你了。"苏诀看着他,"'报君黄金台上意,提携玉龙为君死',这句话放在朝堂上也一样,关键在于,我苏家人,无论是文臣还是武将,都是要至死尽忠的。"

少年沉默良久,直到苏夫人握住了他的手,苏世誉仿佛惊醒回神,低低应道:"是。"

太尉与御史大夫归朝,各府司属官即刻将事务移交了回去,因为先前在淮南有驿传通信,倒也没有积压多少公务。早朝之上,还是以淮南之事为主。

西陵王派遣使臣呈上了重礼和一份官吏名单,道是接管淮南的人选都已拟定好,这些日子辛苦陛下替他操劳,委婉地表达了让南境军撤离淮南的意思。

韩仲文等人在任时,朝廷对淮南还尚有管辖之力,如此一来,那处就实实在在地落于西陵王的掌控之中了。只是淮南之地本就划为西陵封国,官吏自然该由李承化一手委任,特地来禀报已经给足了朝廷面子,更何况先前朝廷派去的官吏联手酿下了这么大的祸端,李承化也不曾趁机讨要个交代,怎么想都没有拒绝他的理由。

其后便是对涉案官员惩处,对洛辛追封厚葬的事。许多臣子想起当初群情激愤地指责洛辛叛变的样子,脸上不免有些难堪。李延贞见气氛凝重,忽然不着边际地提起几日后的千秋节,说是正巧楚明允与苏世誉回朝了,不如在城外离宫设宴,大行操办一番。文武百官无言地看着他,脸色并没有好看起来。

散朝后,刑部尚书陆仕跟苏世誉一同往外走去:"苏大人,从淮南押送来的囚车已经到了,具体处置我恐怕还要再询问您一下。"

"陆大人不必客气,若有需要尽管找我就好。"苏世誉笑道。

"是,那我就先谢过您了。"陆仕忽又长叹了口气,"说起来,这些犯人里有不少我打过交道的，在朝中共事时看着他们都好端端的，怎么到了淮南就成了这样？"

苏世誉闻言也微皱了眉，尚未开口，旁边传来了另一个声音："因为那些人本来就心术不正，只不过因为长安城乃天子脚下，他们还不敢肆意妄为。"

工部尚书岳宇轩走过来，冲他们一笑。"苏大人，陆大人。"他环顾一周，像是发现了什么，问苏世誉，"奇怪，怎么不见楚大人？"

苏世誉微微一顿，陆仕先忍不住道："岳大人这话才奇怪，为什么要找我们问楚太尉？"

"之前下朝苏大人不都是和楚大人一起的吗？不怕陆大人笑话，我有好几次想上前搭话，都被楚大人冷眼给吓了回去呢！"岳宇轩笑了声，又有些纳闷，"怎么？苏大人这次和他一同去淮南查案那么久，一路上朝夕相对，感情应该越发好了吧，我还以为等你们回来后，楚党苏党就该握手言和了，怎么眼下看来倒像是更差了？"

苏世誉淡淡一笑："跟以往并无不同，岳大人多心了。"

岳宇轩意味深长地看了他一眼，没再追问。

楚明允在书房里，耐着性子把离京后的所有案牍奏报看了一遍。秦昭拿了一摞密令进来时，他正撑着额头看周奕被从西境边关叫回的调令，听到动静抬起眼帘，神情莫测地盯了秦昭一会儿，问："你这是什么意思？"

秦昭瘫着万年不变的冰块脸，将密令放在他手边："了解情况。"

"存心让我不痛快？"楚明允往后一靠，推开了厚厚一沓信件，"我不看。"

秦昭问："为什么？"

"我为什么要看？里面以我名义下了什么命令都猜得出来，除了刺激我还能有什么用？"楚明允笑了声，屈指抵着下颔，饶有兴致地瞧着秦昭，"师弟，我真是不明白，我们世誉招你惹你了？我对他都没这么大意见，之前催着我杀他，现在又拿他伪造的信来，是打算逼我死心？"

心思被直接点破，秦昭有一瞬间尴尬，随即就变成了震惊："你还不死心？"

"不行？"楚明允轻轻闭上眼，"怎么说呢，多少还有点生气，但比起生气，更多是不甘心。"

秦昭简直无法理解，一种想要骂醒他的冲动涌起，出口时却只剩了干巴巴的一句："糊涂！"

楚明允无所谓地笑了："你倒不如说我无可救药。"

秦昭闭上了嘴，不搭理他。

"师弟，"楚明允缓缓睁开眼，神情随之正经了，"我不想再耗了，差不多就动手。"

"动手？"秦昭反应不及。

"是，我彻底看清了，大夏这十几年其实根本没有变化。十三年前，匈奴举兵南下，郡守弃城逃跑，底下人更不用说，还有多少守将背叛投敌；十三年后，有心之人稍加挑拨，就有上百个官员作乱屠城，抛开他们自身不谈，是朝廷吏治有问题。根基都腐烂了，苟延残喘这么多年，也该亡了。"

秦昭看着他："真要走到这一步吗？"

"李家开朝先祖在废除丞相的同时定下了一条死规矩：祖宗之法不可变。"楚明允笑意轻蔑，"你是觉得李延贞有胆识去违抗祖训，还是觉得他能顶得住诸侯王的讨伐？"

秦昭沉默了一会儿，问道："那是要逼宫吗？"

楚明允摇头："世誉既然已经知道了我想做什么，不可能会毫无提防，更何况我势力刚受折损，逼宫是眼下最不明智的一条路。李延贞几日后要出城去离宫办千秋节宴，你带人过去埋伏，只要他一死，我自有办法让百官求我登基。"

"是。"

"禁军已经是我的人了，具体我会再安排。到时候你等回程再动手也不迟，就让这小皇帝最后好好玩个痛快。"楚明允唇边浮现一丝冷淡的笑意，慢悠悠道，"何时生，何时死，听上去倒很不错，不是吗？"

所谓千秋节，即皇帝诞辰，取"愿其千秋万岁"之意。

离宫位于骊山北麓，桂殿兰宫依山而建，深秋时草木多半枯败，更衬出飞阁流丹，鲜艳华美。这场夜宴果然如李延贞所说的那般别出心裁，没设在宫殿之中，而是露天席座，毗邻一方碧湖，放眼就可观览骊山风光。不过归根结底，也只是换个地方纵情声色、歌舞享乐罢了。

靡靡乐音悠转，满天星河都醺然沉醉。恩宠不减的姜昭仪陪侍在李延贞旁侧，扫了一眼下方，抿唇笑道："早听说教坊特为陛下编了支新舞，如今看来，果真有绝世之姿。"

李延贞于半醉半醒间发出了声疑问。

姜嫒微抬了下巴："喏。"

此时丝弦声猛一折转，潺潺而来，李延贞随着望去，酒意顿时消了大半，席间有人惊叹出声。

绯衣舞姬们不知何时纷纷向一旁倾侧过身去，犹如花绽，显露出身后孑然独立的白衣舞姬。那女子一袭白衫似雪，竟站在了湖水之上，拈指作莲，舒展开柔软身段翩然起舞，一双赤足踏在水上，一步一步惹得秋水珠溅，洇湿裙角。她舞姿极为妩媚，模样却清丽动人，蓦然偏头望来，粲然一笑，宛若水中精魅。

楚明允瞥了一眼，便索然无趣地收回视线。旁人目瞪口呆，而他自然看得出其中奥妙：这湖中早搭设了石板，低于水面几寸，舞姬看似在水上舞，实则都踩在石上。

楚明允一手握着玉杯，一手撑着下颌，目光不由自主又自然而然地落在了对面的苏世誉身上。苏世誉稍侧着头，同众人一样望向舞姬，神情一如既往地平淡，寻不出什么赞叹欣喜意味，又或者说，他的情绪起伏向来都微乎其微，难以从神色觉察，即使楚明允离得那样近过，也猜不透他心里究竟在想什么。

苏世誉回过头来，不经意间正对上楚明允的视线，遥遥相隔，他愣了一瞬，转而淡淡垂眸避开。

楚明允捏紧了玉杯，默不作声地将酒饮尽。

片刻间这支舞已经结束，白衣舞姬踏上绣毯，尚有细小水珠自足上滑落。她盈盈一拜，开口正要说些祝词，不远处猛然传来了"轰隆"一声闷响，厉如惊雷，连带着脚下都震颤，湖水激荡。紧接着骊山上丘峦崩摧，所有人眼睁睁地看着靠近宫室的峰峦中林木迅速倒伏一片，随即如倾颓般轰然滚下，像是山中镇压的巨兽挣开了禁锢一般，咆哮怒吼，轰鸣声响中乱石裹挟着沙土，瞬间将楼阁冲毁覆没，继而汹涌袭来。

"怎么回事？"楚明允猛然起身。

姜媛脸色一变，正要抽身离去却被人扯进怀中，迸溅的碎石擦着发鬓掠过，方才动作再慢一分就能丢了命，她惊愕地抬眼看着李延贞："陛下……"

"小心点。"李延贞顾不上看她神情，忙护着她随侍卫往一旁退去。

烟尘扑卷过来，漫天蔽空，地面震颤得更加厉害，无数人还沉浸在绝妙的水中舞里，转眼却要面临山崩，奔走逃离，失了朝臣风度，仓皇不已。山石滚落的巨响和惊惧尖叫的人声混在一起，顷刻间就如沸水炸开了锅。

苏世誉下意识往对面看了一眼，沙尘弥漫中视野昏暗受阻，但依稀能看见席位上已经没了人，他松了口气，向上位疾步而去，却也空了。苏世誉转身竭力四顾，满目混沌，没见到李延贞身影，倒因吸入了烟尘忍不住低咳了两声。

这时他忽然让人抓住了手腕，被一把扯了过去，那人一只手替他掩住了口鼻，浑浊沙土气味中苏世誉嗅见一丝檀香，心头蓦然一颤，而抓着他的那只手修长有力，握得紧到他都觉得腕骨生疼，根本无从挣脱。

楚明允将他带到湖另一边的安全处，松开手折身便往回走，只丢下一句："在这里等我。"

苏世誉手疾眼快地拉住他的胳膊："你去哪里？"

楚明允转过身来，眉目间的冷凝神色陡然消融，他扯出一丝笑意问道:"你担心我?"

"你的人在这附近?"苏世誉不答反问。

"你担心我?"楚明允紧盯着他。

苏世誉移开视线望向倾塌的山崖,微皱了眉:"这场山崩难道是你……"

"你问的这些,我一个也不会回答。"楚明允笑道,"哪里也不准去,在这里等我一会儿。"言罢他直接离去,眨眼间身影已没入混沌烟尘之中。

苏世誉立在原地,迟疑一瞬,还是返回了那片混乱之地。

然而楚明允却并没有回到宴席处,他带着秦昭和影卫沿一条小径登上了骊山,凭崖而立。崩塌的峰峦离这儿不远,几个影卫已经过去查探,其余黑衣影卫在他身后次第排开,近乎融于夜色。

楚明允俯视下方,山崩终于停下了,烟尘渐散,能看见乱石泥沙伴着破烂的席座四散,湖水都被染得发浑,被活埋砸死的人横尸在地,活着的众人惊慌无措,奢靡宫宴成了狼藉一片。

虽然还不清楚这场意外山崩的缘由,但机会总是不容错过的。

楚明允抬手接过长弓,搭箭上弓,拉满了弦。夜风吹动他鸦色长发,浅淡月色映亮他森冷侧脸,指下一松,利箭携千钧之力以闪电之势射出。无数箭矢呼啸着紧随其后,破空而去,箭镞泛着寒光,如一团黑雾铺天盖地地朝着宫宴罩下。

就在这时,身披铁甲的侍卫们冲进了宴席中,挡在那些臣子前奋力挥刀,打算以身为盾拦下利箭,更有十几个持盾的侍卫在外围结成一个精妙的阵形,将迅猛攻势分化掉了大半。虽然还有人负了伤,但所有人的情绪一瞬间竟全稳定下来,连被吓得魂飞魄散的几个文臣也不再慌张,一切骤然变得规整有序,居然硬生生扛下了这场箭雨。

处在灯火通明的宴席中,看周遭皆是幽暗一片,根本摸不清敌人在哪儿,最多只能觉察大致方位,他们占尽优势,不能一击得手也无碍。崖上的影卫们换箭上弓,准备开始下一轮袭击,却见主上抬起手吩咐道:"等等。"

楚明允微眯起眼眸,望着下方,脸色倏然变了。

李延贞早已在侍卫长的护送下离开,余下众人也在侍卫们的掩护下匆匆往宫殿内撤去,唯有一人淡然而立,从容镇定,全局尽在他掌控下指挥调度,是旁人如何也学不来半分的卓然风华——是苏世誉。

秦昭下意识地看向身旁,只见楚明允眉头紧蹙,忽然意味难辨地笑出了声。"也是,我忘了,他怎么可能会听我的乖乖待着。"顿了顿,他缓了笑意,冷声道,"先收手。"

"师哥你……"

楚明允没给他说话的机会,偏头问探查回来的影卫:"发现什么了?"

"回禀主上,可以确定是人为制造的山崩,在石缝里发现了残留的火药痕迹,应该与我们曾经的手法类似。"

"火药?"楚明允体味着这个词,轻轻笑了,"看来那个人是真着急了。"

秦昭道:"我们要怎么应对?"

"回程的路上不用再伏击李延贞了。"楚明允目光仍未从下方挪开。朝臣们已经躲入了殿里,苏世誉侧头正对人吩咐着什么,先前献舞的白衣舞姬随其他伶人自他身旁行经,她脚步凌乱,禁不住身形一歪,便往苏世誉那里栽去。苏世誉回过头来,信手一扶帮她站稳了,舞姬的手却仍搭在他手臂上,一点点收紧。

楚明允抽过支长箭,扣上弓弦对准了那舞姬的心口,话仍是对着秦昭说的:"把那边火药痕迹清理了,宫里人看到了查不出什么,只会打草惊蛇,然后你再派人去好好查查那些火药的来源。"

苏世誉意外地低眼看向舞姬,舞姬红着脸垂下了头,手上却依旧没有放开。苏世誉若有所思地打量了她一眼,转而将她拉到自己身后。

"啧。"楚明允扔开弓箭,转身往山下走去,"他想要李延贞的命,那我就偏要让李延贞多活一会儿。有胆子在京中搅弄风云,却没胆子出现,他像只老鼠一样藏头缩尾了那么久,也该是时候露面了。"

宫殿里的君臣提心吊胆，宫殿外的侍卫严阵以待，维持这个状态过了许久，再没有任何异动发生。侍卫长和禁军统领亲自带人过去把骊山搜了个遍，也没能寻找到半点踪迹，只好如实回报，猜想对方是见势不妙抢先撤离了。

李延贞闻言松了口气，没有责怪他们，吩咐人过去清理残局，顺便清点了一番。

好在有苏世誉及时稳住局势，只是几个侍从宫娥因山崩丧命，而官吏们虽有负伤，倒也不至于危及性命，此时已经传太医来包扎处理了。李延贞想了想，觉得筹划多时的千秋节宴就这么狼狈收场了委实难看，干脆下令就在这殿里继续宴饮作乐。

文武百官登时神情各异而又同样复杂难言，忍不住都看了李延贞一眼，只觉得这位陛下心大得仿佛开了个豁。

他们各怀心事，但见楚明允和苏世誉两位大人都没说话，只得把心思统统咽回肚子里。

续宴上依旧琴瑟歌舞，但推杯换盏间总显出些勉强意味。群臣好不容易熬到了尾声，对皇帝陛下再恭贺一遍"千秋万岁"，打算就此收场，却见苏世誉忽而离席上前，赞了几句那水中一舞惊艳全场的白衣舞姬，向李延贞请赐。

天下皆知御史大夫精通音律，从前在宴上也不是没有带走舞姬伶人的先例，不是什么大事，没什么人在意。然而他话音方落却是一声破裂爆响，刺耳至极，惊得宴上瞬间寂静无声。对面的几个官吏看得分明，那白玉酒盏是被楚太尉给硬生生单手捏碎的。

李延贞惊疑不定地问道："楚爱卿？"

楚明允盯着殿中苏世誉的侧脸，松开手任碎玉"哗啦"落了满桌，不带情绪地答道："手滑了。"

章十八 —— 纠葛

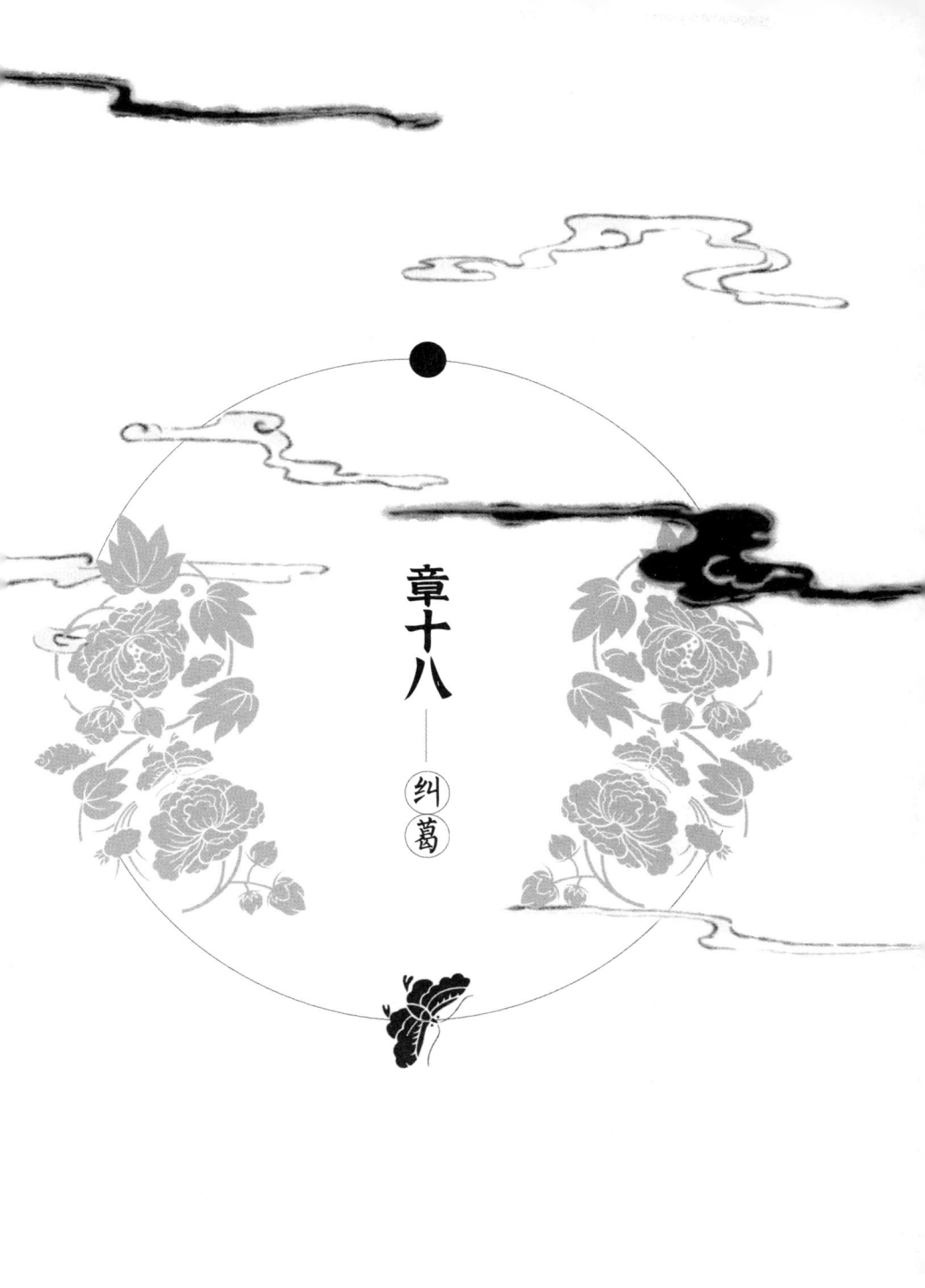

卫央宫中，昭仪娘娘姜嫒端坐在镜前，任宫娥们为她梳妆。

为她绾发的宫娥年纪较轻，看了看镜中映出的娇美容颜，笑道："都说昨夜里献舞的舞姬生得漂亮，可是依奴婢看，还是娘娘您更美，让陛下都移不开眼呢！"

姜嫒忍不住笑了，口中嗔道："一大早的，胡说什么呢。"

"奴婢哪里胡说了？昨夜山崩那么危险，陛下可是一直把娘娘护在怀里的，这宠爱其他娘娘恐怕连想都不敢想。"小宫娥巧笑道，"更何况，陛下等会儿不是又要过来陪您吗？"

"就你机灵。"姜嫒看了她一眼，笑意更深，"去把我生辰时陛下赐的步摇取来。"

"是。"小宫娥放下梳子，转身出去拿匣子。

旁边默不作声的另一宫娥忽然停下侍弄脂粉的动作，上前一步，从袖中隐秘地递给姜嫒一张字条。

姜嫒微微一愣，将字条展开，笑意顿时僵滞在了脸上，她猛然抬头，神情变幻不定，窄窄的薄纸上落了再简单明了不过的一句话，被揉皱了死死攥在手心里。

这时小宫娥拿了匣子回来打开，笑吟吟地问："娘娘，奴婢这就为您戴上它？"

"不，"姜嫒仿佛惊醒，急忙开口，"你去告诉陛下，叫他不要过来……对，叫他不要来了，就说我病了在休息，不见人！"

那小宫娥吃惊地看着她，但也不敢多问，连声应着就要退出去。

"等等，你站住！"姜嫒又猛地提声叫住她，小宫娥定住脚步望过来，只见昭仪娘娘背影颤了一颤，然后深深地吸了口气，平静了下来，沉声道，"不要去了，回来吧。"

小宫娥迷茫不已，走回到她身旁。

姜媛瞧着镜中的自己，慢慢地笑了，眸中几丝悲凉一闪而过，她吩咐道："为我戴上步摇吧，再换身衣裙，然后备好酒菜，恭候陛下。"

不多时李延贞便到了，进殿看见姜媛顿时眼中一亮，笑道："爱妃如此盛装打扮，是有什么好事？"

姜媛抬手让宫娥们都退下，对李延贞笑道："陛下前来，不就是最大的好事吗？"

"好。"李延贞笑了笑，回头也命宦官侍从退下，殿中只剩了他们两个，他拉着姜媛的手落座，扫了眼满桌佳肴，不禁又看向她，"果真没事要说？"

姜媛沉默了一瞬。"陛下要这样问，倒也有些话要说。"她看向李延贞，"昨天夜里，情势万分凶险时陛下将我拉到怀中，臣妾斗胆，想问一问陛下那时在想些什么？"

李延贞不由得失笑："怎么想问这个？"

"突然有些好奇。"

李延贞摇了摇头："当时倒什么都没想。正如爱妃所言，情形凶险，也容不得多想，你就在朕身旁，怎么能让你有危险？"

这次姜媛沉默了良久，才轻声开口："回想起来，臣妾入宫已经将近一年了，陛下您一直对臣妾恩宠尤甚，信任有加，臣妾……实在不知该如何报答……"

李延贞闻言笑出了声："爱妃说傻话，你陪在朕身边就是了，还打算再怎么报答？"

虽然身为九五之尊，但李延贞终究才及弱冠不久，眉目间清秀文弱，一笑之下更显出几分少年气，清朗干净。姜媛有些失神，满腔酸涩涌了上来，成了一点泪意，她慌忙低下头去，定了定神，又抬眼笑了，执过酒壶倒了杯酒："那就以这杯酒来表臣妾心意吧，愿生生世世都能陪伴陛下。"

李延贞看了眼杯盏里的澄澈酒液，又略带奇怪地看了姜媛一眼，末了笑了笑，举杯一饮而尽。没看到姜媛垂下了眼，泪水坠落打湿了绣金衣袖，洇开一点暗沉颜色。

还有政务等着处理，李延贞并不久留，姜媛送他出殿，远望着御辇一点点在视野中消失不见，然后脱力般缓缓地跪在了地上。"傻小子……"她轻笑着哽咽出声，从袖中摸出瓷瓶打开，仰头将药丸悉数咽下，眼中竟温柔轻快了许多，"我早你一步先下去，愿来生能与你投生成姐弟，把欠你的都还给你，好好地护着你平安一世……"

姜媛俯身向远处慢慢叩首下去，额头抵在地上，安静得再无一丝声息，鲜血沿着她唇角滴在青石地上，殷红一片。

宫道上的御辇中猛然传出一阵剧烈的咳嗽声，咳得撕心裂肺一般，侍从慌张地拉开帘幔，正撞见大摊鲜血在绣毯上漫开，李延贞紧闭着眼歪倒在了一旁，脸色惨白，不省人事。

这日是休沐，然而长安城中身居要职的官吏们同时接到了急令，命他们秘密入宫，召开廷议。

廷议与朝会不同，是由太尉和御史大夫共同主持，仅有朝中要员才能参与，商讨的也向来是最为紧要的国事，在廷议上意见达成一致后会将结果呈达御前，交给皇帝最终裁决。这次廷议通知来得突然又分外急迫，官吏们不敢怠慢，赶忙换上官袍纷纷奔往皇城，等到进了殿内，他们才意识到事态只怕要比想象中的更为严峻。

楚太尉坐在左首，一直垂眸把玩着手中折扇，没抬头看过任何人一眼，而苏大人坐在右首端着盏茶水，也是迟迟没有开口。到场的尚书、侍郎、御史中丞等人面面相觑，都不敢出声，只得不安地等待着，轩敞大殿上近乎死寂。

终于，苏世誉抬了抬手，宫娥们悉数退下并将殿门紧闭，他站起身来，扫视过后开口道："匆忙将诸位召集前来，实因事态紧急，想必你们心中也有准备了，不过还请容我多言一句，今日殿中之事，一字一句都不可对外泄露。"

众臣齐声应是。

苏世誉微微一顿，看了眼楚明允，他仍在一折折地开着那把檀木扇，漫不经心的姿态，丝毫没有要开口的意思。苏世誉收回视线，继续道："方才陛下在宫中遭人下毒，已经陷入了昏迷，太医虽在倾力医治，但情况不容乐观。"

哪怕早有不祥预感，众人也没料到会是这种消息，当即炸开了锅，刑部尚书陆仕的反应尤为激烈，急声问道："在宫里被人下毒？！什么人竟敢如此放肆，可捉拿到凶手？"

其他人纷纷附和："昨夜离宫出事，今日陛下又在宫中遭遇不测，苏大人，如此肆无忌惮、胆大包天之人一定要严惩啊！还没追查到凶手下落吗？"

"诸位冷静，"苏世誉道，"查明事由缉拿真凶之事自有禁军负责，我们的当务之急是如何应对这变故。陛下只怕这些日子都无法临朝，如何才能避免朝纲不稳，不让有心之人乘隙而入，诸位大人可有想法？"

众人相互看了看，都拿不定主意，毕竟才刚刚得知消息，多半还在心乱如麻。站得近些的御史中丞先开了口："不知大人您有何打算？"

苏世誉对上众人一齐看过来的视线，也不推让，道："依我所见，应当隐瞒陛下昏迷的消息，托词暂罢朝会，大事决议以廷议为准，各部行事以稳妥为上，力求与平常殊无两样，以免人心动荡。若能迷惑敌人，使之不敢轻举妄动最好，如有异变，也望诸位谨慎行事，不可擅作主张。"

"我赞同苏大人的想法。"陆仕直接点头。

那位御史中丞也道："下官并无异议。"

苏党官员纷纷表明态度，一致支持，楚党中人心照不宣地对视了一眼，并不作声。果然，一道声音慢悠悠地响起。

"我觉得不妥。"

苏世誉眸光微沉，转头看向楚明允，对方依然把玩着扇子，眼睫低垂看不清神情，他不觉放轻了语气："楚大人觉得哪里不妥？"

"哪里都不妥。"楚明允不带情绪地轻笑了声，"苏大人迅速封锁

· 157 ·

了宫中消息，可指使姜昭仪下手的人难道会不知道发生了什么，还用等你去知会？"

"那楚大人以为如何？"

"既然下手，就必定有所图谋。我看这正是暴乱前兆，应立即从外抽调五万精兵入京，备齐军需，以便及时应对。"

"五万精兵？！"有人低呼出声。

楚明允眼也不抬，问兵部尚书郑冉："郑大人觉得怎么样？"

"下官觉得楚大人所言极是。"郑冉应声答道，"单从这两日之事就能看出对方狼子野心，昭然若揭，不可不防！"

"郑大人一向附和楚大人，他的意见恐怕并不足以令人心悦诚服吧。"陆仕冷笑道。

兵部侍郎许寅也冷笑出声。"陆大人这话才奇怪吧，我们兵部的意见都不足以信，难不成你刑部的看法就可信了？"他语带讥讽，"再说了，苏大人还没开口，陆大人急着抢什么话呢？"

"你——"

"你们要在廷议上吵起来吗？"苏世誉淡淡道。

"失礼了。"陆仕退回原位。许寅面不改色地冲苏世誉笑了笑，倒也闭上了嘴。

气氛一时有些冷凝，苏世誉看向楚明允，道："即使真如楚大人所预料，但对方尚未动作，为臣者擅自引兵入城，只怕会先惹上嫌疑，反而给了对方借口兴事。"

楚明允低低地笑了："苏大人究竟是怕落人口实，还是怕朝中有人兵权过大？"

这话意已经再明显不过，在场臣子心头皆是一紧，殿中彻底安静下来。

苏世誉沉默了片刻，放缓语气道："各执己见终究无法成事，不如折中取决，你我各退一步……"

"没有各退一步。"楚明允打断了他的话，"这五万精兵我也不是随口说的，一个都不能少。而且苏大人想要怎么折中？想假装无事就没理由调兵入京，调兵入京了那谁还会觉得朝中安稳，舍一取一，我只问你同不同意？"

苏世誉眸色深沉，默然不语。

忽然"啪"的一声轻响，楚明允一把合上檀木扇，终于抬眼，看向苏世誉，眸深如海。他站起身，浑然不顾满殿众臣的目光，缓步走向苏世誉。

苏世誉微皱了眉，站在原地未动。楚明允停步在他身前，微微倾身凑近他耳畔，似是轻飘飘地叹了口气："你现在这个样子，还真是有点惹人不快啊。"

苏世誉一怔，楚明允又偏头看了他一眼，继而转过身向外走去。

旁人听不到耳语，只是看着楚明允要走，许寅反而急了，忙提声道："楚大人，您怎么走了？这结果还没定下来呢！"

楚明允跨出殿门，头也不回："我不会改变主意，没什么好商讨的。"

他们不约而同地又望向苏世誉，苏世誉回过神来，无可奈何地叹了口气。

方一回到府中，苏白就迎了上来，压低了声音："公子，您带回来的那位玲珑姑娘趁您不在去了书房，属下早就按您吩咐收拾好了，她看到的都是假文书，果然如您所料，她在与人暗中通信。"

苏世誉点了点头："沿着这条线继续查，当心别被人发觉。"

"知道，都隐蔽着呢！"

苏世誉笑了声，看向他："让你准备的东西呢？"

"好了。"苏白递上一个香木小匣。

苏白回禀完便自觉退下，苏世誉回到书房中，片刻后叩门声轻轻响了起来，白衫少女端着托盘走了进来，有些不敢看他，低着头羞涩地笑了一笑："大人。"

苏世誉搁下笔，淡声笑道："住得可还习惯？"

玲珑点点头。"很好。"她走上近前，"奴原本一早就想来见大人的，只是大人您匆忙出去了……"

"你喜欢白衣？"苏世誉忽然开口问道，玲珑微微一愣，不明所以地看着他。苏世誉了然，笑道："不必这般特意来迎合喜好。"

这话中有话，玲珑明显地怔了一下，开口正欲说些什么，却听他温声道："别动。"

玲珑僵着身子，一动不动地瞧着苏世誉打开了手边精巧的小木匣，取出支红玉嵌点的银簪，玉质莹润。苏世誉稍靠近过来，似是在打量思索，玲珑不敢抬头看他表情，视野里只是皓白绣银的衣襟，鼻端嗅见安神香的气息，身体僵硬得更厉害："大人……"

微凉的触感滑入发中，她看到苏世誉退了开去，端详着自己道："倒是恰好，要比起白色更衬你一些。"

玲珑微红了脸。"多谢大人。"说着她忍不住又垂下头去，这才看到手中托盘还没放下，忙道，"对了，奴做了些点心，大人愿意尝一尝吗？"

"抱歉，我不在书房进食……"话说到一半，苏世誉蓦然想起什么，不禁摇头笑了，"罢了，早就破例了，你放下吧。"

玲珑依言放下点心，小心地打量着他，忍不住问道："大人是想到谁了吗？"

"的确是想到一个人。"苏世誉道。

"大人笑得这么好看，跟之前都不太一样呢。"玲珑咬了咬下唇，玩笑道，"那人必定是个能令大人开怀的温婉美人吧？"

"美是极美，至于温婉……"苏世誉少见地沉默了良久，再开口时语气中带了难言的微妙，"倒跟他沾不上边。"

毫不温婉的楚明允正倚靠在椅上，面无表情地瞧着御史中丞。

因为楚明允擅自离开，廷议只得不了了之，御史中丞对他心怀不满，但毕竟奉了苏世誉的命令前来，便公事公办地开口："下官奉命转达，我们大人深思熟虑后同意了楚大人的想法，只是有两个条件，还希望您能答应。"

他顿了顿，见楚明允不语，便继续道："其一，无论如何，都请楚大人对陛下昏迷之事保密；其二，五万精兵抽调选任将领之事由您决断，旁人不会插手，但是他们不得入驻长安城。楚大人意下如何？"

楚明允无所谓地收回视线："可以。"

出乎意料的爽快，御史中丞心中诧异，但求之不得，也省得跟他多说，直接就告辞离去。那御史中丞前脚刚离开，秦昭就推门而入。

"师哥，已经将京中进出商货的搜查范围扩大到了半年内，还是没有查到有关火药的线索，岳宇轩上任工部尚书之后，连水运私贩都杜绝了，没有任何异常。"

"查不到？"楚明允微一蹙眉，忽又沉吟，"火药、私贩、工部尚书……谭敬？"

"谭敬？早就被处死的前任工部尚书？"秦昭问。

"呵，我倒是疏忽了，"楚明允一手抵着下颌，"你去查一查，当初谭敬运来的那一仓库火药，后来怎么处理了。"

"是。"秦昭应了一声，抬眼看见师哥神情冷淡地垂眼想着什么，他想起适才在门外听到御史中丞的话，分明得到了想要的结果，却不见楚明允有半点开心的意思。秦昭心思转了一转，忍不住直白地开了口："苏世誉刚得了美人，肯定在府里陪着，才不会为政事亲自过来，说不定再过不久，苏家就多了个小公子……"

楚明允抬眼盯着他，秦昭瘫着脸把后面的话咽了回去。

静默一瞬，楚明允低声笑了笑："世誉那个石头脑袋，就算那舞姬变着法地跟他示好，他也不会多想些什么。"

"你示好恐怕也一样。"秦昭道。

"那不一定，"楚明允稍偏了头，想了想道，"他会觉得我果然有病。"

足足过了两天，李延贞依旧丝毫没有要转醒的迹象，太医们急得团团转，全都束手无策了。在苏世誉的示意下，宫中派人来太尉府请医圣之徒杜越出手相救。楚明允有心暂留李延贞一命，答应得随意，便由秦昭陪杜越入宫。

只是秦昭也没想到，杜越把过脉后，却面露难色地对他摇了摇头。

"你也救不了？"秦昭将杜越拉到一处没人的宫廊下。

杜越低头盯着自己的脚尖，嗫嚅似的开了口："我不知道。"

秦昭一愣，不明白这是什么意思。

"他体内混合了好几种剧毒，有一两种我不确定，也许能救，但是我……"杜越的手抠着自己衣带，半晌低声道，"我害怕。"

他怕极了那种感觉，滚烫的鲜血变得冰凉，上一刻还紧攥着他衣角的人，在下一刻瘫软，随即僵死，速度快到他甚至来不及反应，就只能看到苍白月光下那张双眼暴突的脸，死不瞑目地望向长安。

他没脸跟秦昭说，那个夜里突然闯出来的女子，不是他第一次面对的尸体，但是他真正意义上的第一个病人；更没脸坦白，自己那晚其实是被吓到了，然后忽然意识到他从前是在帮师父打下手治些小伤小病，现在是窝在药庐里整日倒腾草药，根本没有真正独自面对过什么。

杜越其实也清楚，自己一直都被保护得很好，在金陵家中有爹娘，在苍梧山上有师父，到了长安，还有表哥，有姓楚的，有秦昭，所有人帮他将一切打理好，他只须凑在旁边看一看，心安理得地接受就好。

可是……

"我已经及冠了，娘前几天写信说我已经是大人了，我还总是这样，是不是挺没用的啊，秦昭？"杜越声音很低，秦昭必须十分专注才能听得清。

秦昭脱口而出："不是。"

杜越慢吞吞地抬起头看他，眼中满是惶然不安。

秦昭看得不忍，却口拙得许久拣不出一句安慰话，便认真地看着他摇了摇头："我不觉得。"

"但是我真的害怕，"杜越死皱着眉，"他如果再死在我手底下，我就真的……我这辈子再也不想学医，再也不想碰有关行医的任何东西一下了。"

秦昭转头向殿内望去，视线被一扇锦绣屏风隔断，屏风后是安静躺着的李延贞。这个皇帝倒也可怜，早就没了血亲，后宫的几位娘娘们因他专宠姜媛渐渐疏远，又因苏世誉封锁风声，只当陛下是患病久睡，依次探望叮嘱一番就是尽足了本分，眼下李延贞几近昏死，榻前守候的却只有几个太医宫娥。

秦昭虽有些怜悯他，但看着杜越这模样，忍不住道："你不想救，我就带你回去，我替你跟师哥说。"

说着就去拉他，杜越却一动不动地站在原处。

秦昭迟疑了一下，小心地将手放在他肩头，尽量放柔了声音问："不想走？"

"我……"杜越张了张口，又满脸纠结地没了下文。

"那就试试吧，有师哥在，还有我，救不活也没事。"秦昭说完才发觉说错了话，又赶忙补充道，"你是叶师父唯一的徒弟。"

你是医圣唯一的弟子。

这句话砸在耳中激得杜越一震，乱糟糟的情绪荡然一空。唯一的弟子只有他，被请来的也是他，除了他再无别人能做到。

他沉下躁动的心，重重点了点头，又看着秦昭问："你等会儿就回府吗？"

他直直地看过来，眼中似有一丝期盼，秦昭心头一动，脱口道："我在殿外陪你。"

"好！"杜越笑逐颜开，一把抓住秦昭按在他肩上的手，"够兄弟！"

"我不想……"

"不想什么？"杜越拉着他往回走，扭头看来。

秦昭在殿门前止步，看着杜越道："我不想让你为难，我等着你。"

"是挺为难的，不过虽然你说不觉得，但我都嫌自己没用了，总不能还老想着躲吧？"杜越挠了挠头，往殿内看了一眼，"秦昭，你不用一直站这儿等着，我出来的时候能找到你就成。"他对秦昭笑了笑，转身深吸了一口气，走进了寝殿，宫娥随即将殿门关上。

秦昭垂下眼，不声不响地在殿外站成了一尊石像。

163

灯烛点起又熄灭,一夜又一天,只有拿药换水的宫娥们匆忙进出,杜越偶尔回首一望,每每都能看到投在殿门上的挺直身影,顾不上细品心中滋味,便又专心投入用药施针中。

直到这日入夜时分,秦昭猛然听到殿中一阵喧闹,紧接着殿门就被人一把推开,青色身影扑出来兴奋地直接抱住了他:"秦昭,醒了!醒了!我做到了,他醒过来了!"

秦昭微微一僵,眼神转而柔和:"嗯。"

寝殿之内,李延贞终于苏醒,他脸色仍泛着虚弱的白,眼神空茫地盯了帐顶良久,忽然轻声问:"姜昭仪呢?"

"回禀陛下,姜昭仪在谋害您后就畏罪自杀了。"

李延贞沉默了片刻,闭上眼长叹了口气,似是累极了,却吩咐道:"罢了,依昭仪之礼好好安葬她吧。"

陛下醒来的消息连夜传到了苏家,苏世誉总算安下了心,点头谢过了传话宫人。

玲珑拿着琴谱从内屋出来时正看到宫人恭敬离去,奇怪道:"大人还有政务要忙?"

她没再穿白裳,换上了一袭绯色衣裙,如云乌发上正是那支红玉银簪,衬得她尤为明丽动人。

"一点琐事罢了。"苏世誉接过琴谱翻看,另一只手按在桐木琴上试着音律,低回缥缈的调子萦绕而起。

玲珑坐在他身旁,低眉入神地听着。

苏世誉放下琴谱沉思了须臾,忽然笑道:"这倒让我想起另一支曲了。"说罢指下一转,弦音微颤,温软小调如涟漪缓缓荡开。

前奏刚一响起,玲珑眼神倏地亮了:"这是临安哄孩子入睡时唱的调子!"她微微闭眼,跟着琴声轻哼,嗓音轻轻柔柔。

苏世誉敏锐地从她语气的惊喜中觉察出了一丝怀念,侧头静静地看了她片刻,问道:"你知道这支曲?"

他看到玲珑微微一顿,随即睁开眼笑了笑,道:"奴偶然听到过,就记下了。大人您是怎么知道的呢？"

"我娘是临安人，小时候她唱过，然后又教了我琴曲。"苏世誉拿着琴谱起身，对她笑道，"天色已晚，我就不再打扰了，你早些休息。"

玲珑一愣，跟着他站起身，毫无征兆地伸手拉住他衣袖，垂下头轻声道："既然天色已晚，外面霜寒露重，大人何必辛苦回去，不如留下吧。"

苏世誉诧异地看了她一眼，托词道："可我心中已经有人。"

"可大人的心上人并未在身旁，不是吗？"玲珑道，"大人这般的身家地位，三妻四妾也再寻常不过，何况奴别无所求，只愿倾心侍奉大人。"

"不在身旁，却在心上。"苏世誉笑道，"你的这番情意我心领了。"

玲珑缓缓松开他的衣袖，自嘲似的笑道："大人何必说这些，归根结底，不过嫌弃奴是个下贱舞姬，怕玷污了身份吧。"

苏世誉轻叹了口气，转过身正对着她："我并未看轻过你，你又何必只当自己以色侍人，妄自菲薄。"

玲珑定定看了他一眼，忽然上前靠近他，脸颊贴上温暖胸膛，手还没能揽上却被苏世誉及时握住了腕，力气不重，却让人动弹不得。她顿了一瞬，便退了回去，苏世誉随之松开了手，玲珑低头摩挲着自己的手腕，苦笑了声："是奴冒犯了，还请大人恕罪。"

"没什么，早点休息吧。"苏世誉淡淡一笑，抬步离去，他走到门前忽然想到了什么，回过头来，"对了。"

玲珑抬头看向他。

"这身打扮很适合你。"

正对上他望来的满是笑意的这一眼，玲珑无端心头一动，呆呆地站在原地看着苏世誉离开，好一会儿，她才回到妆台前坐下，手探进袖中抽出了一把匕首，锋芒锐利。玲珑瞧着匕首，又愣怔着抬起脸，忽而看见铜镜中的自己是带着笑的，她抿着弯起的唇，又摸了摸头上发簪，半晌，忍不住轻笑出声，将匕首搁在抽屉中。

还有些时间，不急于这一时，就容她等等，再等一等。

窗外蓦然下起了雨，密密地打在屋檐上。

苏世誉往外看去，廊下灯火摇曳，映出夜色下的风吹雨落，他收回视线，继续对苏白盼咐道："她是临安人，查这条线索会更快，多派些人过去。"

雨渐渐大了起来，激起泥尘草木的气息，在青石宫道上积出个个水洼，建章宫中灯火依稀。夜沉如墨，雷声隆隆，骤然炸响，漆黑天幕中劈开了一道灼白亮光，白光下一座恢宏宫殿轰然倒塌，土崩瓦解。

雷鸣电闪，大雨滂沱。

有人撑伞站在暗处看着，见状满意地转身离去，踩着宫人们的尖叫声一步步走远，雨水顺着伞沿滑落，滴在肩头，在入冬时节冰冷刺骨。

次日一早，为安稳朝局，李延贞强撑病体上了朝。

朝政上有楚明允和苏世誉在，实则也没什么需要他再商议决断的，李延贞简单问询了一番，便准备散朝了，不料工部尚书岳宇轩忽然出列，拱手道："启禀陛下，微臣有要事上奏。"

"爱卿但讲无妨。"

岳宇轩直起身，沉声道："昨夜突降大雨，导致建章宫中的玉堂殿突然倒塌，死伤了数十名宫人。"

李延贞点了点头，叹道："可惜了，好生处理了吧。"

"这并非臣所指的要事，还请陛下听臣细说。"岳宇轩道，"昨夜虽是场急雨，但还不到能冲垮宫室的地步，而且偌大宫殿又怎么会如此脆弱？臣心中疑惑，便仔细查探了一番，果然发现玉堂殿有明显偷工减料的痕迹，必然是当初有人趁机贪污敛财，敷衍做事。另外陛下请想一想，既然建造时有问题，难道只会是这一处有问题吗？"

不言而喻。众臣低声议论，连连点头。

岳宇轩扫视一周，继续道："依臣所见，当年督建建章宫的于珂于大人嫌疑最重。于大人对于修建之事可谓全权掌握，况且建章宫方一竣工，他立即就调任出京了，难免有畏罪出逃之嫌。"

李延贞还在思虑不定,这时御史严烨也站了出来:"臣也有事要奏。"

"爱卿请讲。"

"臣斗胆,弹劾于大人贪赃纳贿,结党营私!先不论岳大人所提之事,单是臣手中也掌握了许多于大人的罪证,赃款数目惊人,最重要的是,"严烨顿了顿,"臣敢肯定于大人是在为他人大肆敛财,背后势力盘根错节,恐怕涉及众多。"

此言一出,几名官吏不禁脸色一变。楚明允神情自若,微微挑了眉梢。

而苏世誉也不由得多看了严烨一眼,觉得有些奇怪。诸位御史要弹劾官吏,自然可以直禀陛下,但事实上一切折子禀奏前都要先交由苏世誉审阅,已成为御史台内心照不宣的规矩,而严烨此人深谙奉承讨好之道,怎么会突然擅自禀报?

"臣认为严大人所言有理。"岳宇轩接上话,"于大人毕竟只是督建工事之官,职位并不算高,如果不是背后有人支撑,恐怕是不敢如此大胆的。陛下,建章宫是为您所建,偷工减料敷衍了事,这无疑是将您的安危置于不顾,有如此牵扯,不可不重视!"

"爱卿所言极是。"李延贞想了片刻,看向苏世誉:"既然如此,就辛苦苏爱卿尽快查明,严加处置吧。"

"臣领命。"

"师哥,已经有三个人被御史台带走审问了,恐怕不久就会查到你。"秦昭语气有些凝重。

"哪里来的恐怕,这分明就是冲着我来的。"楚明允漫不经心道,"一个早已离京的小官算什么,不过就是个挑事的引子,想扳倒我才是正题。"

秦昭有些焦急:"我们不能坐以待毙。"

楚明允露出一丝冷淡笑意,忽然道:"谭敬那些火药的事你查得怎么样了?"

秦昭不知他为何问起这个,却也老实答道:"除了我们去的大仓库，谭敬利用职务之便还有些别的储藏地，那些火药最后搜查出来转交给了兵部，每两都登记在册，没有问题。"

"谭敬和岳宇轩，两任工部尚书，他们职务交接之时，你怎么知道没有疏漏呢？兵部拿到的分量，还不是岳宇轩给的？"楚明允慢声道，"当初谭敬之案我就觉得有些不对，如今看来，谭敬本身就是个拿来掩护的弃子。"

秦昭顿悟："岳宇轩有问题？"

"他们攻击我的时机，难道不正是我反击的好机会？"楚明允笑意渐深，眼中却无一丝温度，"人一得意了，就难免忘了自己是谁。你现在立即去查，绝对要把那个人彻底揪出来。"

"是，我这就去查岳宇轩。"秦昭说着往外走去。

楚明允叫住他："再添上一个人。"

"谁？"

"我讨厌朝秦暮楚的人。"楚明允抬手抵着下颌，"严烨。"

秦昭了然，点头应道："明白了。"

书房静了下来，楚明允后靠在椅上，闭目沉思，镂金小炉缓缓吐出缥缈烟雾，安神香的气息悄然消散在空中。

不知过了多久，一个影卫匆忙敲门进来："主上，御史台的人堵在了府前，要进来搜查。"

楚明允慢慢睁开眼，眼神捉摸不透。

府门前果然围着御史台的兵卫，御史中丞站在最前，一眼看到楚明允，不冷不热地道："楚大人倒是让我们好等。"

楚明允扫视而过："苏世誉呢？"

御史中丞眼神闪动了一下，没有立即回答。他刚得到楚明允可能涉案的消息，命人汇报的同时自己就带人过来搜查，不论那模棱两可的口供是真是假，他先搜查一番便是，即便这事与楚太尉无关，也好借机杀一杀这人的嚣张气焰。御史中丞定了定神，答道："苏大人还有其他要事处置，拘捕搜查为我所管，还希望楚大人能配合一些。"

楚明允没有作声，唇线紧绷。

御史中丞等了一会儿，忍不住抬步上阶："楚大人这般抗拒，难道是……"

话音戛然而止，因为在他踏上石阶的一瞬间，楚明允身旁的侍从几乎同时拔剑出鞘，直指向他周身软肋。御史中丞便一步僵在了那里，脸色微微发青，盯着眼前的剑尖："楚大人，我们御史台是奉了陛下之命彻查此案，你这是公然反抗，要威胁我性命不成？"

楚明允终于看向他，冷声开口："要查我，就让御史大夫亲自来，你算是什么东西？"

御史中丞脸色彻底变了，狠狠盯了他一眼，又看向眼前寒光闪烁的剑锋，压着火气退回原处，叫过一个下属。下属得了吩咐，连忙上马飞驰而去。

御史中丞视线再度落到楚明允身上，怒极反笑："楚大人，再怎么说，我们也同朝多年，您这话说出来，可实在是令人寒心了啊。还是说做贼心虚，口不择言了呢？"

可惜这激将法落了空，楚明允没再看他一眼。

两方人就这么默然对峙起来，气氛几乎凝固，最终被奔回的马蹄声打破。

那名下属独自去而复返，凑到御史中丞旁边低声说了什么，只见御史中丞脸色几番变幻，终于难看到了极点。他深吸了口气，近乎咬着牙冲楚明允行了一礼，道："下官冒犯了，还请楚大人不要怪罪！"然后他转头吩咐从属撤回。

"他不肯来见我？"毫无起伏的一句问话，楚明允眸色晦暗不明。

御史中丞的牙又咬得紧了些，他这般擅自行事，回去定然是要向苏世誉请罪的，便极其敷衍地答道："太尉大人身份尊贵，岂是能随便任人搜查的，是下官草率唐突，还请……"

楚明允无心再听，转身走回府中，影卫收了剑，跟在他身后。楚明允却倏然停下脚步，站在庭中。

昨夜那场雨后，地上还微有潮湿，风穿庭而过带着湿冷寒意，吹得他衣袂飘曳。楚明允转头看向近旁的影卫:"把苏家的那个舞姬带过来。"

"怎么了?"苏世誉放下供词,看向形容狼狈的侍卫。
"属下无能,玲珑姑娘被人掳走了。"侍卫捂着作痛的肩头,羞愧难当。
苏世誉微皱了眉:"知道来人的身份吗?"
"是,对方直说了是太尉府的人,而且属下追了过去,最后的确进了太尉府。"
苏世誉闻言一愣,反而更皱紧了眉,目光不由得落在供词中那个熟悉的名字上,一时没有开口。
书房门就在这时被猛地推开,苏白大步冲了进来,急声开口:"公子,查到了!"
苏世誉抬起头:"确定查明了?"
"绝不会错,公子交代要查的几条线最后都合到一块儿了!证据确凿!"苏白喘了口气,"不过说出来也挺难让人相信的。"
"是谁?"
"西陵王。"

"西陵王李承化?"楚明允重复了一声,转而低声笑了笑,"他的直觉倒真是准。"
"主上,首领吩咐属下先回来禀报,他正在处理严烨的事,大概要耽搁一阵。"影卫道。
楚明允点点头,抬了抬手,影卫便无声退下了。他目光不经意扫过跪在厅中的绯衣少女,似笑非笑地开了口:"怎么,听到西陵王,开始慌了?"
玲珑抬起脸,对他露出一个困惑的笑来:"楚大人的话,奴听不懂,奴只是不明白大人为何要将奴带来。"
"你猜是因为什么?"

玲珑想了想，谨慎开口道："奴对苏大人并无二心，苏大人也待奴极好，奴不能背弃——"

后面话音被压成了一声低呼，冰凉剑锋点上她的眉心，沁出凌厉刺骨的杀意，玲珑浑身僵硬，一动也不敢动。

楚明允倚坐在上位，单手持剑，轻笑道："我还没活剐过女人，你不妨来做这第一个？"他手上微微一动，锋刃破开雪白皮肤，一簇艳红血珠沿着她脸颊滚落。

"大人饶命！"玲珑嗓音颤抖道，"奴只是一个小小舞姬，即使为大人效力，也做不了什么，求大人高抬贵手！"

楚明允不带表情地瞧着她，没有说话。

安静得极为诡异，玲珑胆战心惊，冷汗一阵阵从背上冒出，只觉他的目光如刀般将她剖开了细细打量，令她无所遁形。

压迫感愈积愈重，就在她几乎要喘不过气的时候，楚明允却收回了剑，自言自语道："真不知道世誉为什么看得上你。"

玲珑错愕得答不上话，楚明允也没再理会玲珑，眉目低敛着顾自出神，素白指尖有一下没一下地落在桌案上，空落落地轻响。

玲珑垂着头，隐约觉察到他是在等什么人，一颗心仿佛悬在半空没个着落，煎熬无比。不知等了多久，玲珑膝盖跪得麻木发疼，忽听到上方的楚大人停下了敲击的手，有脚步声自远而近地从身后响起。

一步一步，宛若踩在她心头，玲珑顾不得许多，回身看去，面上满是惊喜："大人！"她情不自禁想靠近，伸出的手来不及触上一片袍角，便有长剑凭空落下直插入地，将手上动作截了个干净，冰冷的声音自上位传来。

"哪个允许你随意动了？"

指尖一颤，终是缓缓收了回来。玲珑小心翼翼地抬眼看去，发觉那位太尉大人的目光已不在自己身上。

苏世誉在落剑之际就已停步，站在离玲珑几步远的地方，脸上是一如既往的浅淡笑意："楚大人。"

楚明允以手支额，定定地瞧着他："你是来带走这舞姬的？"

苏世誉看了一眼旁边的绯衣少女,不答反问:"楚大人觉得呢?"

他低笑一声,起身走至苏世誉面前:"可我打算杀了她,你舍不舍得?"

苏世誉神情淡淡:"我舍得如何,不舍得又如何?"

"你若是舍得,我就杀了她。"楚明允紧盯着苏世誉,不放过他任何细微的神色,"你若是不舍得,那我就剥下她的皮,放干了血,再一点点抽筋剔骨。"

玲珑闻声悚然一颤。

苏世誉对上他的眼,沉默片刻,最终避开视线毫无波澜地开了口:"不过是个刺客罢了,楚大人若是这般在意,我不带走也没什么。"

他话音方落,玲珑整个一滞,生生凝固了般,娇怯慌乱的神情从脸上悉数褪去,她缓缓抬眼看向苏世誉,轻声问道:"大人是何时知道的?"

苏世誉尚未开口,楚明允就先一步冷笑出声:"御史大夫谁都不信,怎么可能不去查你底细?"

玲珑恍若未闻,依旧看着苏世誉:"何时知道的?"

苏世誉侧身正对着她:"当日你献舞之时,我便猜到了。"

那明丽的面容瞬间变得苍白,玲珑深深地低下头,抬手轻抚过自己的鬓发,手指颤抖地几番摩挲。她的眼神骤转狠厉,拔下红玉簪子猛地起身扑向苏世誉,以绝顶刺客所拥有的速度与力度,孤注一掷猝然发难,极快极狠。

眼前只见光影一闪,发簪断成两截摔到地上,玲珑跌伏于地,捂着胸口咳出大摊鲜血。苏世誉身形未动,只抬手以腕挡住楚明允的手,将那杀招拦下了一半。

楚明允侧睨看他一眼,越发不快地撤回了手。

苏世誉眸光微动,转而尽敛心绪,看向地上的人:"据我所知,你还有个多病的妹妹,是为她如此拼命吗?"

玲珑眼前一阵发黑,混沌中挣出的一丝清明在捕捉到那个称呼时惶恐了起来:"大人,求您不要……"

"她没能撑过霜降，走的时候还睁着眼睛，也许是想见你一面。"苏世誉低眼看着她，叹了口气，"西陵王送你来时，没有告诉你吗？"

她僵在那里，良久良久，落下一滴泪来。

"西陵王只告诉我，最迟三月，他要大人您命绝。"玲珑缓缓道。

苏世誉皱眉思量，玲珑看了眼他与楚明允，沾满鲜血的手不觉攥紧了衣裙，将绯色浸染得浓艳淋漓，她苦笑着喃喃自语："是不是白衫，又有什么差别呢？"

苏世誉闻言沉默了一瞬，笑了笑道："很适合你。"

玲珑怔怔地仰头瞧着他，忍不住也笑了，泪却愈加止不住地滑下。她对着苏世誉跪下，以极其郑重的礼节向他叩首，哽咽带笑道："玲珑今生没有这份好福气，若有来世……愿为奴为婢终生侍奉大人左右！"言毕，她旋身撞上厅柱，一片血色绽开。

沉默随着鲜血蔓延开来，守在厅外的青衣婢女自觉上来收拾尸首，打扫干净后垂首等着楚明允吩咐该如何处理。

他们交谈的过程中楚明允一直低着眼，似在出神想着什么。直到苏世誉想开口打破这僵局，他才头也不抬地对婢女冷声吩咐道："出去。"

待到婢女全都惊慌退下，他抬起眼看向苏世誉："死了，心疼吗？"

苏世誉眸色深沉，缓声道："为了杀我她体内已含有剧毒，便是没有今日也活不过三月，如此也算少了些痛苦。"

楚明允不带语气地笑了声，问："那我呢？"

苏世誉愣了一下，转而淡淡一笑："楚大人何必自降身份与她相比。"

"在你眼里，不都是一样的吗？"楚明允上前一步，逼视进他眼底。

苏世誉不禁退后一步，距离还没来得及拉开，却反倒像是彻底惹怒了楚明允，被一把抓住了手臂，不容许躲避。

他手指紧得像是禁锢，像是要勒入血肉，苏世誉卸去力气任由他发泄，听到他冷冷地问："怎么这么干脆地挑明真相？因为她也失去利用价值了，不需要再做戏了？"

"……"

"我猜是的，否则你应该关心她，体贴她，把她好好带回去，如

173

果我伤了她，你是不是也要一夜不睡地守在她床边照顾，到时候她醒来一定也对你死心塌地……"

"不是你想的那样！"苏世誉语气里终于忍无可忍地带了点情绪。

楚明允微微偏头，打量着他："生气了？"

苏世誉叹了口气，平静道："没有。"

楚明允长长地"哦"了一声，语调上挑，尾音似是带笑，又道："究竟你的脑袋是石头做的，还是你的心是石头做的？"

苏世誉撇开脸，默然不应。

楚明允一点点收紧手掌，却仍不甘。他垂下眼眸，低如耳语。"有时候我真恨不得干脆把你囚起来，管你怎么运筹帷幄深藏不露，挑断你的脚筋手筋，用铁链锁起来，用尽手段撬开你的口问问你究竟为什么……"语气一分分加重，话至末尾已有了狠戾之意，他却忽然顿了顿，松开了手指，声音也无端多出几分委屈难过似的，"可我又不忍心。"

"世誉。"楚明允念着他的名，像是他们的关系仍很近，"见你一面可真难啊。"

话有多真诚，心绪有多复杂，实在难以言表。

苏世誉缓缓抬起手，像是要回应什么，却最终在触及他衣袍的瞬间，只将他抓在自己臂上的那只手轻轻拉开，如同失去满身力气。

"我始终猜不透你的想法。"苏世誉轻声道。

"这句话应该我对你说。"

苏世誉稍作沉默，俄而缓缓开口。"建章宫敛财勾结一案我可以当作不知道。"他顿了顿，补充道，"这是底线。你也清楚这是死罪，往后还是收敛些。"

楚明允瞬间僵硬，半晌后几乎咬牙切齿地开口："苏世誉，你觉得我是为了这个才要见你的？"

他听到自己的声音散在沉默里，听到厅外的流风摇曳声，轻轻细细地传进厅堂。

又一次没有回答。这便是回答。

楚明允霍然转身，深吸了口气，抬手按着眉心冷笑出声："几百万两，一句话就不计较了，你还真是大方啊。"

苏世誉静静地看着他的背影，万般心绪浮沉不定，末了化作一个淡而无味的笑，抬步转身离开。

良久后楚明允放下手，回身望去，庭中正是寒岁里的初梅落雪。

隔日早朝，楚太尉称病未到。

楚党中已经有三四人被收押到御史台认了罪，众臣心里琢磨，隐约觉得这桩案子跟这太尉大人也脱不了关系，眼下楚太尉偏巧又病了不上朝，莫非真摆不平这一遭了？相互间几个眼神交流，到底还是不约而同地保持了缄默旁观。

天子登殿就座，只见苏世誉出列跪下，双手过顶呈上了一份文书。

"爱卿决定结案了？"李延贞边翻看着边问。

"臣有罪，请陛下责罚。"苏世誉道。

一句话掷地有声地砸蒙了文武百官，李延贞也着实愣了一下，抬起眼看他："爱卿何出此言？"

"臣办事不力，未能查出此案主谋。"苏世誉眸光暗下，"而御史严大人昨夜在府中意外身亡，他所掌握的证据线索随之隐没无踪，臣遍查无获，无奈之下，只得仓促结案，于心有愧，恳请陛下责罚。"

"罢了。"李延贞合上文书，笑道，"不是已经揪出许多要犯了吗？也足以惩戒了。爱卿这般辛苦，何必再苛责自己？"

苏世誉置若罔闻："臣有罪，求陛下责罚。"

李延贞困惑不已，看着苏世誉跪在殿中，敛眸平静，却紧皱着眉，透着不容动摇的坚决。李延贞看了他一会儿，长长地叹了口气。

兵部侍郎许寅下朝后没有回府，而是立即驱车去了太尉府。

书房中秦昭接过楚明允递来的名册，忍不住问道："这些人死了就行了？"

"哪里那么容易，"楚明允笑了声，"要看你动作能不能快过他们开口，还得不让人起疑心。"

秦昭正要开口，门外就传来了婢女的叩门声："大人，兵部侍郎许大人来访，正在前厅等您。"

"要拿我归案的人还没来，他下了朝不回府过来干什么？"楚明允眼也不抬道，"懒得见。"

婢女低声道："说是您手段高明，来祝您早日扫除苏党。"

"怎么回事？"楚明允眸光一凛，"叫他进来。"

秦昭将名册收好，眨眼间从暗门离去。

不多时许寅就到了，难掩喜色地行过一礼，不待楚明允多问，就自觉将今早朝廷上的事详细讲了，末了还忍不住纳闷道："说起来这苏大人也真是奇怪，自己辛辛苦苦忙案子就算了，最后陛下明明都满意了，他倒还非要给自己找罪受。"

他顿了顿，笑了起来："当然，无论如何，都是要恭喜大人您的！"

许寅并不确定楚明允与建章宫案是否有牵扯，但他确定一点：此案如此了结，朝中风言风语已经隐秘地起了，毕竟这样一个除去楚明允的大好机会，苏世誉非但没有动他分毫，反而把自己给搭了进去，有人猜测这会不会正是苏家衰颓的征兆，楚苏两党分庭抗礼的局面或许从此就要变了。

许寅说完便等着楚明允发话，等了许久也不见动静，抬眼看见楚明允正把玩着手中的什么物事在出神，他不禁疑惑出声，楚明允这才不带情绪地开了口："苏世誉怎么样？"

"大人放心，罚俸半年，禁足七日，可算是苏家前所未有的耻辱了。"许寅笑着又补充道，"而且下官来前，还有几个苏党官员托我替他们问候一下您的病情。"

楚明允缓缓抬起眼，冷笑道："告诉他们我还死不了就行。"他稍仰头靠上椅背，不耐烦地挥了挥手示意对方离去。

许寅察言观色，看得出他心情不佳，识趣地告辞走了。

一室静默，楚明允举起被体温暖热的玉佩在眼前，盯了许久，慢慢握紧了。

而后七天，果真都没有苏世誉的踪影。直到禁足期满，楚明允才终于在朝堂上见到了他。

苏世誉立于右首，一如既往的敛眸温雅模样，楚明允瞧着，却总觉得他似是又清瘦了些，颌骨轮廓线条利落地勾出，又浅浅收笔于分明的颈部。

下朝时李延贞叫住苏世誉问话，楚明允独自走出宫门，脚步稍顿，然后沉默地倚上了朱红宫墙。

长安城越发冷了，彤云低压，青松瘦密，寒风中又飞起小雪，莹莹碎碎地落在他肩上，晕开一丝湿冷，楚明允浑然不觉般地出神，目光似落在遥不可及之处。

不知等了多久，楚明允才听到了熟悉的脚步声，还未及转头，寂静中突然响起了一个柔亮的声音。

"苏哥哥！"

不知从哪儿出现的少女飞奔迎上，踮起脚撑起一把蟹青色的伞，挡住了风雪，也遮住了伞下的人，只能看见一身白衣如雪。

楚明允微一蹙眉，随即认出了她是当初襄阳城中的那个琴师。

那边澜依不经意地转过头来，正好看到了他，忍不住愣了一愣。苏世誉见她神情古怪，接过她手中的伞抬高了，随之望了过去，白皑皑的一片雪地上足迹隐约，朱红宫墙上一抹水痕，却空无一人："怎么了？"

澜依回过脸来，犹豫着还是摇了摇头："没什么。"

苏世誉也不多问，转而道："你怎么忽然入京了？"

"公子，"澜依压低了声音，"出事了。"

苏世誉环顾一眼，做了个噤声的手势。直到回府进了书房，他才边拂落衣袍上的雪，边开口："你不得不亲自进京来报，片刻不敢耽误地等在宫前，看来是件大事？"

澜依开门见山地问："公子，陛下不久前真的中毒昏死了吗？"

苏世誉动作一顿，看向了她："你从何得知的？"

"所以说是真的了？"澜依神色有些凝重，"前几日我在洛阳停留，碰巧被请去为一场私宴抚琴，在场的除了我只有两三个客人。他们后来喝多了，忘了避开我，我听了他们谈话内容才知道，为首的居然是河间王的相国元闵，也是他们谈到陛下中毒的事。"

"此事我立即封锁了消息，朝中知晓的人都极少，远在封国的他们怎么会知道？"苏世誉沉思道，"难道他跟西陵王也有所牵扯，还是诸侯要联合起事？"

"我看不像要起事，"澜依摇了摇头，"元闵言语中都是担忧，而且我听话里的意思，他是得到了秘密消息，说朝廷怀疑陛下中毒是诸侯们搞的鬼，要派兵讨伐，彻底清理了他们。公子您知道，自从推恩令颁布后，诸侯国土四分五裂，嫡子和庶子相互斗争心存芥蒂，早散成一盘沙成不了气候，河间王知道朝廷有削藩的意思，害怕这次真要全杀了他们。"

苏世誉微皱了眉："朝廷并没有要讨伐诸侯的意思，他们得知的消息，只怕是有人刻意散布的。"

"还有，公子，不只是河间王得到了消息，元闵提到他这次来探风头，也是替好几位委托河间王的藩王来的，压力极大，如果事不成，根本无颜回去。"

"事不成？"苏世誉眸光微沉，"要成什么事？"

"这个我就不知道了。"澜依道，"元闵好像有些畏惧，提到的几句都很小心避讳。"

苏世誉思量半晌，叹了口气："我会多加留意的，辛苦你了。"

澜依笑了："公子客气……"

这时苏白突然推门而入，道："公子，工部尚书岳……"他一眼看到澜依，话音陡转，眼中分明有惊喜，却强压着弯起的唇角："哎，你怎么来长安了？"

澜依瞥了他一眼，随即移开视线轻哼了声："反正不是来找你的。"

"谁稀罕你找我啊，"苏白语气嫌弃道，"不是我说，你是不是又胖了？"

澜依"唰"地扭过头，瞪大了眼："瞎了你的——"

"你们两个等等再吵。"苏世誉有些无奈,看向苏白:"怎么了?"

苏白忙收回视线:"岳大人在酒楼设宴请公子您过去。"

"有说所为何事吗?"苏世誉问道。

"没有,只说希望您务必过去一趟。"

满城飞霜,青砖黛瓦衬着白雪纷扬,如一卷写意水墨,天地间的喧嚣仿佛被风声吞去,在城门处尤显寥落,偏街的一家酒楼更是沉寂到了极致。大堂无一客人,店家也退避无踪,楼梯两侧守着黑衣影卫,楼上仅有的雅室里有两人相对而坐。

面容斯文的中年人将木盒放在桌案上推了过去:"请。"

素白手指松开青瓷酒壶,楚明允漫不经心地伸手掀开木盖,满盒的赤金烁烁,他没什么表情地又合上:"元大人这是什么意思?"

河间王的相国元闵笑了笑:"我们的一点心意,聊表诚意。"

楚明允又握上酒壶,顾自添了满杯:"我听不明白,不如有话直说。"

"楚大人果然爽快。"元闵顿了顿,慎重开口,"在下是奉我王之命前来,还望危难之际,楚大人能出手相助一把。"

楚明允似笑非笑地瞧他:"你要害我?"

元闵神情一僵。"大人这么说,看来我们所得的消息是真的了。"他长叹了口气,"既然大人与我都心知肚明,那我就直说了,王爷之忠心日月可鉴,若因小人之罪而受牵连,实在令人痛心。"

"跟我又有什么关系?"

"如今天下谁人不知,兵权尽在您的掌握之中,谁的话也比不过楚大人的更能让我们安心。"元闵道。

"你想要我保你们,可这对我有什么好处呢?"楚明允指腹摩挲过杯盏,"再说了,你说忠心就是忠心吗?无凭无据,让我怎么信你?"

元闵直看向他:"楚大人想要什么?"

楚明允轻轻笑了一声,慢慢抬起眼帘:"我要你们封邑的兵权,舍得给吗?"

元闵神经瞬间绷紧,双手紧握在一起,一时没有回答。

将酒饮尽,又添一盏,楚明允慢声道:"这不就是证明你们忠于朝廷的最好方法吗?反正兵权也早被子嗣分散了,手里死抓着那可怜的一点,什么都做不了,除了图个安心又有什么意思呢?"

元闵心中激烈争斗,尝试着开口:"楚大人……"

"我只要这个,"楚明允打断他的话,竖起食指贴在唇边,似是有些醉意地微眯起眼,"我不喜欢讨价还价,舍不得就走,我可以当你没来过。"

元闵猛地沉下心,反问:"那楚大人要拿什么来保证自己呢?"

言下之意已是妥协,楚明允笑道:"简单啊,兵权在我手上,你们就是与我休戚相关了,还不足够让元大人放心吗?"

元闵神情几变,最终起身向他行了一礼:"既然如此就劳楚大人费心了,为免被人撞见,我不久留了,回去后我会禀明王爷的。"

楚明允偏头笑了:"不送。"

元闵告辞离去,脚步声消失在楼梯尽头。楚明允又拿过一壶酒,随手挽起风帘,冷风裹着细雪顷刻涌了进来,激得人稍清明了些:"出来吧。"

他身后一声响,想方才元闵面对着帘幕那么久,却最终也没发现其后暗藏隔间,赵恪靖从中走出:"主上。"

"过几日我会找理由把你调出长安,你来接管河间王的兵权,不过也不用太急,当时消息不只放给了河间王一个,其他诸侯王眼下是在观望,用不了多久也会如此,这些都交给你了。"

"是,"赵恪靖道,"可是西陵王恐怕不会交出兵权吧?"

楚明允举杯一饮而尽,才笑道:"我为的不就是他吗?到时其他藩王都舍了兵权,剩他一个岂不是显得很奇怪?

"若是给了,他还拿什么来斗?可若是不给,我就能以朝廷之名、诸侯结盟之名伐他。难抉择呢,没关系,我给他时间好好想想。"

赵恪靖点点头,这几句话间楚明允又喝了不少酒,他迟疑开口:"主上您……"

"没事就回去。"楚明允截断他的话头。

赵恪靖咽回话,恭敬告退。

阁间里只剩他独坐伴酒,楚明允闲散偏头,视线漫无目的地落在了楼外覆雪的长街上,落雪若飞絮因风起,盈满眼帘。一片皓白中忽而有个黑点驶近,在他对面的酒楼前停下,有人撩帘下车,身形如芝兰玉树。

楚明允握杯的手不由得一紧,盯着那人步入酒楼,须臾后,身影又出现在恰好相对的雅间中。与他交谈的人被挽起的风帘遮住了身影,不知说了些什么,他蓦然抬眼望了过来,顿时愣住。

楚明允没有移开视线,隔着纷雪长街与苏世誉遥相对视。

他忽然觉得连日来层累堆叠的压抑心绪,借着清冽醇酒,终于在这一眼间滚烫烧起,无声灼烈,辨不清什么情绪,只剩下空茫茫。

然后他看到苏世誉身后走近了一个娇俏少女,风帘忽而落下,生生截断了视线。

苏世誉倏然回神,将目光移回到一旁放下帘幕的岳宇轩身上:"抱歉,岳大人方才说什么?"

岳宇轩抬手示意了屋中的另两人,笑道:"受人所托,苏大人可不要怪罪我。"

苏世誉转身看到了少女和她身旁有些局促的中年人,叹了口气,对中年人道:"承蒙项大人如此青睐,只是我也早已向你表明了无意成家,还是不必在我身上耽搁了,请另择贤婿吧。"

"苏大人哪里话,"项大人越发尴尬,拉住女儿在苏世誉身旁坐下,"只是想请您吃顿便饭,吃顿饭罢了!"

少女也羞涩地冲他点了点头,模样乖巧极了。

苏世誉不好再说什么,却禁不住又看了眼厚掩的帘幕,心不在焉起来,思绪翻涌的尽是楚明允沉默地看过来的神情,还有……那散乱满桌的酒盏。

酒菜陆续上齐,项大人正冲女儿使眼色,苏世誉毫无征兆地起了身:"实在抱歉,我忽然想起还有要事,先告辞了,改日定回请两位大人赔罪。"

"哎,等等,苏大人……"项大人惊诧站起要拦,苏世誉对他微一颔首,随即快步离去,他呆了一下,又着急地看向岳宇轩:"岳大人您,您不是明明说有机会的吗?苏大人怎么就这么走了,您怎么也不帮忙说点什么……"

岳宇轩撩帘向外,看到茫茫雪中苏世誉穿街而过,他回头对项大人笑了笑,没有答话。

酒楼里安安静静,守在楼梯两侧的影卫一动不动,视若不见地任由苏世誉踏入了阁间。

门关上时发出一声轻响,苏世誉不由得顿住了脚步。楚明允单手支着头,循声看向他,缓缓扬起唇角,眸光潋滟,似醉非醉的模样。"站那么远做什么,怕我吃了你不成?"他向苏世誉伸出手,嗓音低哑,声音沉沉地道,"过来啊——"

苏世誉收回目光,走向桌案另一旁将帘幕放下,寒风飞雪被掩去,屋里总算有了点稀薄暖意。他顿了顿,又拿开楚明允面前的酒,指腹触及壶身上一片冰寒,才发觉酒居然是凉的,苏世誉皱了眉,最终无奈叹了口气:"冬日凛寒,冷酒伤身。"

楚明允瞧着自己空无一物的手,慢慢地收拢,像是握住了什么虚无的东西。他尾音微微上扬:"你现在同我算什么关系,还要来教训我?"

"谈不上教训,即便你不爱听,但还是……"

"我心里不痛快。"楚明允打断他,"真看不出还是假看不出,苏世誉你傻吗?"

苏世誉一时答不上话。

楚明允把玩着空了的酒盏,低下眼不再看他:"你甩了那边过来,就只为了说这个?"

苏世誉叹道:"是。"

"这算什么,对同僚的关怀?"楚明允冷笑了声,话音一顿,忽又低声道,"你没什么想对我解释的吗?"

苏世誉困惑:"解释什么?"

楚明允扬手将酒杯摔了出去,砸在地上一声爆响,刺入人耳。他慢慢地抬起眼,定定地盯着苏世誉:"为什么?"

他猛地站起,却身形不稳地晃了一下,苏世誉手疾眼快地扶住他,楚明允反手死死攥着苏世誉的手腕,一字一顿地继续:"为什么不杀了我?"

苏世誉陡然怔住,看着楚明允固执地瞧着自己,眉目都紧蹙着:"为什么不杀了我?"

一腔酸涩堵在心口,就快要喘不过气来。他做不出毫不在意的冷淡样子,没了面对元闵时尽在掌控之中的自信,没了冷静从容,只能丢盔卸甲地站在对方面前,无比压抑却偏要不依不饶地追问:"既然全是虚情假意,那为什么不杀了我?为什么要替我瞒下来?"

"为什么?"楚明允直视着苏世誉,眸色深深,似是想看进他眼底心底,瞧个清清楚楚,"你身手不差,淮南一行来回将近一百个日夜,机会数不胜数,你为什么不杀我?你既然要对付我,为何不直接将我这个乱臣贼子杀掉?"他步步紧逼上去,不待苏世誉开口忽又冷笑了声,语气阴狠入骨,"还是说比起让我轻松死了,羞辱折磨我更能让你感觉到胜利的快感?"

"你冷静点。"苏世誉放缓了声音。

"出手相助的时候很得意吗?"楚明允问,"看我这样狼狈你快活吗?"

苏世誉想要辩解,楚明允却不给他开口的机会,紧跟着问:"你难道还不够满意吗?"

苏世誉闭了闭眼,深吸了口气:"楚大人……"

"苏世誉!"楚明允恨声打断他,松开对他手的钳制而掐上了他的下颌,"你难道当真无血无泪,无心寡……"

苏世誉拂开他的手,攥紧了他的衣领旋身将他压在身后墙上,另一只手捂住了他的嘴,想制止住他借醉发泄胡言乱语,让他先好好听自己说话。

可下一刻苏世誉感觉到了剧痛,楚明允不管不顾地直接咬住他的手掌,牙齿顷刻陷入掌中,温热的血液渗出,沿着楚明允的下颌流淌滴落。

苏世誉整条手臂都痛得发颤,却仍死死地压制着楚明允,没有松开。

忍无可忍爆发的何止他一个,谁能想到御史大夫竟也会这般不顾后果,不知道要如何收场,只知道彼此的关系与立场,注定厘不清了。

也许是他发泄尽了情绪,也许是浓重的血腥味唤回了他的神志,楚明允松开了口,整个人跟着平静了。

苏世誉松开他,边试着活动手掌,边平复呼吸,眼神隐忍无声。

楚明允不知沉默了多久,才终于找回自己的声音,极轻极低地问他:"你在可怜我?"

"冷静下来了?"苏世誉道。

楚明允定定地瞧着他,不知何时红了眼眶。

苏世誉愣了一下,有些无措:"你……"

"疼吗?"

"还好。"苏世誉将手缩回衣袖里,血已经止住了,只剩下深深的牙印需要时间来消退。

"我觉得很疼。"楚明允道,"只是你总喜欢自我惩罚。"

苏世誉忽而笑了笑:"因为我们是同病相怜的两个可怜人。"

楚明允也跟着笑了,顿了一瞬又问:"我刚才是不是吓到你了?"

苏世誉退后一些,看着他道:"你醉了。"

"是。"楚明允靠着身后的墙,抬手按了按额角,"我醉得厉害。"

"究竟喝了多少?"苏世誉温声问道。

楚明允迷茫地想了半响:"不清楚。"

苏世誉看向散乱着一堆空酒壶的桌案,忽然间意识到了什么:"你来这么偏僻的酒楼,又清空了旁人,是要做什么?只有你一人在这里?"

但此刻醉意汹涌地冒了上来,楚明允昏昏沉沉地全然没听进去他的话，顾自按着额头"啧"了一声，蹙着眉道："头疼。"

苏世誉终于无奈地笑了。"吹风饮冷酒，活该你头疼。"话虽如此，他却凑近了些，抬手按在楚明允太阳穴上，"别动。"

许是真的醉得深了，楚明允安静地低敛着眉眼，忽然轻而微哑地叫他："世誉，我……"余音模糊在唇间，他眼眸彻底合上，直直地倒下。

苏世誉及时扶住了他，低眼看去，他分明睡得深了，却仍眉头紧蹙。苏世誉静静地看了楚明允许久，末了无声地叹了口气。

守在楼下的影卫见到两人同出，终于忍不住露出了复杂的神情。苏世誉动作轻缓地将楚明允放在车里的软垫上，临走前蓦然想起什么，回身凝视着楚明允淡淡一笑，对两旁的影卫道："如果他醒来后忘记发生了什么，就不必告诉他了。"

两个影卫对视了一眼，才应道："是。"

苏世誉回府后为自己倒了杯茶，然后对着杯上氤氲的水雾思索了起来。

毕竟楚明允这种性格，风雪天出门只为了喝酒是不可能的，更何况还选在偏僻的城门附近，清空了旁人，只留影卫看守，倒像是为了与谁密会。

这个念头刚起，苏世誉陡然神思一凝，察觉到了另一件事。

那为何他会恰好在那时被邀请了过去？

项大人即便想为女儿说亲，可城中酒楼多不胜数，哪里都胜过那间偏僻的，他们又为何会恰好选在与楚明允正相对的位置？

巧合一旦多了，就难免显出人为雕琢的痕迹。

千头万绪交织错杂起来，汇成茫茫迷雾一片，倏然有一线灵光无端涌入脑海，分山劈海般将纷乱思绪涤荡一空，顿时灵台清明。

他想起在寿春时梁进约他相谈的事，言下之意是，祸事尽有楚明允在幕后指使的痕迹，再有今日设宴正好撞在楚明允眼前。

如此一联系想来，与其说是什么阴谋算计，倒更明显是在挑拨他们两个的关系,而且还清楚他和楚明允并非一般的同僚。

那样的人,除了一个不见踪迹的李彻,其他都已经死在了淮南。

楚明允当时怀疑李彻就是永乐坊里的慕老板,但也只是猜测,然而在他们碰运气拿铜符出了寿春城时,几桩案子间的纠葛牵扯已无须多言。西陵王李承化既有谋逆之意,代他打理淮南的李彻不可能毫不知情,而与李彻共事的韩仲文又怎会与此毫无瓜葛?

韩仲文承认淮南王留下了余党,而以西陵王的奸猾,起事作乱的也绝不会是他自己的人,若真是如此,便意味着他和淮南王私下早有勾结。

苏世誉猛地捏紧茶盏,刹那间犹如云破月明、水落而石出,一切的前因后果终于衔接拼合了起来。

最初假宋衡一案地牢败露,使得他们有了防范之心,西陵王便利用谭敬、苏行两大案、陈思恒之口、姜媛籍贯与穆拉和之死,千方百计地将祸水引向淮南王,又在苏世誉见到淮南王前抢先将其灭口,然后李承化明面上从朝廷得了淮南封地,暗地里还以盟友之名收编淮南残党,其后再兴淮南叛乱,将淮南叛党交给郡守韩仲文,请君入瓮般如愿引来了楚明允和苏世誉,阖城杀之而不得,便故技重施,将韩仲文一家灭口,把淮南的实权收归囊中。

每一步无论成败,都于他有益,这般机关算尽,心思不可谓不深沉。

只可惜这些终究是推断,再缜密合理也无用,以玲珑为线索暗地查到的消息亦做不了呈堂证供,在没有确切实证前,他仍旧拿西陵王没办法。

更令人担忧的是,李承化又渗透朝堂到了怎样的地步,这一步棋子究竟是项大人,还是那位岳大人。

清茶已经凉透,苏世誉仍慢慢饮尽,他长叹出一口气,然后叫来管家苏毅,吩咐去留意那两位大人的行踪。

苏毅应声领命,苏世誉顿了顿,又补充道:"再派人去盯紧河间王那边,一旦有任何异动,立即回报。"

赵恪靖外调出京的文书很快就批了下来。寻常军务上的事，楚明允基本是一手遮天的，况且赵恪靖所处的也并非什么重要职位，此番外调并未能引起谁的注意。

太尉府中，赵恪靖双手接过信件，粗略翻看了一遍，忍不住感叹道："这些藩王这么快就跟着交出了兵权，您的计划果然厉害。"

"他们是交了，可李承化那边还没动静呢。"楚明允将调任文书也递了过去，不经意间瞥见他的神情，又道，"你想等年后再启程也行，多晾他们一阵也没什么。"

赵恪靖感激一笑："多谢主上。"

他不多耽搁就要离去，楚明允忽然出声叫住他："对了。"

"主上请说。"赵恪靖转过身。

楚明允一手按着额角："见元闵的那天，我是怎么回府的？"

"属下并不知道，您吩咐完事情就命我离开了。"赵恪靖有些讶异，"出什么问题了？"

"你早就走了？"楚明允微微蹙了眉。他次日醒来就在自己房中，只依稀记得跟元闵谈妥了事情，其余的只剩大醉过后的头痛欲裂。

"您既然不记得了，或许可以问问其他人？"赵恪靖道。

楚明允不在意地放下了手："算了，反正不是什么要紧事。"

越近年关，时日越逝如流水。

除非有心接触，太尉和御史大夫实则没有太多交集，二者各司其职，即便是御书房禀事，也并非时常就能遇见。眼望飞雪一天大过一天，霜白满檐，转眼就又是除夕。

杜越从晚饭时就不住地探头探脑往外瞅，直到天色深透，终于忍不住跑去廊下张望了起来。秦昭问道："你在看什么？"

"看我表哥啊，"杜越头也不回地答，"都这么晚了，他怎么还没过来？"

楚明允不觉抿紧了唇角，垂下眼一言不发。

秦昭看了他一眼，走到杜越身旁："坐回来吧，他不会来了。"

"表哥今年不过来,为什么?"杜越猛地回头,"他在府里也是一个人,干吗不像去年那样过来?"

秦昭无言以对。

杜越又看向厅中:"哎,姓楚的,你不是跟我表哥很要好吗,你干吗不叫他来?"

楚明允低眼剥着金橘,没有答话。

于是杜越目光在楚明允和秦昭身上莫名其妙地徘徊了一番,嘟囔着转身要走:"你不叫他那我去……"

"杜越,"秦昭拉住他,"他不会过来。"

"你……"杜越气结,就要把袖子扯出来,"那我自己过去陪他行不行!"

秦昭直接紧握住他的手腕,默不作声地盯着他,态度明确而坚决。

杜越一对上他的眼神就败下阵来,暗自挣扎了一会儿,转身走回厅里直接坐在楚明允旁边,摆足了架势:"姓楚的,我跟你谈谈吧。"

楚明允全神贯注地剥着手中橘子,并不理他。

"喂,我跟你说话呢!"杜越忍不住抬脚要踹上去,楚明允这才抬起眼帘瞥了他一眼,他默默地收回了脚。然后杜越发觉不对劲,楚明允眼角狭长,眉目低垂时显出点若有似无的阴影,艳丽中偏透着一股冷肃,他盯了半响,后知后觉地明白不对劲在哪儿了。

楚明允这时像极了他十五岁刚到苍梧山时的样子,没有似笑非笑的神情,没有挑事欠抽的言语,不声不吭地沉默到杜越还以为他是个哑巴,任旁人怎么说话他都不理睬,一双眼眸映出天光云影、石潭清泉。

思及此,杜越重重地叹了一声,看了眼身旁的秦昭,正正经经地起了话头:"你跟我表哥闹崩了?"

秦昭觉得这句话一点也不正经,可见杜越认真地板着脸,只好配合地继续旁听。

他知道楚明允不搭理他,索性也不在乎了:"不是我说啊,我表哥那么好的脾气,从小到大我都没见过他跟谁生过气,能跟他闹崩,你也真有本事……"

秦昭忍不住咳了声："杜越。"

话被打断，杜越干脆又酝酿了会儿，才道："我到长安这么久了，也不是没听过你的名声，前阵子还有那么多官兵堵在门口，我也不傻，是兄弟就坦白说，你是不是想搞什么，我表哥是不是因为这个跟你翻脸的？"

秦昭不由得心头微紧，却见楚明允依旧不为所动，没有开口的意思。

身旁小炉中炭火"噼啪"轻响了一声，杜越又长叹了口气："你说你没事瞎折腾个什么？百里师父是不是一开始跟你说过他的剑从不教人复仇？虽然我不知道你后来是怎么糊弄他的，也不知道你想复什么仇，可是何必呢？你看你现在过得多好啊，当了个这么大的官儿，多少人害怕你，要吃有吃要穿有穿，还这么有钱。你何必非要执着于过去，搞得自己那么累，人总要向前看才行啊。你想想看，如果你不报仇，能过得舒服，心里也轻松了，也不至于跟我表哥闹成这样，什么都好，你就不能想开点放下吗？"

"不能。"楚明允终于开口，干脆果断。

"为什么？"杜越不能理解，"你……"

"若是为了快活享乐，我大可不必走到这一步，我就该死在十多年前的凉州城。"楚明允不带语气道，"死在马蹄下，死在乱箭里，或者也被吊在城楼上，都好，我何必要活到现在？"

杜越愣了一下，隐约意识到了什么，急忙劝他："你说那时候打仗我知道，可是现在不一样了啊，现在天下太太平平的……"

"天下太平？"楚明允打断了他的话，将这一词认真体味，"你能看出什么就说天下太平，是不是要等到被灭了国的时候才会觉得凶险？外敌，内乱，这一触即溃的样子，如今都不用匈奴再动手，朝廷自己的人都会屠城了，还想等到什么时候？"

"为什么不能放下？"楚明允自言自语似的，"为什么十三年前我没有拔剑与她站在一起？为什么我要一个人逃出城，活到现在？"

他话音并不激烈，甚至称得上轻缓，眉眼间却分明流露出阴戾，杜越对着他这模样有些不寒而栗，话音卡在喉中。

突然的喧闹打破了满厅死寂，浑厚钟声漫过十里雪地滚淌而来，烟火雀跃耀空，爆竹声响成一片，满城欢腾。

楚明允倏然就笑出声，毫无征兆，眼中仍无一丝温度。

杜越不禁往后缩了一下，几乎被他的喜怒无常吓出冷汗。

"错了。"楚明允轻声笑着，"已经十四年了。"

秦昭将杜越送回药庐又出来时，烟火爆竹声都已静下，寒夜无声，长安城沉沉睡去。他行经廊下，意外发现厅中仍点着灯，转头望见顾长身影立在庭中的一株红梅树下，不知那人站了多久。廊下灯盏曳曳，暖色灯火染上那人发上、肩头的霜雪，融化不去。

秦昭犹豫着是否上前，忽然看见积雪压得枝丫一颤，簌簌雪落，几瓣红梅悠然飘转，落在楚明允掌心。

风声呜咽，摧得窗棂震响。

苏世誉搁下笔，起身走到窗边，长风吹起他的发，凛冽中仿佛裹挟着淡淡寒梅冷香，细嗅却无，似是错觉。苏世誉关紧窗，坐回书案后，烛火跃动，照着满卷公文。

一夜风雪。

休朝的日子闲散枯燥地过去，直到上元节那日，太尉府有客前来。一位是楚明允等了许久的西陵王的使臣，恭敬奉上了西陵兵权，满口冠冕堂皇，与其他藩王相去无几，楚明允意味不明地笑了笑，没有多言。而另一位，则是在他意料之外的。

楚明允瞧着厅中一身红衣的女子，开门见山道："有事？"

陆清和行了一礼，笑道："小女的确有事相求，不过太尉大人放心，只是举手之劳。"

楚明允不置可否地看着她。

陆清和深吸了口气，鼓起勇气道："大人能否派人送我入宫一趟？"她忙补充，"我只是想见一见陛下。"

上元之夜，从来都是团圆相会的佳期。

楚明允了然，微挑了眉："我看起来有这么好心？"

"小女别无所有，若是找别的大人断然是无望的，"陆清和看着他笑笑，"但我觉得太尉大人会帮我，所以就来碰碰运气。"

"你爹就是刑部尚书，找他不是更方便？"楚明允有些不耐烦，"你既然对陛下有意，陆仕会不同意你嫁进宫？"

少女心思被直白说破，陆清和脸上一红，听了他的话后转而摇头笑了："大人想错了。我是思慕陛下，想要见他，又不是想当皇后，为什么要嫁进宫呢？"

楚明允抬眼看她，陆清和冲着楚明允笑，眼神明亮。"这又不矛盾，不过是我恰好喜欢他，而他恰好是皇帝罢了。我自小就独自在外，游历天下，现在也不过是让我爹安心才暂时留在京中，等说服了他，我就要继续上路。若是能跟陛下在一起固然很好，可是不在一起又有什么关系呢？我有我想要的生活，处江湖之远，偶尔惦念起那高居庙堂的人，是我的心上人，这样也很好。可若让我嫁进宫，跟一群女人争风吃醋，日夜盼他过来盼到头白，我做不到。"她顿了顿，道，"陆清和，是要当一辈子江湖儿女的。"

四下没有旁人，她话也说得明朗干脆，可楚明允忽然沉默了。他目光落在陆清和身上，却似透过她望向什么遥不可及之处，一袭红衣如火，安静地燃在眸中明灭不定。

长久的无言令陆清和不自在起来，回想了一遍也没觉出哪里说错了话，不由忐忑出声："太尉大人？"

楚明允收回目光，抬了抬手，一个影卫不知从何处出现："送她进宫。"

"多谢大人！"陆清和眉眼笑开，"只须带我入宫就好，其他都不劳大人费心。"

她毫不在意楚明允敷衍的应声，又认真道了声谢，转过身脚步轻快地向外走，正要迈出正厅，陆清和忽然身形一顿，又回身看来："今晚可是上元夜啊，太尉大人有想见的人吗？"

他沉默一瞬："有。"

"那大人便去见啊。"陆清和双手交握在身后，微偏头看着他，笑道,"这天下,又有谁能拦得住您呢?"

楚明允一怔。

"公子,河间王封邑那边刚传来了消息,军中的总将被罢职收走了兵符,相国元闵跟刚调任到附近的楚党将领赵恪靖走动得颇为频繁。"书房中,苏毅沉声回禀。

苏世誉听出了言外之意,又记起先前澜依提到的"事不成",当即猜出了那天楚明允在酒楼里私会何人,一时沉思不语。

苏毅继续道:"除了河间王之外,其他诸侯军中也有变动,我们还偶然得到了西陵王使臣秘密入京去了太尉府的消息。"

"偶然?"苏世誉看向他。

苏毅对上苏世誉的视线,将这两字又咬得重了:"偶然。"

苏世誉心领神会,收回了目光,道:"被人设计,西陵王的兵权应当是给得不情不愿,也难怪想借我之力加以阻挠。"

"那公子的意思呢?"

苏世誉略一思索:"此事他做得隐秘,无论是朝廷还是我都难以插手,而且即便能够干涉,如何处置兵权也是问题,还回诸侯手中有悖削藩之策,收归朝廷也不过换了名义到他手中,倒不如先静观其变。"

"是。"

"岳大人和项大人可有什么异样吗?"苏世誉问。

"派去的人一直盯着,没发现有什么问题。"

苏世誉点了点头,只是道:"不急,再多观察些时日。"

苏毅应了声,见苏世誉没有再开口的意思,他神情微凝,忽然出声:"属下有些话,还请公子不要怪罪。"

苏世誉温和一笑:"但说无妨。"

"属下认为,西陵王虽为朝廷大害,但眼下还是楚太尉嚣张过甚,为压制藩王而放任楚党横行,无疑是舍大求小。公子目光深远,不该犯这种错误。"

苏世誉脸上笑意淡下。

苏白一心向着自家公子，公子和楚太尉的私人纠葛对自己亲爹也是绝口不提的，只不过苏毅毕竟在苏家多年，眼看着公子长大，自然能觉察出些不同寻常来，何况他还撞到过府中下人私下谈论公子将玉佩赠人了："公子向来持正公允，应该最明白为私交所扰乃大忌。"

苏世誉默然，苏毅看了他一眼，一整衣袖，后退开来大礼跪下："属下逾越，愿受责罚。"

看着中年人叩首拜下，苏世誉缓缓笑了笑，双手将他扶起，方低声道："我明白。"

苏毅便不再多说，告退离去。

他独立在窗前，敛眸沉默。天色转眼深透，书房里没点灯，昏暗一片，远处澜依正拉着苏白往廊上挂花灯，灯火影影绰绰地斜投过来。

身后门扉"吱呀"一声轻响，像是被风吹开了，却分明听到多了个人的呼吸声，在他背后不过几步远。

苏世誉脊背一僵，静了片刻，慢慢转过身去。

满月之夜，那人背后落了一地的盈盈月华，都抵不过他眸光清亮，在晦暗迷离的房中，安安静静地瞧了过来。

千头万绪一瞬间化成空白，苏世誉生生忘了开口。

楚明允就瞧着他，一点点弯眸笑了，再自然不过地开了口："吃过晚饭了没？"

苏世誉没料到会是这么句话，着实愣了愣："还未。"

"那正好，"楚明允拉住他，"出去走走怎么样？"

苏世誉缓过神来："多谢楚大人好意，但……"

"我跟你换。"楚明允打断他的话，低声道，"我拿一个问题来跟你换，朝堂、军中，你想问什么我都如实告诉你，换你一夜时间。"

"我……"

"我不做什么，你陪我出去逛逛。其他的什么都别想，就当是还在淮南。"他道，"行不行？"

语气间蕴着不容推拒的强硬，抓着他的手用了力，箍得苏世誉腕骨隐隐发疼，楚明允就这么一瞬不瞬地盯着他，紧蹙的眉目却透着小心翼翼，别扭极了。

苏毅的告诫仿佛还萦绕在屋中未散，苏世誉张了张口，干涩得发不出声。

——为私交所扰乃大忌。

他比谁都明白。

可压在心底的情绪藤生蔓长，将理智和克制一点点吞噬。

好似毕生的逾矩，都尽耗在了这一人身上。

良久，苏世誉垂下眼定了定神。"好。"他又道，"不过你先放开……"

楚明允的耐心只到听完第一个字，他拉着苏世誉就往外走，闻声时刚推开门，回眸背着廊外灯华重重，笑道："怕你又反悔了，怎么敢放手。"

出了府后，苏世誉才发现楚明允那句突兀至极的话原来还不是随口一问。

两人在酒楼上坐定，苏世誉不禁问道："你这么晚也还没用饭？"

"嗯。"楚明允笑盈盈道，"我跟你一起比较有胃口啊。"

桌旁的小二眼看着楚明允点完了菜，忙殷勤道："哎，两位公子不要元宵吗？今天可是上元节啊！合家团圆的好日子，不吃碗元宵喜庆喜庆？"

"也行。"楚明允漫不经心地点了头，他看向苏世誉，忽然低笑了声："今晚算是你我团圆了吗？"

苏世誉握着茶盏的手一顿，慢慢收紧了，没有回答。

楚明允眸光微黯，唇边那点笑意随之散了去，了若无痕。

气氛陡然大变，小二不知是哪里不对，有眼色地慌忙溜了。两人就此相对无言，菜一道道上来，最后端上了两碗元宵，热腾腾的香气，雪白莹润的糯皮裹着桂花芝麻馅，满碗的团团圆圆。

楚明允忽然偏头看向窗外，苏世誉随他视线望去，远处一盏盏天灯浮上夜幕，飘过楼阁雕甍，飘过灯火长街，宛如点点星光。苏世誉视线下扫，看到了对街上混在人群中探头探脑往这边看的苏白和澜依。

显然是苏白看到他被拉出门，怕出什么事，而这两人能偷偷摸摸地跟到现在，显然还是靠着澜依。苏世誉顿时有些无奈，边起身边道："我去叫他们回去……"

楚明允一把攥住了他的手腕，但仍望着窗外，看不出什么表情。

"只是楼外而已。"他没反应，苏世誉想了想，又补充道，"我既已答应了你，就不会私自离开的。"

楚明允这才看向他，松开了手，扬着唇角道："我等着你。"

费了不少力气让苏白和澜依放下了心，看着他们俩吵着再要去哪儿玩的背影，苏世誉长舒了口气，他踏入酒楼后忽又停步回身，举目望去，正瞥见一道暗影自楼内掠出，黑羽鸟没入夜色倏尔不见，是楚明允发下了一道密令。

苏世誉在原处站了片刻，了然般地垂眸轻笑了声，若无其事地继续往楼上走去，好似什么都不曾看见。

楚明允看到他回来时无声弯了唇角，用罢了饭，又拉着他在街上闲逛。

长安街市本就繁华，如今更是热闹非凡，沿街吆喝声、乐声不断，满目花灯交映，烟火弥空，游人如织，他们混在其间倒也不会引人注目。

沉默地走了一阵，楚明允开了口："那个问题，想好要问什么了吗？"

苏世誉偏头看向他，温声道："后来还头疼吗？"

楚明允愣了一下："什么？"

这个反应，苏世誉便明了他是酒醒后全然忘了，淡淡笑了笑："没什么。"

"你问完了？"楚明允有些诧异，"没有别的要问的？"

"没了。"苏世誉道，"朝堂上的事，我若想知道自然会去查，没必要特意来问。"

楚明允冷笑出声："是没必要特地问，还是你根本就不信我的话？"

苏世誉摇了摇头，话音带笑地反问："不是你说让我其他的什么都别想吗？"

楚明允倏然顿住脚步，落后了两步，不远处烟火升空炸开星万点，人群一阵喧哗，他凝视着苏世誉的背影，那两个字在喉中颤了颤，才勉强出口："世誉。"

声音极轻，像怕惊醒了什么，被行人吵闹声淹没，可楚明允确信苏世誉听到了，因为他应声也停下了脚步，顿了一瞬，在人潮中转过身来。

楚明允盯着他，眉目一点点弯起，笑了出来。

有好些少年少女与他们擦肩而过，趁难得的节日拉着手沿街看灯，手心发烫，脸颊绯红尤胜花灯，是最寻常又宝贵的心动。

灯照夜如昼，笑语盈盈，暗香浮动。

他们并肩穿过人流，楚明允瞧着苏世誉的侧脸，忍不住又道了一声："世誉。"

"嗯。"苏世誉指了指前方，"你想吃那个吗？"

楚明允转头看去，看到卖糖葫芦的小贩被一群孩子围了起来，笑眯眯地分着一串串艳红的糖葫芦。

楚明允道："我几岁了？"

苏世誉不禁笑出了声。

不觉间已经晃到了城外，放河灯和天灯的人都聚在这里，映得河滩上一片灯火辉煌，卖灯的摊贩都在卖力地高声招呼。一家较大的摊位上跑来个伙计，对着他们俩行了个礼："两位公子这边走，早都按吩咐准备好了，就等您两位过来了。"

两盏天灯被捧了上来，与旁人放的普通白色不同，灯面天青，还绘着淡淡的水墨，一看便知是精巧特制的。苏世誉端详了会儿，笑道："准备得这么周全，你喜欢放灯？"

"今晚喜欢。"楚明允不抬眼地道，拿过准备在一旁的笔递给他，"喏。"

周遭仍不断有灯盏在缓缓飘升，人们嬉笑着仰头去望，目光染上几分期盼，仿佛承载在灯上的心愿能随之上达苍穹，去借问神灵可应否。

楚明允写得极快，燃上了灯中烛，抬腕让天灯悠悠浮上，眼睛却看着苏世誉："还没想好？"

他隐约看到灯上已经写了什么，但苏世誉又蘸了墨，却忽而落不下笔了。他被楚明允的声音拉回了思绪，笑了笑，最终放弃了再添什么，将天灯点燃放飞。

楚明允望着那两盏醒目的青灯渐渐飘远，似是随意地问："写的什么？"

"国泰民安。"苏世誉一脸坦然。

楚明允沉默了一下，又笑道："不问问我的吗？"

"不必了，"苏世誉笑道，"不是说愿望说出来就不灵了吗？"

楚明允侧头看他，目光沉沉，低声道："若能灵验，我就真该去信一信神佛了。"

他望了一眼远处，忽然道："你在这里等我一下。"还没走出两步，他忽又折身按住苏世誉的肩，正对上对方微诧的神情，"哪里也不准去，等我回来，就一会儿，我不会让你等太久。"

讶色从他如玉容颜上敛去，苏世誉缓缓露出一个笑来："好。"

楚明允不怎么费力就在河滩偏僻处找到了秦昭，顶着面无表情的脸，一见到他张口便是："师哥，密令不是这么用的。"

楚明允冲一旁买糖吃的杜越抬了抬下巴："你不是正好把那家伙拉出来了？"

"他听说要拦他表哥的灯后就非要跟来。"秦昭道。

楚明允意味深长地"哦"了一声："难怪你这种脸色。"

秦昭把手中已经熄灭的青灯塞给他："留着力气同情自己吧。"

楚明允低眼把灯面看了个遍，苏世誉的字只简洁落了一面：一愿社稷昌，二愿黎民宁。

他神色静漠，良久听不出情绪地笑了一声："还真是国泰民安。"

说话间杜越已凑了过来，把手中的灯盏递到他眼前："哎，这个是不是你的？"

楚明允随手接过，纸面上更为简洁，只有三个字。

"我还以为你会写报仇呢。"杜越睨着他的脸色。

他垂眼瞧着那三个字，没有说话，杜越和秦昭也一时无言，喧闹的河滩似乎也渗不进丝毫热烈的气氛。直到楚明允抬手揉了揉眉心，另一手抬了抬就要赶人："去远点儿，别来我这边捣乱。"

杜越咽下了骂他的冲动，立刻拖着秦昭往河边租借小舟的地方去，走了一半，他突然想到什么，扭头冲回还在原处的楚明允身旁。"我有种直觉，"杜越喘出一口气，"你快去看看我表哥在干吗！快去快去！"

楚明允愣了一下，随即想到什么，转身赶往来处。

苏世誉站在无人的角落里，身姿修长，天灯在他周身交织成一片暖色的海。一盏再普通不过的素色天灯在他手中点亮，悠悠回旋着升起。似是觉察到了什么，苏世誉蓦然回首望了过来，千百点灯火映亮他墨色眼瞳，游人拥挤，他眼中只显出穿过人流而来的身影，眉眼温柔地笑了。

整个天地很吵闹，又在一刹那寂静，听得见月照河水潺潺，听得见楼台歌谣隐隐，听得见远山寒钟阵阵，听得见那个脚步声由远及近而来。

楚明允一把握住他的手臂，抬头看去，那盏灯早混在漫天升起的灯海中，无从分辨了。

"我没有走。"苏世誉看着他。

"你写了什么？"楚明允把他拉近一些。

苏世誉难以觉察地顿了一下，然后又一脸坦然："国泰民安。"

"那何必要写两次？"楚明允紧蹙着眉，紧盯着他不放，"你写了什么？"

苏世誉有些不解，笑道："不过是盏灯罢了，何必这般在意？"

楚明允不吭声，眸深似海地看着他，好似不问出一个答案就誓不罢休。

一阵风吹过，远处的人群爆发出雀跃的惊呼，他们转头看去，风卷开了漫天灯盏，明亮闪烁，汇成天幕中一道温暖的河流。

楚明允听到身旁苏世誉的声音，他轻声笑道："我也喜欢今夜的灯。"

游人渐渐散去，河中小舟上更是寂静，无数天灯被风吹来，环绕舟畔映照得暖光融融。杜越扒着舟沿伸手去触飘近的天灯，一盏素白灯盏打着旋缓缓近了，露出上面一行墨字。杜越眯着眼辨认："三愿……无忧无恙……咦，怎么还空了几个字——啊，秦昭！"

秦昭反应迅速地将差点一头栽到水中的杜越捞了回来，杜越后跌了一步，直接把他也给带倒了，小舟猛地晃了一下，好在没翻。

杜越尴尬地爬起来："没磕着吧，压着你哪儿了？"

秦昭撑身坐起："没有。"

"哦，那就成。"杜越老实坐好了。

那盏他伸长了手去够的天灯晃荡着，向空中皎月而去。

一愿社稷昌。

二愿黎民宁。

三愿……

无忧无恙，岁岁长安。

章十九 ── 弦上

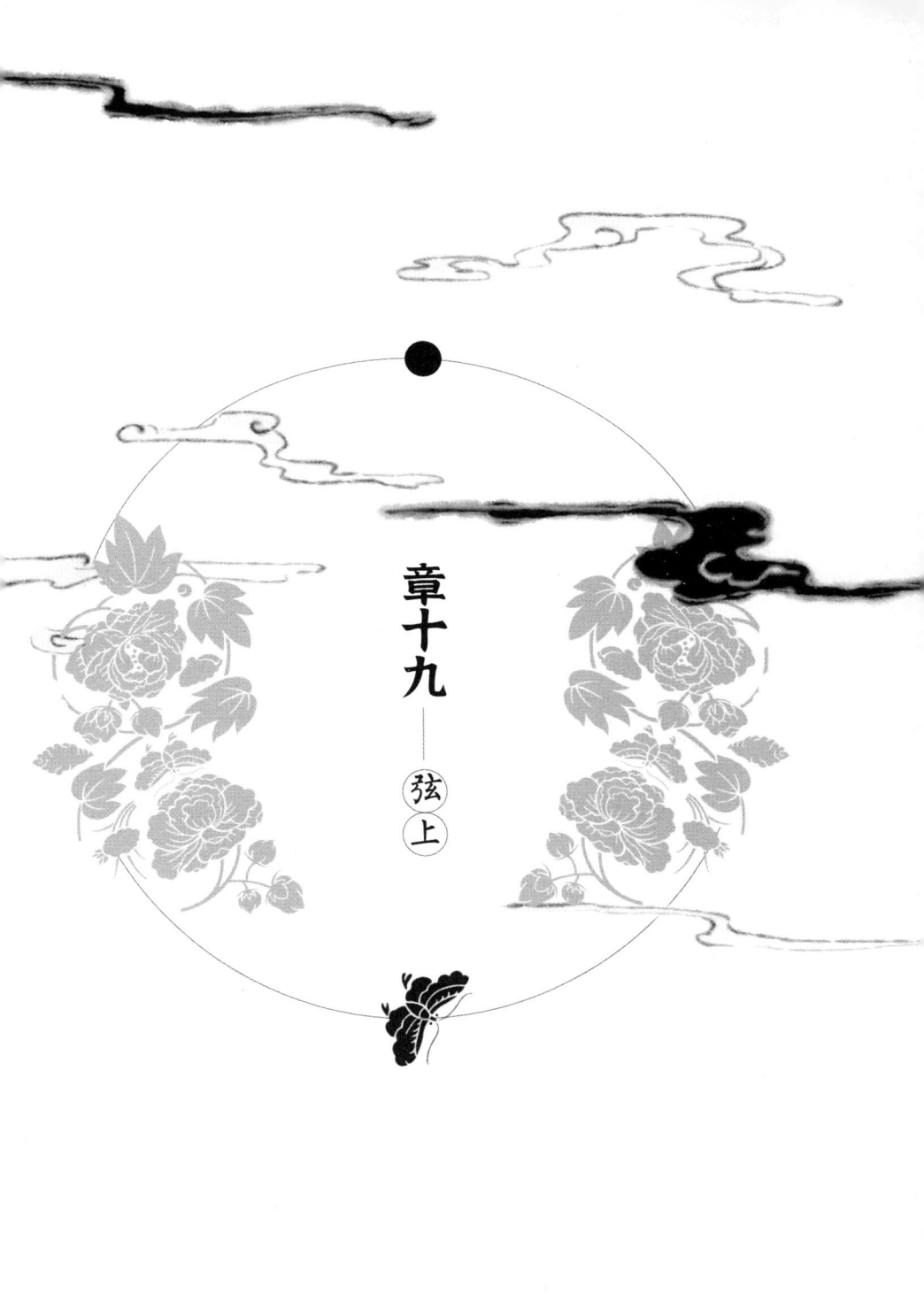

雍和十年，春二月，匈奴九皇子宇文隼举兵夜袭王帐，弑父篡位，称大单于。

消息传到长安，楚明允嗤笑出声："居然能让一个废物当了单于，匈奴这是走到穷途末路了吗？"他不以为意。

与此同时，工部尚书岳宇轩也接到了消息，稍作收拾，便入了宫。

御书房里，李延贞正对着那尊女子木雕端详，漫不经心地让岳宇轩将文书搁在案上，连余光也顾不上分些过来。

木雕臻至完美，身姿清绝，长发绣衫，垂手纤如玉，虽仍旧缺了面容，却可料定是极美的女子。

"陛下还没想好她的样子吗？"岳宇轩也看向木雕。

"是啊，总觉得还需要仔细考虑。"李延贞望着雕像的眼神温柔，几近眷恋，"偶尔会有模糊的感觉，觉得快要想到她的模样了，可再细想却记不清了。"

岳宇轩忍不住叹了声："可惜了。"

"可惜？"李延贞惊奇道，目光却依旧没从雕像上移开。

"没什么，只是感叹这雕像如此巧夺天工，陛下若是匠人，定是天下第一等。"岳宇轩笑笑，"臣胡思乱想罢了。"

"若是匠人？"李延贞忍不住摇头笑了，"朕还真有过这种念头，当年刚为储君时，整日被逼着学许多事，还要在几年内补上皇兄们自小就念的书，累得很了，就忍不住跟侍读的苏爱卿抱怨，说要是能出宫做个木匠多好，当皇帝可真是又累又没意思。"

岳宇轩附和地笑着，见他显出陷入回忆的神情，悄无声息地凑上前来。李延贞雕刻作画时喜好独处，除了大臣有事务汇报，一般不许有人在旁干扰，岳宇轩全无顾虑，伸手在桌案的茶盏上一掠而过，白色粉末细细地飘落在茶中，溶水无痕。

李延贞浑然未觉，仍慢慢回想着，不觉带了笑意："只是没想到身旁亲近的宫娥会把这话告诉旁人，又传到父皇耳中，父皇勃然大怒，罚朕和苏爱卿禁足在东宫抄书。那夜正是除夕，朕连累苏爱卿不得回府，心里愧疚得说不出话，而他非但不恼反而还安慰朕，好像天生就不会生气似的。抄了半夜的书，朕手腕酸疼，还止不住地乏困，苏爱卿便让朕去歇一会儿，说好一盏茶后他叫朕起来继续抄，结果朕一觉醒来天已经亮透了，是他把朕剩下的那些也一并抄写完了，连桌上都收拾过了。"

李延贞顿了片刻，才续道："当时朕看着苏爱卿伏在桌案上睡着，忍不住想，他大概是除了母妃外唯一对朕好的人了。"

"难怪陛下如此宠信苏大人。"岳宇轩早已退回原位，模样恭敬。

李延贞终于转过身来，端起茶喝了几口，笑道："在朕心里，苏爱卿与兄长一般无二。"

岳宇轩看着李延贞喝下茶，便不再多留，告退离去了。他心中估算着药效发作的时辰，恰好走出宫城，放眼望去，满目春和景明，笑了出来。

大夏摇摇欲坠的权柄，终于要彻底崩裂了。

只是可惜了那尊木雕要永世无面了。

"师哥，禁军那边传来急讯，李延贞中毒昏迷了。"秦昭疾步走进书房。

"又是下毒？"楚明允微蹙下眉，"这次是谁下的手？"

"工部尚书岳宇轩嫌疑最大，当时御书房只有他和李延贞两人在，出事后府中和工部全都不见他的人影，只怕是逃了。"秦昭道，"苏世誉已经下令封闭城门，全城搜捕他了。"

这时婢女在外面叩响了门，道："大人，宫中来人要请杜药师过去。"

秦昭看着楚明允。

楚明允单手抵着下颌，眸色晦暗："告诉他们杜越回苍梧山了，不在。"

"师哥？"秦昭愣了一下。

"你不想骗那傻小子，就赶快把人打发走，让杜越什么都不知道就行了。"楚明允抬眼看向他，"你明白我的意思。"

"是。"秦昭转头就走，又忍不住脚步稍顿，问出了口，"是要再动手吗？"

楚明允笑了声，没有回答，而是道："让禁军统领过来见我。"

是夜。白日里的满城搜查，闹得长安人心惶惶，一入夜就都关紧门早早歇息了，生怕招惹上什么事。然而一条幽暗的巷子中缓缓驶出一辆运货的马车，往城门方向去了。

禁军封锁了全城，城门处更是重兵把守，当即将车截下。

"怎么回事，不知道封城了吗？退回去！"

马上的男人连忙下来："哎哎，官爷，通融通融，这都是些普通的货，您行个方便，就放咱们过去吧。"

守卫一亮长戟："上头有令，全城封锁，任何人不准出城，商货也不例外，回去！"

"唉，这……"

"怎么了？"禁军统领被这边的吵闹声吸引，走了过来。

守卫收回兵器："统领，这辆车违令出城，不肯回去。"

"这位大人明察，我这货都是跟人定了契的，晚一天要赔银子！"男人看出来人地位不低，点头哈腰地凑上前，掏了银子就塞过去，"知道您办差不容易，所以才没敢白天来，一直等到半夜，不也是为您着想吗？您瞧，就这一车，不敢多运！"

统领掂了掂手中银两，有些为难道："可我这接的是御史大夫的令，实在是……"

"我知道！"男人又塞了几两，回身一指车上货箱，"您是按规矩办事，当然得配合，您去查，随便查！"

统领满意地笑了，边将银两收起，边吩咐道："过去搜，都仔细点！"

守卫们上前将货箱依次打开，尽是些绸料布匹。男人搓着手，笑道："那大人您看？"

统领点了点头，扬手一挥："放行！"

"多谢大人，多谢大人，祝大人您早日升官发财！"

马车驶出了城，隐入苍茫夜色中。统领收回视线，冲身旁属官使了个眼色。

官道上马蹄声响，那辆车渐行渐缓，最终停了下来。男人忙下马转到后面，将货箱搬到地上，伸手一拉，竟将车壁拉开，露出里面隔出的一方空间。只见有人起身从中走出，不紧不慢地整了整衣衫，对那男人摆了摆手，男人弯腰行了个礼，又驱车走了。

岳宇轩看了看天色，向约定的渡口走去。

夜色正浓，树影黢黑，枝杈交横，将月色切割，林中有不知名的鸟鸣声声，透出一股别样的幽诡。突然有声细响，像风擦过树叶，岳宇轩脚下一顿，倾耳去听，并无异样，他抬步迈出，响声骤然而起，急而密地响在四面八方，似远还近。

岳宇轩心头一跳，仓皇四顾："谁？你们是来接应我的，怎么不出来？你们是……"

周遭几乎同时闪过一道锐光，眨眼间全身冰寒一片，几个黑衣人将他围住，长剑直指周身要害。

"你们……"岳宇轩嗓音发颤，"你们不是接应我的人，你们是谁？！"

黑衣人如雕塑，一声不吭。

而身后响起了一道带笑的声音，慢悠悠道："怎么吓成这样，下毒时的胆子去哪儿了呢？"

这熟悉的声音在岳宇轩脑中轰然炸开，他想回头去看，却动弹不得。

"行了，让他转过来吧。"

黑衣人收了剑，岳宇轩僵硬地转过身，破碎满地的月影中，青年

· 205 ·

唇边笑意冷淡，衣上莲纹如血。

只这一眼，岳宇轩猛地拼命向一旁冲去，"砰"的一声，烟火蹿升上空绽开，他高举着一支烟火信号筒，喘息不定。

影卫们握紧了剑，警惕环顾。

半晌死寂，毫无动静。

楚明允饶有兴致地瞧着他，"呵"地笑了："特意放烟火给我看啊？"

"怎么会……"岳宇轩不能置信地望着渡口方向，几把长剑随即架上他的脖颈，划开道道血痕，压得他不得不跪下。岳宇轩神情僵滞着，直到楚明允走到面前，他才突然笑了："明白了，我明白了，两任工部尚书，两个弃子。好，好，死了干净，省得收拾了！"

"这么开心，不如跟我聊聊？"楚明允似笑非笑道。

"跟你这种歹毒之人有什么好聊的？"他撕去了谦和的面具，心头竟彻底畅快起来。

楚明允微挑眉梢，素白手指轻轻一抬："左脚。"

影卫应声一剑斩下，血光四溅，岳宇轩顿时浑身痉挛着惨叫出声，惊飞了林间鸟。他不住地剧烈颤抖，满脸冷汗地死死盯着眼前人。

楚明允扬着唇角，道："李承化手上已经无兵可用了，他还让你下毒做什么？"

岳宇轩沙哑着嗓子，讥讽反问："告诉你……你就能……放了我？"

"不会，"楚明允道，"但可以让你死得痛快点。"

"哈哈哈，"岳宇轩大笑道，"死怕什么，要成大业，就该有人牺牲！"

"大业？"楚明允轻蔑地瞧着他。

"怎么不是大业？"岳宇轩仰起头，直对上他的视线，"这朝廷能苟延残喘撑到现在，不过是靠了你和苏世誉。原先的御史大夫无懈可击，可现在的苏世誉已经有了软肋——"

话音戛然而止，被扼在喉中。

楚明允一手掐着他的脖颈，冷了脸色，微俯身道："你说，苏世誉怎么？"

他手上力度一点点收紧，岳宇轩涨红了脸，难以呼吸，却挑衅地冲他笑，不再说了。

他手指一紧，几乎能听到那喉咙里细碎的响声，楚明允猛地松手将岳宇轩扔开，面无表情地直起身。

岳宇轩捂着喉咙撕心裂肺般地咳嗽起来，双眼通红，缓了一缓，放声大笑起来，声音嘶哑得变了调，继续之前的话："至于你，哈哈哈，用不了多久也要下地狱的！"他突然扑在身旁影卫的剑上，头颅滚落，鲜血瞬间泼洒开来，溅到楚明允的衣角上，腥气浓郁。

楚明允低眼看着地上的尸体，脸色阴沉如水。

天边冷月无声，林中树影婆娑。

"去通知周奕带兵入京。"楚明允突然开口。

李延贞因姜媛而中毒昏迷的那次，他要来的那五万精兵至今仍在长安附近驻扎待命，领将正是周奕。

"师哥，"秦昭忍不住出声道，"就像你怀疑的，西陵王恐怕另有目的，真的要……"

"我用得着怕他？"楚明允声音阴狠，"一个兵权都没了的人，哪怕李承化不自量力想当黄雀，可我就会是螳螂吗？"

秦昭垂下眼："是。"

"还有，"楚明允语气稍缓，"有件最重要的事……"

"公子，今早在城外渡口不远处发现了岳尚书的尸体，死状极惨，身首异处，但没发现什么别的痕迹。"苏毅回报道。

苏世誉沉思着点了点头，问道："陛下的情况如何？"

"束手无策，太医们用尽了法子，不见有转醒的迹象。"苏毅道，"宫里派人去太尉府请杜小少爷了，那边说小少爷回苍梧山了，要派人去叫他赶回来吗？"

苏世誉闻言微皱了眉，一时没有回答。杜越若是离开长安，临走前一定会特意来找他道别的，不会就这么悄无声息地走了。话中真伪，心下已然明了。

"上次杜越用的药方宫中应该还留着，让诸位太医再研究看看，倾力而为。"苏世誉道。

苏毅正要领命,书房门突然被敲了敲,不待应允苏白就冲了进来,匆忙看了自己爹一眼,张口对苏世誉道:"公子,太、太尉府请您过去一趟!"

苏世誉一怔,转而应道:"嗯,那备车吧。"

"公子且慢,"苏毅拦下他,"此时楚太尉突然邀约,只怕是居心不良。"

苏世誉眸色深沉,淡淡笑了:"不去一见,又怎能知道他所为何事呢?"

"那公子也该为自己安危着想,不可如此贸然前去,属下这就吩咐人同您一起。"

苏世誉摇了摇头:"不必了。"

"公子请听属下一言,这……"

苏世誉的目光忽然越过苏毅望向窗外,不远处那方碧塘一派衰败之色,残荷打着卷满是枯黄,茎秆也恹恹地歪倒着,奄奄一息的模样,他问:"不是已经入春了吗?"

苏毅诧异地转身看去,不知公子怎么提起这个,却也答道:"是,请人来看了,说是原先夫人种那些奇花异草时将池里水土大改了,不适宜红莲,移栽过来后能长一阵已经不错了,今年怕是难活了。"

似有什么无声沉入眸中,苏世誉沉默半晌,轻声笑了笑:"难活就罢了,差人清理掉吧。"

"要种回夫人先前养的花吗?"苏白忍不住出声问道。

"不必了,"苏世誉轻叹了声气,抬步往外走去,"空着吧。"

这年春日似乎回暖得格外早,虽才二月,太尉府别院里的梨树已经枝叶繁茂,星星点点地缀着梨花雪,泛着清清淡淡的香气。树下的石桌上摆着玉壶暖酒,楚明允坐在桌旁,单手支颔盯着酒盏出神。

青衣婢女领着苏世誉入了院后便欠身退下了,他还没走近,楚明允就偏头看了过来,唇角扬起一丝笑意:"我还怕你不肯来呢。"

苏世誉笑了笑,在他对面落座:"楚大人难得邀约,怎么会不来呢?"

"哪怕我可能心怀不轨?"楚明允亲自为他斟上酒。

苏世誉微微一顿,没有回答,转而道:"阿越是什么时候离京回苍梧山的,怎么不见他找我道别?"

"你心里清楚是我不放他进宫,还问这个做什么?"楚明允看着他。

苏世誉沉默了半晌,低声道:"楚大人,还未到无可挽回的地步,何必要将自己逼上绝路?"

楚明允要笑不笑地唇角上挑,没有说话。

苏世誉眸光微动,皱紧了眉:"你找我来有什么事?"

"给你倒酒你都不肯喝,有事也不想告诉你了。"楚明允笑道。

苏世誉叹了口气,无奈地端起杯盏一饮而尽。

楚明允定定瞧着他,忽然笑了一声:"这么痛快,你就不怕我在酒里下药?"

"楚大人即便要取我性命,也不会用这种下作手段。"

"当然不会是那种药。"楚明允稍倾身看着他,弯眸一笑,"但你猜猜看,下迷药让你睡上十天半月的事我会不会做?"

话音同眩晕感一并搅入脑中,苏世誉先是一怔,挣扎着站起身,手颤抖着强撑在石桌上,不能置信地看向他:"楚明允!"浓重黑暗旋即袭至眼前,他身体无力地向一旁倒去。

楚明允及时接住了他,看着苏世誉闭眼沉沉睡去,轻笑了声。

他带着苏世誉进了别院的卧房,将人放在床上,取簪散发,安静庭院里突然响起了急促的奔走声。

"姓楚的你又乱拿我的药,别以为躲在这儿就找不——"杜越推门而入的瞬间僵在原地。

楚明允倚坐在床边不紧不慢地侧头看来。

杜越稳着颤抖的心神,抬步走近:"大白天的你坐在卧房干吗呢……"终于看清了床上人的模样,他又是一愣,"表、表哥?你对他干吗了?!"

楚明允收回视线:"用你的药让他睡上一阵。"

"你……"杜越眼神复杂地盯着楚明允,末了还是把话咽了回去,明白自己费多大力气也说不动他,"那把剩下的还给我,我可是跟秦昭大半夜跑山上刨回来的,珍贵着呢。"他探身看去,"哎,我表哥睡着了也这么好看。"

"我下了一整瓶的量,没了。"楚明允道。

"一整瓶?"杜越瞪大了眼,终于抑制不住地火了,扑上去抓住苏世誉的手腕探脉,"我都跟你说了别乱动我东西,你是不是听不懂人话,你知不知道这药效有多重?一整瓶,你真不怕把他给药傻了啊!"

楚明允望着苏世誉:"傻了也好,什么都别记得,没有烦恼,我养着他。"

"说胡话吧你。"杜越毫不客气道,"我问你,我哥醒过来后怎么办?"

楚明允一顿。"不知道。"他紧蹙着眉,低低却深深地叹道,"怎么办,我能怎么办?"

杜越也沉默了,在袖中一阵翻找摸出来个小瓶子,凑到苏世誉唇边小心翼翼地喂下一点,又把脉察看,半晌才松开手。"好了,这样就没问题了,不过可能会醒得早,具体什么时候得看我表哥自己,四五天、半个月,都有可能。"他低头理着衣袍,又低声道,"我不关心朝廷怎么样,我还是那句话,你们俩无论谁出事了我都要救的。"

"若是到了不死不休的情况,你还能起死回生?"楚明允道。

杜越抬头瞪着楚明允:"所以说我怎么就这么烦你呢!"不等楚明允再开口,他闷头就往外走去,一室重归寂静。

楚明允仍低眼瞧着苏世誉,良久良久,忽然也俯身靠在榻旁,安神香的气息漫过鼻腔,他抛开一切烦扰,就此安然睡去。

陆清和将木梳搁在案上,又偏头对镜照了照,自觉一派潇洒,便起身抓过包袱、长剑走出房门。

她在长安待了这么久,在上元夜见陛下时也道过别了,该是时候再启程游历了。边往书房去,心里边盘算着说辞,然而当她站在亲爹面前还没将满腹长篇大论有理有据地讲完,陆仕便点了头。

"好,你想离开长安也好,快些走,等会儿就备马出城。"陆仕拍

· 210 ·

了拍她的肩，神情有些凝重。

陆清和惊诧之余感觉到了什么："爹，发生什么了？"

"唉，"陆仕重重叹了口气，往外望了一眼，"这京城只怕是要变天了，京畿三辅都被重兵把守，那个周奕又带兵进了长安，陛下还昏迷不醒，连苏大人都不知所终，你再不走，恐怕就走不了了啊！"

陆清和心头一紧，忙问："陛下怎么了？"

"先前就遭人下毒，这次又昏迷过去，只怕是凶多吉少。"陆仕满面忧容。

"那他如今……"

"这不是你该关心的事。"陆仕打断了她的话，"清和，你快走，离开长安，走得越远越好。"

"那您呢？"陆清和急道，"爹，您随女儿一起走吧，我江湖中认识许多朋友，能照顾您的。"

陆仕摇了摇头："我是朝廷重臣，只要长安还在，就当寸步不离。"

陆清和抛下手中的包袱和剑："您不走，那女儿也不走。"

"你胡闹什么，你待在京中干什么？"陆仕变了脸色。

"我陪您一起守着长安，守着陛下。"

"胡说八道！朝廷里的男人还没死光呢，轮得到你一个小姑娘出面？"陆仕声音严厉起来，"你眼里要是还有我这个爹，就什么都别管，府里不会再留你了，现在就走！"

"爹！"

陆仕不再跟她多言，扯着她往外走去，提声吩咐："备马！"

下人忙牵了马过来。

"我不走，爹……"陆清和拼命地要挣开，被陆仕一把擒住了肩，她愣怔着对上陆仕的眼。

"自小你哪次任性我没顺着你，就这一次，清和，听爹的话。"陆仕深深地看着她，直接将这个已经身姿窈窕的姑娘抱起放在马上，像她年少时初次学习骑马那样，将缰绳塞到她手中，"你在外面好好玩，不用担心爹。"

陆清和眼底泛起泪意,哽咽着要张口。

"走!"陆仕喝道,一双眼通红。

泪水夺眶而出,陆清和咬紧牙关,终于扭过头去。

快马飞驰出了府门,带走了那袭如火红衣,陆仕还站在原处,遥遥望着飞尘落定。

正如陆仕所说,街巷中随处可见黑甲重铠的兵卫,陆清和环顾周遭,略一犹豫,猛地掉转马头,策马奔向宫城。

夜已深了,寝殿一片沉寂。

留殿看守的太医又探查了一番李延贞的情形,越发百思不得其解,背着手不住地踱来踱去。殿门轻响一声,宫娥推门悄声走了进来,他回头看去一眼,隐约觉得模样有些眼生,却也顾不得这些:"我去看看药,你在这儿守好陛下。"

宫娥垂头应是,直到太医快步离去了,她谨慎地探头向外望了望,确认一时没人会来,急忙揭开帷帐凑到床边。

斯文清秀的男子合眼躺着,呼吸轻浅,平和安静得仿佛只是睡着了。

陆清和怔怔地看了一会儿,慌忙又抬手揉了揉眼角,这才搭上李延贞的手腕把脉,她不由得"咦"了一声。他脉象虽然虚弱,却还算平稳,几乎不见中毒受损的迹象,只是昏迷着迟迟不醒。

陆清和按下疑惑,将李延贞扶起,一手贴上他的后心,沉下心神尝试着渡真气帮他梳理经脉,小心拿捏得她自己都出了满额的汗。不知有多久,李延贞手指忽然颤了一下,细微至极,陆清和连忙收手惊喜地去看,却见他仍无知无觉地坐在那里,好似方才只是错觉,她脸上的笑容微微凝住,渐渐就淡了下去。

"你再不醒过来,江南的花都要开了,我就赶不上了。"陆清和趴在床沿盯着他,终于忍不住小声道,"你快点好起来啊。"

一夜之间,长安满城兵马肃然,但那五万精兵其实并未全部入京,多数驻扎在京城附近镇守围卫,周奕将率领的七千人交与楚明允,便匆匆复回原职了。

满朝众臣看在眼里,痛恨者有之,不安者有之,兴奋者亦有之,仿佛能清楚瞧见头顶有根弦被一点点地绷紧了,一触即发。

"有周奕镇守,长安周遭闹不出什么乱子,朝廷里其他人没什么大用,也不必在意,唯一要多留心的是建章宫那边的羽林军。"楚明允瞧着桌案上铺开的地图,点了点其中一处,"羽林军是皇帝的侍卫禁兵,直属于李延贞调遣,也许会是我们的最大阻碍。"

"明白,"秦昭道,"我会派人过去盯着的。"

楚明允点了点头,秦昭看着他,又道:"师哥,苏家的人来了好几次,要见苏世誉。"

"不是都让挡回去了吗?"楚明允不在意道。

秦昭有些迟疑:"是,可这样总不是办法。"

楚明允眉梢微微一挑,没有应声。

在这安静的空隙里,两个影卫敲了门进来,彼此对视一眼,低声道:"主上,苏大人醒了。"

"醒了?"楚明允愣了一下,"这才两天。"话音未落,他自己又平静了下来,"怎么,他没开口骂我吗?"

"苏大人只说他在别院等您过去。"

"嗯。"楚明允起身往门外走去,秦昭忍不住跟了一步:"师哥,你就这么过去?"

楚明允脚步缓缓顿住,忽然道:"我在想……他等我过去后会说什么、做什么。也许是睡了一觉想开了,也许会骂我一顿,也许会再劝我几句……"他抬手按上眉心,沉默须臾,轻轻地笑了,"总不至于要杀了我吧?"

秦昭哑然无话,见他迈出了书房门下意识想追上,忽又迟疑了,转而吩咐那两个影卫跟去。

楚明允刚踏入别院就看到了他。

苏世誉侧身而立,手中握了个酒杯,稍仰头正盯着那树梨花出神，不过转眼两天，已经花满枝丫、堆叠如雪。树下石桌上有婢女摆好的玉壶佳酿，光景极似先前，只是这次等候的人不是楚明允，而苏世誉，他脸上淡然无波，看不出情绪，宛若一张完美无瑕的面具。

楚明允还未走近，一团白色疾袭而来，他猛地抬手截下收至眼帘，白玉酒盏中的液体泛起几圈涟漪，竟点滴未洒出去。楚明允抬眼看向苏世誉，对方姿态仍旧，并未看他，如果不是手中已经空无一物，几乎会让人错以为仍陷在思绪中，还没意识到他的靠近。

"呵。"楚明允意味不明地笑了声，酒盏在指尖转了一圈，转而举杯一饮而尽，他随手将酒杯扔在地上，"当啷"一声摔得粉碎。"这东西可伤不了我，"他眸色沉下，反手抽出身后影卫的佩剑掷了过去，"得用这个才行。"

话音未落，长剑破空一声凄厉啸响，寒芒直刺眼底，甚至看不清苏世誉是如何逼近的。

楚明允仰身避开横挥的一剑，剑锋自眼前擦过，削断几缕扬起的发丝，他手探向身后就势抽出另一影卫的剑，横在身前格挡下紧接而至的劈面一击，不过瞬息之间。

"你真想杀我？"他低声问，隔着两把死抵的剑看进苏世誉的眼里，一丝情绪也窥探不得，那墨玉般的眼瞳更像是他征伐时所见过的大漠荒雪，寥落成极致的空。

苏世誉没有回答，猛然退开几步再度刺来。楚明允手上陡然落空，三尺青锋于周围凌厉扫开，带起满地梨花翻卷，玉壶酒盏"哗啦"摔在地上，酒酿醇香混着梨花清香弥漫开来。

"主上！"影卫不禁上前一步，被冷冷一声"让开"斥退。

衣袂翻飞不定，剑光缭乱刺目，剑气暴涨，摧得梨树飒飒摇颤，花落簌簌。

楚明允许多年不曾遇到足以一战的对手，却如何都没料到这个人会是苏世誉。

苏家四代将门之风，在这一刻淋漓尽现，可苏世誉的剑又与他的为人截然不同，招式极快，剑势极险。

难怪即使在一起时，也很少见到苏世誉出手。楚明允曾想过是他刻意掩盖，然而直到交手的此刻，才发现这是他早已形成的习惯：毫不顾忌自身安危地接近对手，不到他确认能一击必杀之时绝不出手，拼的是刀光剑影的一线之际谁更快，根本就是在赌命。

一招不慎，就必死无疑。

而既然是赌命，谁又能确保次次都万无一失？

——到我了，还是刚才的问题，你父亲为什么不许你动手？

——大概……是不大喜欢我杀人的作风。

可他分明出身显赫，是世家公子，荣光无限，为何会有如此习惯作风？

他曾经舍弃所有，将自己放在刀刃之下，任凭周身要害袒露，只为在一瞬时机中取谁的性命？

种种念头在电光石火间闪灭，楚明允竟只顾得上不忍。

长剑一偏，两把剑锋相错，寒刃碰出刺耳锐响，火星微溅，楚明允与苏世誉擦肩闪过，回眸不经意瞥见他持剑的手，微一蹙眉。

顷刻间无数招式激烈相对，剑击铮鸣声与撕裂空气声持续似不绝，又在刹那凝成无声的僵持。

东风落瓣，梨花似雪悠悠飘坠，落在皓白肩头。

他们之间一剑之隔。楚明允的剑锋抵在苏世誉的喉前，苏世誉的剑锋点上楚明允的心口，一时无人动作。

楚明允忽然缓慢地扬起了唇角，他折腕转了个方向，以剑锋将苏世誉肩上的落花拂去，旋即不待对方反应，踏前一步，肌理破开的轻响犹似花绽。

苏世誉忙收手撤剑，带出的鲜血泼洒在地上，红血白花，他面具般的脸上终于裂开了缝隙。

楚明允捂着伤口闷哼出声，脸上血色转瞬褪尽，冷汗滚落濡湿眼睫，他却仍带笑瞧着苏世誉。"消气了没？"见苏世誉虽仍沉默不语，但也不再动手，他深吸了口气稳住呼吸，继续道，"那就听我说。"

"你以为你还能替李延贞撑到什么时候？"楚明允道，"他软弱无能，什么都不懂，可你难道还看不出这局势？

"匈奴，现在还有楼兰，哪个不是在心底恨透了大夏，只等有了可乘之机就狠狠扑上来？而这大夏的天下已经成了什么样子，你还没看清吗？不能更改的祖宗之法里满是败絮，苏行只是可惜瞎了眼选了淮南王，他说的那些话可一点错都没有。

"世人都说你忠，可你忠心的是什么，究竟是天下，还是他李氏一家？这么多年李延贞还没学会长大吗？满脑子绘画、雕刻，除了享乐什么都不懂，这个没用的东西就是你想要的君王？你拦得住他把城池送给楼兰，可拦得住他把淮南拱手给西陵王吗？没有什么天下太平，只要他一日在这个位子上，就一日不得安宁，究竟还要等他再被下几次毒，你才能想明白？"

他话音渐重，几近诘问："苏世誉，李延贞他若真能坐得起那个位子，你又怎么会当了这么多年的权臣？"

苏世誉默然不应，只是看着楚明允胸膛处漫开一片殷红，血不断地渗出，透过他的指缝，一滴滴砸在地上。

"什么叫谋逆，他李家先祖当年不也是揭竿而起吗？反了又怎样？时候到了，改朝换代就是天命，江山易主有何不可，我有什么错？它气数已尽，除了我也还有别人来争，那凭什么不能是我夺得这天下？"他厉声落音，面色却如纸般苍白，满手的黏腻血腥。

苏世誉无言了良久，终于开口，嗓音发哑："你打算什么时候放我离开？"

"等我登上皇位。"楚明允指尖微动，触上血流不止的伤口，心念蓦然一转，他又道，"或者，你现在就走。"

苏世誉沉默着后退了一步，又退了一步，半晌，将长剑搁在了石桌上，转身离去。

楚明允按着伤的手指一寸寸加重了力度，他直盯着苏世誉渐行渐远的背影，一眨不眨。一阵大风骤然卷过，满树雪花纷纷落下，迷了人眼，乱了视线，再眨眼那身影已然不见。

他身形一晃，险些踉跄跪倒，好在及时插剑入地勉强稳住。喉间腥气翻涌，楚明允扯起唇角想笑，张口却是一口血咳了出来，呛得头脑胀痛。一旁影卫冲上来小心扶住他，他松开握着的剑，抬手抹去唇边血迹，声音低似自语，还微含了笑般地道："让你走你还真走啊。"

伤口忽然就疼得厉害。

楚明允刚被扶回屋中，秦昭和杜越紧跟着就赶了过来，一见他这模样都愣了愣，难得有眼色地谁也没说话。

沉默随着药的苦香蔓延开来。杜越上好了药，缠好了绷带，退开几步打量着点了点头，又走到一旁洗净了手，才终于开了口："幸好这伤还不算深，不然你这条命就真悬了。唉，这几天好好躺着别折腾了，安分养一阵，就能好得差不多了。"

婢女上前将被血浸透的锦帕和水盆撤下，楚明允坐在榻上，低眼端详着自己的伤，没有回答。

杜越盯了他片刻，实在忍不住问道："你这……真是我表哥捅的啊？"

"不是，"楚明允取过备在一旁的干净衣物往身上套，"我自己撞上去的。"

秦昭眼角微微抽了一下，杜越也怔了一下，憋了半晌才道："我觉得……我表哥也不是那么狠心的人，说不定他心里也不好受，他……你也别怪他……"

"我没怪他。"楚明允道。

话已至此，杜越也没什么好说的了，只好闭上了嘴满脸纠结地坐到一旁去了。屋里静出了沉闷，只余下楚明允整理衣衫的窸窣轻响，饶是秦昭的性情也嫌难熬，出声找了个话题："对了，师哥，苏世誉的武功很强？"

"如果他没有保留的话，应该是我胜他一筹。"

秦昭下意识追问："但影卫说见你们平手？"

楚明允抬眸看了他一眼，不带语气道："因为他每一招都指向我要害，而我要顾忌着不让剑真伤了他。"

秦昭自知问错了话，也不再出声了。楚明允反倒成了三人中最平

· 217 ·

静的那个,他顺手捞过脱在一旁的染血衣袍:"不过我总觉得,他握剑的手势似乎……"什么东西擦过他手指从袖间滑落到榻上,几声玉石相击的脆响。

杜越当即惊出了声。"咦,这玉佩怎么还在,你不是早就扔了吗?"他有些慌张,"它……它是不是动手的时候被碰到了?喂,哎你……它碎了啊……"

上好的雕纹白玉碎成几块横陈在榻上,依旧温润流光。楚明允直直地盯着它,好似什么都听不到了,杜越一连叫了好几声,他才闭了闭眼,眉目间终于显出极度的烦躁:"我还没瞎。"

章二十 —— 箭发

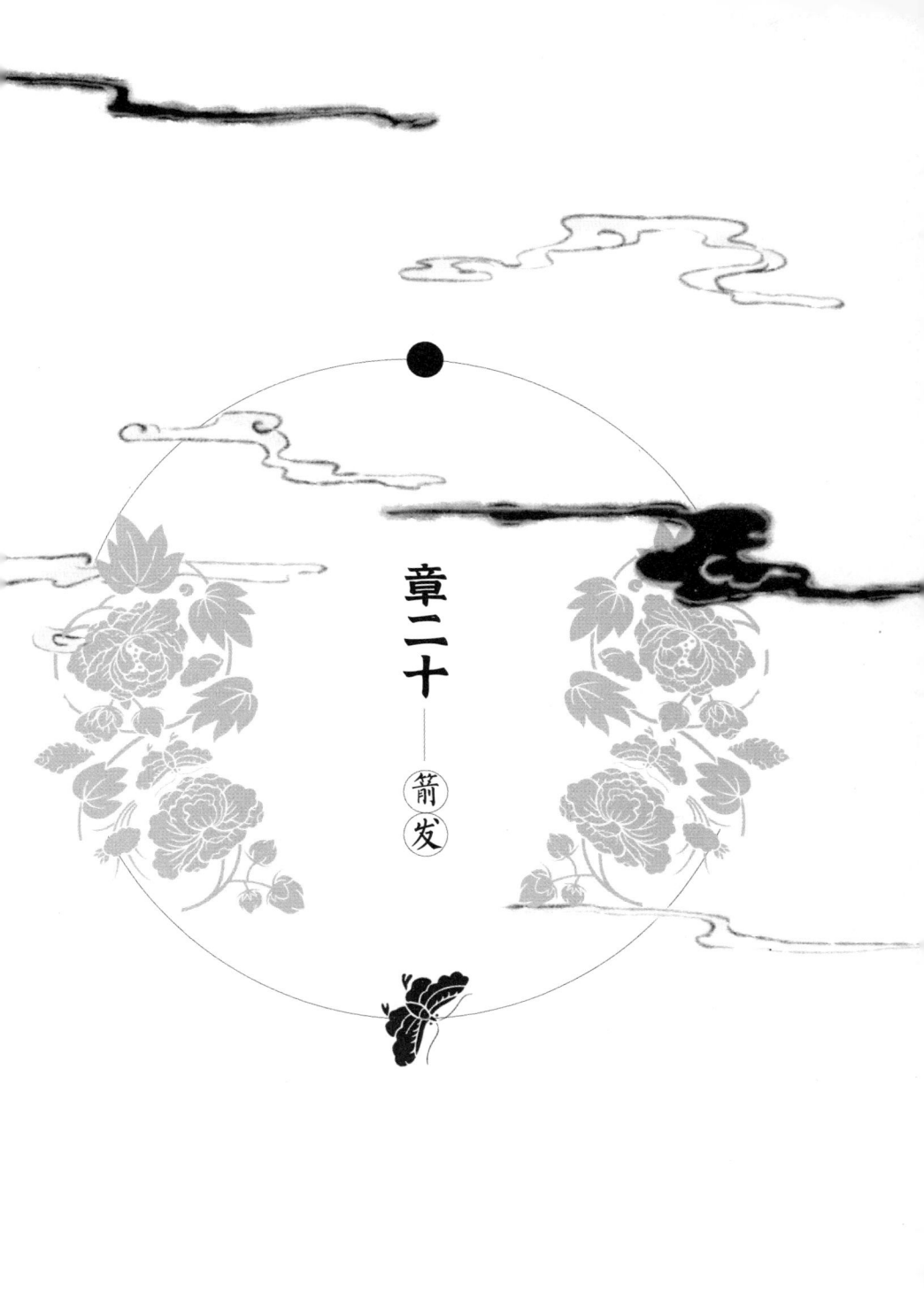

二月十九，天色晦暗，铅云蔽空。

太尉府的庭院中棋子般列满了黑甲精锐，身姿笔直，长剑在侧，如泥塑假人般纹丝不动。三千影卫皆现出了身形，在暗淡天光下，仍旧是阴影般的存在。

逐腐肉而食的鸦鹊落在高墙上，嗅见血腥味似的紧盯着院中光景。

楚明允从里间走入厅中，鸦色长发悉数束起，一身暗色轻甲将他眉目也映得冷冽。秦昭迎上几步，楚明允边低眼理着袖口，边往外走："宫里情况怎么样？"

"禁军在守着，万事如常，李延贞还在昏迷中。"

"羽林军呢？"

"还没动静，但我已经派了大批精兵在建章宫附近盯着，随时都能应对。"秦昭道，"朱雀门前的几条长街也都清了。"

楚明允在门前停了步，隔门望着外面模糊的影子："那苏家呢？"

"也没动静。"秦昭犹豫了一下，继续道，"监看的人说苏世誉昨天回府后就把自己关进了祠堂里，饮食都不准进，何况是消息。"

"不吃不喝地在祠堂里？"楚明允侧头看去，在得到肯定答复后收回了目光，自语般低叹道，"他这是打算熬死自己吗？"顿了顿，他对秦昭道，"让杜越过去看看。"

"接到消息时杜越正好在旁边，已经过去了。"

"呵，"楚明允意味难辨地笑了声，"算他机灵一次。"

"师哥，"秦昭还是忍不住道，"你身上还带着伤，真的不能再等等吗？"

楚明允摇了摇头，轻声笑了："箭在弦上。"话罢，他抬手推开了门。

厅门大敞,他缓步走出,满庭影卫整齐划一地单膝跪下,齐道一声"主上"。楚明允翻身上马,目光扫过扑棱着翅膀惊惧飞离的鸦鹊,掌心里缰绳缠绕几圈,细长的指按上了剑柄:"出发。"

禁军统领亲自迎候在宫城外,望见那队黑色人马穿过空旷长街,卷尘而来,远远地躬身行着大礼。

楚明允猛勒缰绳,黑马长嘶刹住,禁卫们在他马下恭敬跪拜,他微眯眼眸遥望着重重宫阙,忽地想起了当年在苍梧山上对师父的回答。

"我当然要报仇。但是您觉得我的仇人是谁呢,是奉命屠城的匈奴士兵,是策划侵略的主将,还是弃城而逃的官吏?其实都不是,遵从将令,以强伐弱,是定律,错在国弱。

"我的仇人,是这个天下。"

天际一道惊雷炸响,雷电划开苍穹,闪过一片惨白亮光,久积的重云轰然崩塌了,暴雨倾盆而落。

宫门大开。

寝殿中悄然无声,李延贞缓缓睁开了眼,眼神空茫,目光落不到实处,然后撑着榻坐起身来,四下里空无一人。他捂着嘴咳嗽了几声,掀开锦被下了床,恍惚着出了寝殿,一路上竟都见不到人影,远处隐约有混乱喧闹声传来,被雨声盖得模糊不清,无端令人不安,而脚下每步都踩在虚空上一般虚软,似在梦中。他不知不觉间走到了御书房,回过神时已站在了那尊木雕面前。

御书房也空着,唯有缺了面容的绝世美人与他无言相对。

李延贞怔怔地瞧着它,半晌没有动作,他突然一把抓过桌上的刻刀,毫不犹豫地落在了雕像上,刻刀沙沙轻响,木屑簌簌而落,他没有一刀迟疑不决,仿佛那模样早已烂熟于心。女子的面容渐渐清晰,眉梢眼角的温润秀雅,唇边的淡淡笑意,一切全都随着记忆回溯到了当年的日光晴好,踏着满地杏花而来。

刻刀脱手摔落在地上,李延贞退开几步瞧着它,看了又看,忽然笑了出来:"姐姐你真好看,我能不能给你画幅画?"

无人回答,他笑容慢慢淡了,伸手取过案上的烛盏点燃木雕,将年少时的那点怀念烧作一殿幽香。

陆清和端着汤药刚转过宫廊,一群宫娥迎面冲了过来,她忙端稳了药险险避过,看着她们惶恐中撞翻了花架,裙裾沾满泥水也浑然不顾。她心头一紧,转身快步往寝殿赶,直接推门而入,李延贞不在。

药碗跌在地上流出一摊乌黑药汁,陆清和冲进雨中,奔走着四处寻找。皇宫一片混乱,有的地方在厮杀混战,有的地方却空荡死寂,无数宫人逃窜着与她擦肩而过,纷纷扰扰的声音乱糟糟地搅在雨中。

她浑身湿透,胸膛堵得像要炸裂一般,慌得不成样子。

猛然见到一队禁卫从面前奔过,冲着御书房去了,陆清和正想拦住询问,突然意识到不对。这些人虽是禁卫衣着,却是杀气腾腾的架势,方才厮杀的人中她也大致望见了禁卫和侍卫在缠斗。

御书房中有火光闪动,在阴暗雨幕中分外醒目,显然是有人在。

不及多想,陆清和掠身追上,手刀劈过最后那个禁卫的脖颈,夺下他的长刀,她踩在前面那人肩头,一跃腾空翻过,落在了御书房前,横刀挡下他们。

禁卫们看着眼前突然出现的宫娥,面容凶厉:"不想死就闪开!"

陆清和深吸了口气,一挥长刀,提声喝道:"我是刑部尚书陆仕之女陆清和,奉命保护陛下,乱臣贼子先过我刀下!"

禁卫们彼此对视着,转而一齐扑杀过来。

她眼中竟毫无惧色,挥刀迎上。

这天地太过吵闹,她耳中又尽是自己心跳的剧烈声响,全然没有注意到身后的殿门是何时打开的。最后一击旋身斩出,陆清和踢开地上尸体,喘息不止,几乎快脱力了,脸上的血立即被雨水冲刷去。她撑着刀直起身,回首撞上一双安静的眼睛,蓦然手足无措了起来。

李延贞静静地看着她,然后走了过来,拉起她冰凉的手,回到殿中。

御书房弥漫着莫名的香气,窗旁不知什么东西被烧成了一团白灰,窗格焦黑,纱帘也被烧去半边,又被打进来的雨浇得湿透。

"陛下,这是……"陆清和转头看向他,锦帕便贴上了脸颊,李延贞没有说话,专注地帮她将雨水仔细擦去,她微愣了一下,又笑了笑,没有躲开。李延贞最后将她散落的发拂到耳后,拉着她在旁边软榻上坐下,向外望了一眼,终于开口道:"雨好像又大了?"

陆清和侧耳细听,宫殿外滂沱雨声中夹杂的刀戈金鸣声越来越近,她迟疑片刻:"嗯,越下越大了。"

李延贞点了点头:"难怪这么吵。"

闷雷滚滚,豆大的雨点砸在铁甲上噼啪作响。

楚明允随手抹去脸上雨水,漠然看着不远处浑身鲜血的侍卫长。宫城禁军早已倒戈臣服,只剩侍卫长还在率人顽抗,在倾轧下垂死挣扎着,声嘶力竭地痛斥禁军统领反叛,又指天咒骂楚明允违逆天命,不得好死。

楚明允忽而扯起唇角,轻笑声尚未融进雨声,人已闪身掠上。侍卫长高举起支撑身形的长刀,悍然挥出,刀剑铿锵相撞,雨水迸溅中他不由得被震退了一步,却提着口气,一刻不停地劈斩了出去,嘶吼着拼尽全力,是能将对方的剑连同骨肉一起狠狠斩断的力量。

长刀在雨幕中划出一道刺眼的弧线,却走了空,砍中虚无。侍卫长猛地瞪大了眼,不能置信地瞪着面前的男人,长剑一瞬间没柄穿透了他的喉咙,他发不出声音,血红的眼中满盛不甘。

楚明允并未看他,而是望着蒙上层层雨帘的恢宏宫宇,声音比雨水还寒上几分:"我就是天命。"

他反手抽回剑,踏过那尸身。冷雨浇洗铁甲长剑,在白玉石阶上漫染开一地残红绝艳。

雨势渐大,狂风吹得窗棂震响,长风穿堂,白烛上焰火一曳而灭,祠堂昏暗。

跪在宗亲牌位下的苏世誉缓缓抬眼,他正对的苏诀的牌位上映着冷冷的光,落在眼底明灭不定。

"父亲,"良久,苏世誉轻声道,"是我错了吗?"

话音落在寂静中,苏家几代忠魂的牌位静静俯视着他,没有回答。

窗被猛地吹开,凄风冷雨一下子灌了进来。

她听到无数的脚步踏过骤雨的声音,清晰地近了,那艳如红莲的男人终于提剑而来,踩过长长血路,推开厚重殿门。

陆清和霍然起身挡在前面,她盯着楚明允,握刀的手攥得死紧,还禁不住微微发抖。她清楚自己的能耐,要对付他身后的黑衣人尚且勉强,遑论是杀伐多年的楚太尉,何况她对楚明允抱有一丝莫名的亲近感,她一点都不想与他为敌,可更不想看到李延贞死。

楚明允偏头看了过来,脸上没一丝表情。

陆清和硬着头皮迎上他的视线,心中挣扎不安,身后忽然伸出的手将她揽入怀中。她一愣,李延贞的手覆上她握刀的手,陆清和整个人僵硬至极,迟迟没有动作,李延贞便轻轻叹了口气,握了握她的手。她终于忍不住红了眼眶,浑身颤抖着,艰难地缓缓松开了刀。

"当啷"一声,长刀摔在地上。

一场逼宫就如此迅速地走到末尾。

宫中混乱局势被迅速稳定下来,夜雨仍淅沥不止。

最终出乎所有人意料,楚明允并没有杀了李延贞,而是把他和陆清和一起关入了偏殿软禁。

秦昭长长叹了声气,觉得紧绷一天的神经总算松下一些,推开了殿门。

御书房已经清理过了,新换上的纱帘随风起落,那摊不知何物的灰烬也被打扫得干干净净,楚明允坐在桌案后端详着一卷文书,抬眸看了他一眼:"坐。"

秦昭坐下,他将那纸文书递了过去:"看看怎么样?"

"这是什么？"

"分田令。"楚明允道，"要改制的地方太多，我先大概写了几点。"

秦昭粗略地浏览了一遍，又把文书递了回去："我看不懂。"

"师哥，"秦昭道，"宫外都解决了，不肯顺服的臣子都软禁在他们府里看守着，刑部尚书陆仕带着府兵反抗，已经被镇压下去了。"他顿了一下，还是道，"苏府那边，我也派了人过去。"

楚明允手撑着下颌，垂下眼帘："他还在祠堂里没出来？"

"是。"

沉默半晌，楚明允忽然道："羽林军直到现在还没有动静，李延贞已经醒了，但是他们没有接到命令，刚才我让人搜查了一遍，调派的兵符不在宫里，也不在李延贞身上。"

"怎么会，这么重要的东西他不放在身边还能在哪儿？"话刚出口，秦昭就反应过来，"难道他把兵符给了苏世誉？"

楚明允蹙紧了眉，叹了口气道："多派几个影卫过去好好看着。"

"一旦见到兵符就抢先拦下他吗？"秦昭试探问道。

楚明允轻轻摇头："不用，看好他就够了。"

秦昭不解："为什么？"

"君子殉国。"楚明允低声道，"我什么都不怕，只怕他会自尽。"

次日朝堂之上，除了被软禁在府的官吏，其他人都早早来齐了，恭候新君。随着晓钟声响，楚明允一身玄黑金纹的帝袍，落座于皇位上。

他抬了抬手，一旁的宦官领命上前，抖开手中诏书提声诵读，回声朗朗。底下的群臣起先还满面喜色，听了几句后神情陡然一僵，变得古怪起来。

这竟是份革改诏令，一扫先前土地政令的重叠混乱，井然有序，却要抑制豪强权贵肆意兼并，再行整改分划。

底下隐约骚动起来，楚党官员更是面面相觑，他们本以为楚明允登基后，自然是更为横行无忌嚣张跋扈了，可这头一份诏书居然是要革除旧弊，无异于在剜他们的肉。

楚明允神情冷淡地扫视过下方："有异议？"

"这……"几个重臣互相递了个眼色，最终兵部侍郎许寅站了出来，恭恭敬敬地行了一礼，道："陛下容禀，臣以为……这恐怕不大合适。"

楚明允微挑眉梢："哦？"

"陛下才刚登基，时局尚未稳定，此时就急于下令大改国策，实在不利于稳定人心，再说原先政令适用已久，虽然稍有不足，却也是不足挂齿的，天下更是习以为常了，并无非改不可的必要，如果因革改引发动荡，就得不偿失了，还望陛下三思。"

兵部尚书郑冉上前道："许大人此言有理，臣附议，还望陛下能够三思。"

其他大臣纷纷跟着出列上前，措辞各异，却都明白地表达出要他收回诏命的意思。

楚明允似笑非笑地瞧了片刻，对许寅道："你上前来。"

许寅略迟疑小心地向上方望了一眼，楚明允的脸隐在珠冕之后，晦暗难辨。他定了定神，一步步走上殿中玉阶，楚明允越是毫无动作，他便越是胆战心惊，最终停至离皇位上的人三四步的地方，畏惧地垂头等待吩咐。

出鞘声落入耳中的那一刹，他还没来得及反应，身体就先不受控制地扑倒在地，额头撞在阶上，许寅难以置信地睁大了眼向上看，映入视野的是楚明允提剑而立已被染红的身影，心脏被洞穿的剧痛迟缓地传了过来，未及发出一声呻吟，呼吸就彻底断了。

许寅的尸身歪斜在玉阶上，鲜血沿阶缓缓漫下。

楚明允缓缓抬腕，手中长剑直指下方，剑锋一点，血珠零落坠地，溅开如墨痕风雅至极，他含了冷淡笑意开口："还有谁？"

殿上群臣全都惨白了脸，冷汗倏忽间袭遍全身。出列的臣子更是面无人色，恐惧得不住颤抖，不敢出声更不敢退回，只能僵立着一动不动。恢宏大殿陷入一派令人窒息的死寂。

"怎么？"楚明允微偏头扫视过下方，声音终于彻底冷下，"你们摆布李延贞的时间长了,习惯了,就忘了我是谁?"

不知是谁先腿软跪倒在地,随即所有人都跟着跪下俯首,如风扫蓬草一般,殿中充满万岁之声,浩浩荡荡。

诏令就此颁布下去,宛如一石激起千层浪,豪强权贵哗然一片。不过半天的时间,御书房外就有人求见了。

楚明允抬起眼帘看着走进的兵部尚书郑冉,颇为玩味地道:"你刚在大殿上看到许寅是怎么死的,我没追究你,你不避着些就罢了,居然还敢过来,我怎么不知道你竟有这种胆子?"

郑冉顿时惨白了脸,跪在他跟前,战战兢兢地答:"求陛下恕罪,臣、臣也是不得已啊!臣跟茶庄那边有点往来,现在全副身家都投在上面了,臣不敢惹怒陛下,可被人拿捏着命根也不能不来啊,陛下明鉴,臣实在是进退两难!"

"所以堂堂兵部尚书,就这么被使唤来给那些商贾豪强当说客了?"

"不敢,臣只是转达意思,不敢多言置喙。"

"说吧。"

"陛下政令圣明,只是那些豪强不懂陛下苦心,习惯了原先的那些制度,一个个死脑筋怎么都不愿接受,所以就托臣前来跟陛下商讨。那些豪强在京中甚至各地都有生意势力,陛下您刚刚登基,如果跟他们起了冲突,终究不太好……"

楚明允笑了:"这是威胁我?"

郑冉忙迭声道:"不敢不敢,万万没有这个意思!"

他冷汗冒了满身:"这……臣就实话实说吧,其实那些人根本就不在乎李延贞是死是活,只要陛下您肯收回政令不再提,他们必然全力拥护您,凭他们的庞大财力,什么不能替您摆平?即便是那些世家也不在话下,只要您答应了,此后就能安心了。"

"收回政令,旧制不变……"楚明允瞧着他,"那我坐上这个位子,为的就是权力吗?"

郑冉张口结舌:"不、不,臣……"

"我不仅要改田地旧制，我还要改官制吏治。"楚明允弯眉低笑，眼底却是冷的，"尤其要整治你这样官商勾结的，你觉得如何？"

郑冉脸上血色瞬间褪尽，赶忙不停叩首求饶，哀求开脱自己。楚明允漠然看了一会儿，厌烦地命他退下，郑冉颤抖着又是几拜求饶，才慌忙退下了。

楚明允沉默地看他离去，缓缓向后靠上椅背，整个人隐没入了阴影中，闭上了眼。不知过了多久，门外突然响起了影卫的禀报声。

"主上，长安内公示的诏令被撕毁了，有几个地方豪强公然反抗，已经跟禁军起了冲突，场面越闹越大。"

他睁开眼："全都押回来。"

苏府。

"你让我进去，我说一句话就出来行不行？"杜越死死拧着眉头，冲着张开手挡在自己面前的人讨价还价。

苏白坚决地摇头："不行。"

"哎，苏白你怎么这么死脑筋呢。"他探头去看苏白身后祠堂紧闭的门，"不是我说，从昨天到现在，那里面什么动静都没有，你就不怕我表哥在里面饿晕了？你让我去看一眼，看完我就出来！"

"公子说了不让人打扰。"

"我不打扰，我闭着嘴，就看看。"杜越道，"他不吃不喝地在里面，我不放心，看到表哥没事我就立马出来。"

苏白满是纠结地扭头看了眼毫无动静的祠堂，又对上一脸急切的小少爷，还是摇了摇头："不行，公子说过不准进。"

杜越忍不住低骂了声，心力交瘁地坐在一旁横栏上。

他在秦昭那儿知道了消息就赶紧跑了过来，结果还没摸到祠堂的门就被拦了下来，本想着等到表哥出来再跟他聊聊也行，可是直到现在都没见苏世誉有要出来的样子，苏家的侍卫和苏白也拦着不让硬闯，他只能满心焦躁地继续等。

突然有急促的脚步声和谈话声近了，杜越探头看去，管家苏毅正快步拦着一个男人:"大人请留步,公子有令不准打扰,有什么话过后我会帮您转达,还望您能见谅。"

"我好不容易才能从府里出来,就是为了见苏大人一面,你不能让我白白回去吧?"陆仕拉开他的手,"事态紧急,想必苏大人也不会怪罪的。"

苏毅再度拦下了他:"我能理解大人您的心情,可我们这些属下都是遵从命令行事,也请您谅解。"

"这都什么时候了!"陆仕急道,"那个楚太尉已经谋逆篡位了,苏大人在里面只怕还全然不知,时局紧迫,不容耽搁啊!"

"楚太尉已经谋逆篡位了?"杜越愣愣地重复了一声。苏白神情也是一僵。

苏毅叹了口气,目光深沉地望了眼祠堂:"公子会将自己关在祠堂中,必然是因为什么而困惑,在没想通之前,大人即便是见到了公子,恐怕也无济于事。"

陆仕看着他:"你这是什么意思?"

苏毅还没答话,一个侍从慌张不已地跑了上来,对陆仕道:"大人,咱们赶快回府吧,万一被监视的人发现就不好了!"

"出什么事了?"

"宫城外面死人了!"

"是兵部侍郎许寅的独子许桐,他煽动了一群在京等着应试的考生闹事反抗,在身上泼满火油后想往宫城里冲,虽然大多数考生临阵害怕趁着混乱逃了,但许桐和几个考生还是自焚了,冲撞中也烧伤了不少禁卫,现在京城震动,都在议论这件事。"秦昭面色凝重。

"反抗?"楚明允冷笑道,"也是反抗我谋逆篡位?"

"那群人是这么宣称的,但许桐应该恨的是师哥杀了他爹。"

"他爹作了那么久的孽,早就该死了。"

"但现在毕竟出了乱子,"秦昭担忧道,"该怎么办?"

楚明允神情淡漠:"你刚才说,闹事的大多数都跑了?"

"是。"

楚明允不带情绪地笑了:"那就把他们全抓回来,杀。"

秦昭一愣:"师哥,那些都是应试的考生……"

"什么身份都无所谓,既然他们想死,那就让他们死。若不施威镇压,就这么放任下去,以后岂不是要闹到金殿上了?"楚明允打断他。

秦昭迟疑着:"可这恐怕不太好……"

何况楚明允才下令逮捕了暴乱的豪强,处斩了一批为首者。

楚明允忽然侧头看向他,听不出语气地问道:"师弟,你也想违抗了吗?"

秦昭心头一颤,沉默着摇了摇头。

暴雨过后的天色还未明朗,阴晦得如珠灰色软纱般笼罩住了长安城,凝滞气息仿佛也沉沉地压了下来。茶楼里交谈的声音不约而同压低了许多,生怕会被谁听了去似的。

"宫城那边到底怎么了?我看都封街了,真有人自焚了吗?"声音虽低,却是压不住的好奇。

"那还能有假?死了好几个人呢,我看见的,惨得很,个个都烧得跟焦炭一样,轻轻一碰,胳膊都掉下来了,里面裂开的肉还是红的!"

许多人忍不住倒抽了口冷气,忙叫他别说了。

又有人道:"烧死的人里不是有兵部侍郎许寅的儿子吗?唉,这家也真惨,老子在早朝上被杀了,儿子又死在了宫门口。"

"可不是,听说是正上着朝,就被一剑给捅穿了,指不定有多吓人呢。那楚太尉之前就不是个好性子,现在篡了位,不就是想怎么杀就怎么杀?"

角落里的一个青年瑟缩着听他们谈论,闻言捧着茶的手禁不住打战,把头埋得更深了。

"谁能想到朝廷会出这种事,真是,这下他可是痛快了,有钱有势的杀,自己人也杀,那咱们这些平头百姓的命不就更不值钱了?"说话的人恨得咬牙,"真是老天瞎了眼,这种人当了皇帝,还能有好日子过吗！"

旁边的人慌忙一把捂住他的嘴，压着声音急喝："祖宗啊，不想死你还这么大声！"

这时一队黑甲禁卫闯了进来，茶楼里顿时死寂一片，所有人都垂头喝茶，噤若寒蝉。

为首的禁卫扫视一周，抬手一指，两个禁卫立即把角落里那个青年揪了出来，头领扭头对照了画像："就是他。"

青年在禁卫手中奋力挣扎着，失声惊叫："你们干什么？！放开我，放开我！我犯了什么罪？你们要对我做什么？！"

头领挥手命人拖他出去："奉陛下之命，缉拿所有宫城之乱涉案者。"

"杀！"

执令不为者，杀。

聚众反抗者，杀。

累有罪行者，杀。

杀。

杀。

杀。

所有人都说，那个男人在坐上皇位时就失去了理智，变成了彻头彻尾的疯子。

廿一日，西陵王李承化起义，匈奴单于借兵相助，以"诛逆贼，还正统"之名，举兵奔袭长安，诸州郡开城相迎，一日千里。

书案上的笔砚茶盏"哗啦"一声全摔在了地上，在刺耳爆响中浓墨飞溅，碎片迸溅，满地狼藉。

楚明允眼神狠戾，收紧的手指微微作响。"开城迎接，"他一字字咬在齿间，"那可是匈奴的兵！李承化疯了，其他人也全都跟着疯了不成？"

他冷冷笑了："难怪李承化没干脆毒死李延贞，原来是在等我弑君，他就更能名正言顺地恢复正统，自己坐上这个位子了。"

"周奕接到消息后就在做准备了，估计要不了多久就会交战。"秦昭站在一旁，向来没表情的脸上隐隐透出忧虑，"京中有人开始外逃，被打压的势力也骚动了起来，李承化如果真打到长安来，恐怕还会出内乱。"

楚明允蹙眉没应声。

秦昭沉默半晌，道："师哥，这两天死了太多人。"

"是他们该死。那些人的秉性我再清楚不过了，手段就该强硬，你退让一分，他们就会想方设法地再逼你退让一寸。我既然要革改旧制，就要彻彻底底地改，祸根不除，怎么推行新政？"

"可是……"

"难道要我为了所谓安稳局势，去拉拢安抚那些权贵豪强，向他们妥协，答应把诏命全收回来，维持原样，放任他们为所欲为当作什么都没发生？"楚明允瞧了过来，"那我跟李延贞有什么差别？"

秦昭叹了口气，低声道："师哥，现在外面所有人都恨透了你，你做的这些，根本没人理解……"

"我不需要谁理解。"楚明允猛地打断了他的话，眉目间尽染冷意，"那些人懂什么？"

他目光又挪回到案角的传国玉玺上，慢慢地笑出了声。"昏君、庸君、暴君？"他伸手抓过玉玺，低眼打量，"那些贪官污吏哪个不是作恶多端曾被千夫所指，怎么现在我杀了他们，世人倒觉得他们可怜了，反而要骂我暴虐无常、摧残党羽？"稍抬腕将玉玺举起，那些阴狠不屑最终压成一声嘲弄至极的冷笑，"这世道……究竟是怎么了？"

秦昭下意识要扑上前护住玉玺，却又在瞬间止住身形将自己钉在原地。

这点微小动作没逃过楚明允的眼，他瞥向秦昭。"慌什么？我还没打算摔了它。"话罢将玉玺放回案上，楚明允顿了顿，忽然问道，"他怎么样了？"

秦昭愣了一下，才反应过来问的是谁："苏世誉还没从祠堂里出来，没什么动静，不过影卫回报，看到刑部尚书陆仕去了苏府一趟。"

楚明允眸光微动，垂下眼睑没再开口。

一坛酒被重重地搁在桌上，杜越将苏白按在凳子上坐下："来来来，一醉解千愁！"

苏白不自在地往外看了看，就想站起身："小少爷，要不您还是找别人吧。"

杜越瞪大了眼："干吗，看不起我不想陪我？"

"当然不是，"苏白摇摇头，"我酒量不行，我爹不让我喝。"

杜越露出了笑容，压着他肩膀再度把他按住："那就更应该多喝几杯了。"

"可是我还得……"

"可是什么可是，"杜越不由分说地倒了两杯酒，塞到他手里，"祠堂用得着你一直盯着吗？你爹怕什么，他斥责你有我替你顶着！"

苏白为难地看了他一会儿，见他大有一副不喝不罢休的架势，只好道："那、那好吧。"

杜越满意地笑了。他就不信灌倒了苏白，祠堂门口剩下的那两个侍卫还敢拦他，虽然自己也是个一杯倒，但他早在自己的酒杯壁上涂了解酒药，酒喝下去跟白水没差别，顶多也就觉得喝撑了点。

果然两三杯下肚，苏白脸上泛起了红，迷迷糊糊地趴在桌上。杜越瞅了片刻，伸出一只手在他面前晃了晃："哎，苏白，你看这是几？"

苏白眯着眼仔细地辨认着，摇了摇头："不，看不清……"

杜越放下酒杯，起身正想溜走，苏白忽然伸手抓住他的衣袖，杜越一个激灵扭头看去，只见苏白仍是醉意沉沉的模样，神情却无端显得有些纠结低落，嘟嘟囔囔地在说着什么。杜越松了口气，正要掰开他的手，低头的瞬间蓦然听清了苏白的话。

"小少爷，您……您说，楚太尉会不会杀了公子啊……"

杜越一愣，错愕地站了半响，喃喃道："不会吧，虽然说他真要当皇帝肯定是要防着我表哥,但是他不是挺在意我表哥的吗?不会下杀手的吧……"

苏白也不知听没听到他的话,仍在絮絮道:"万一楚太尉生气了怎么办?说不定他心里还在怨公子,觉得公子骗了他,可是公子真的没骗他,我从来没见过公子对谁那样交心过,怎么可能是假的……

"公子就是什么都藏在心里,什么都不告诉别人,明明心里难过,还说没什么,说楚太尉如果死了,大不了就等天下太平了还他一条命……"

"你说什么?"杜越一把抓住他,"这是我表哥亲口说的话?那他……那他岂不是也……"

后面的话难以为继,他松开迷茫看过来的苏白,捂着头道:"要这么说的话,我表哥对姓楚的有情有义,那个玉佩姓楚的其实也还留着,那我之前跑去告状……不就是闯祸了?"

越想越是心乱如麻,杜越哀号一声,顾不得跟苏白说一声,拔腿就往外跑。他出了苏府便急忙往太尉府跑去,全然不知错过了与苏世誉见面的时机。

祠堂里静悄悄的,窗外树上的新叶在风中震颤发声,微风擦过窗棂发出细细的轻响,日影投入落在了地上,一寸一寸地偏斜。

苏世誉跪在牌位下,久久地沉浸于思绪中,好似感觉不到疲累一般。

一声清越鸟鸣响了起来,苏世誉缓缓地眨了眨眼,稍侧头看了过去。一只蓝尾修长的雀落在窗上,"嗒嗒"地在木窗上蹦了几下,乌黑的眼珠转了过来,像是在窥探打量着这个静默的人,他静静地看过去,那只雀抖了抖翅膀,忽地扭身飞远了,他的视线也随之远去,将灰白苍穹纳入视野,漫无目的地又落下,却陡然愣住了。

透过祠堂的窗能看得见池塘窄窄的一角,下人早已按照吩咐将池塘清理一空,然而就在空荡荡的满池绿波里,竟有一株红莲紧贴着池边挣扎着生长了起来,也许是被疏忽遗漏了,在并不适宜的水土里,不合时宜地提前绽放了,那样细瘦的一枝莲,却称得上挺拔昂首,亭亭半开着。

苏世誉眼神渐渐清明，宛若从茫然不定的梦中苏醒，却怔怔地盯着那枝红莲，移不开视线。

在天地间的晦冷光影中，那一点红竟如心头血一般殷红，几乎要灼烫了目光。

诸般思绪轰然一齐涌上，他移开眼，怔然半响，终于俯身向列祖牌位一叩首，站起身来，双手取下祭桌上的剑。长剑出鞘，冷冽如水地映出他的眉目。

——誉儿。

他猛地一僵，指节都紧得发白。

"誉儿，"苏诀招了招手，"过来。"

孩子一手拉着门，探头好奇地打量着祠堂里面，闻言迈步走到苏诀身旁。

"这些都是我们苏家的烈骨，"苏诀示意那些牌位，"你渐渐开始懂事了，以后记得常来拜祭。"

"那这是什么？"孩子指着祭桌上的古朴长剑，仰头问道。

"这是我们先祖追随开朝皇帝时所用的剑，就是这把剑，陪伴先祖伐无道，震荡乱世，开创了大夏的基业。"苏诀按住孩子的肩，让他跪下看着长剑，"先祖吩咐将这把剑置于此，就是要告诫后代子孙——大丈夫立身于世，当无愧家国，心怀天下。"

他的手突然颤抖了起来，长剑脱手坠下，苏世誉颓然地按着额头，深深地闭上了眼，良久良久，终于苦笑出声。

"怎么回事？"苏毅站在祠堂前，问值守的侍卫，"苏白人呢，怎么不见了？"

"之前杜小少爷过来把他拉走了，应该是一起去别处了。"

"这小子，就知道玩儿，都什么时候了还乱跑。"苏毅眉头紧锁，

"公子在里面怎么样了？"

侍卫往里看了一眼，压低了声音道："刚才听到里面有些响动，像是铁器，管家您……要不要进去看看公子怎么样了？"

苏毅脸色一变，正有些犹豫，忽然听到身后一声门响，忙转过身去，终于见到了那站在门前的白衫身影，放下了心："公子。"

"嗯。"苏世誉应了一声，望着远处长叹了口气，又转过脸对他道，"这几天辛苦你了。"

"公子不必客气。"苏毅上前一步，躬身道，"楚太尉已经篡位称帝了，陛下被囚禁在宫中，具体情况还不得而知。这些天长安大小动乱不断，尤其在下发几条诏令后，世家权贵都受到牵连，甚至被处斩了……"

苏世誉向庭院暗处看了一眼，抬手止住苏毅的话："详情还是等到了书房再告诉我吧。"

"是。"苏毅应了声，跟在苏世誉身后往书房走去，行至一半，他忽然出声问道，"公子既然出来了，是已经将困惑的事想明白了吗？"

苏世誉难以言喻地笑了笑："应当算是吧。"

他话未说明白，但苏毅敏锐地觉察出了什么，神情不由得沉重了几分，叹息道："属下听令行事，本不该再逾越多言，只是公子……果真不曾被私交所扰吗？"

苏世誉轻轻笑了："苏家世代守卫社稷，纵死不辞，家国与私交，我还是分得清的。"

那边杜越急匆匆地到了太尉府，从里到外翻个遍也没见到楚明允和秦昭的人影，他气喘吁吁地撑着自己膝盖，猛地一拍额头，这才迟钝地想起来楚明允已经当了皇帝，那两人肯定都是在宫里。

杜越拉住一个留守在府的影卫："你能带我进宫找姓楚的吗？"

那影卫思索了一下，答道："属下无权决定，杜药师若想进宫，要等属下请示了主上才行。"

"行行行，"杜越连连点头，催他，"你快去，就说有急事！"

影卫也不拖沓，立即入宫禀报，楚明允闻言只吩咐了几句，他便又领命离去了。

秦昭疾步进殿时，楚明允正认真拼着案上碎了的玉佩，手上捏了两块碎玉试着拼在一起，听到脚步声不抬眼地开口道："刚才府上的影卫过来了，说杜越想进宫找我们，我没答应。"

秦昭在他面前停住脚步："宫里可能不安全，他在府上也好。"

他语气听来有些僵硬，楚明允抬起眼帘看去："又出什么事了？"

"苏府有动静了。"

楚明允动作一顿，放下碎玉："怎么？"

"苏世誉从祠堂出来了，但派过去的影卫被发觉了，他直接进了书房，监视不到。"秦昭直看向楚明允，"在苏府盯着的影卫没见到他离开，可是不久前他出现在了宫里软禁李延贞的偏殿，影卫怕惊动他就没有上前，不知道他们说了什么，但看到李延贞抓着苏世誉的手哭了。"

楚明允蹙紧了眉，一言不发。

"师哥，"秦昭问道，"不下令吗？"

楚明允张了张口，半晌才道："多警惕羽林军那边的动静。"

秦昭应了声，脚步却不动，他等了楚明允片刻，又问："苏世誉呢？"

楚明允垂眸瞧着莹润的碎玉，不作声。

"师哥倒不如当初趁早下决心杀了他，也不至于拖到如今的地步。"静了片刻，秦昭又道，"那李延贞呢，没有命令下给他吗？"

"李延贞？"楚明允低低重复了一声，"我倒是也想下令，直接杀了他或者砍了他的手，但你以为我为什么没在逼宫的时候就杀了他，软禁是我的作风吗？"

秦昭摇了摇头："不知道，我也很奇怪。"

楚明允放松了身体，伏在桌上枕着自己的手臂，声音也带了些倦意："我怕我那样做了，世誉就真的再也不想见到我了。"

秦昭一愣，微微咬牙问他："那师哥就不怕毁了自己吗？"

他沉默良久，轻声道："我不知道。"

秦昭只觉无话可说，转头出了御书房。跨出殿门时他忽然听见楚明允的声音："秦昭。"极低极轻的一声，"我想见他。"

秦昭回过头去，看到这些天杀伐果决几近冷血的男人，在这时将脸深埋在自己臂弯里，看不清表情，那句话里的情绪他也分辨不清，只觉得压抑得令人窒息。

他终是无言，伸手掩上了门。

廿三日，西陵王进攻京畿三辅。

一身副将装束的男人在殿中跪下，他满身血污，颇显狼狈，肩头下几寸的地方被箭贯穿了，血滴落在地，蜿蜒如暗红色小蛇盘曲："主上恕罪，匈奴骑兵悍勇，我们与敌军缠斗太久，死伤惨重，已经兵力不济，但眼下局势仍旧危急，恐怕要撑不住了……"

楚明允垂眸看着他，问道："周奕有话要你带给我？"

"是，"副将大口喘息着，抬手死死按住流血不止的肩，"周将军说，为报主上当年赏识之恩，必定以身为盾，死战到底，只是眼看大势将去，还望主上能尽早撤离，保全自己。"

楚明允默然不语。

京中的七千精兵已经被抽调去守城，城中兵力几乎尽空，难以再镇压维稳，心怀不满的豪强们正窥伺着时机，而楚党中大多数人原本就是靠利益勾结，当初使他迅速掌握了足以抗衡世家苏党的势力，如今一见无从得利，同党也被毫不留情地处决了，当即人心溃散，纷纷作壁上观，权衡着事态倾向。他如今手中兵力不足，身处孤立之境，而李承化竟能打着正统之名，堂而皇之地引匈奴骑兵攻袭进来。

果真是大势将去的模样。

禁军统领突然疾奔进来，仓皇地跪下："陛下，大事不妙！刚刚传来急报，周奕将军战死，京畿被攻破，李承化带着一万轻骑正在向长安逼近！"

副将浑身一震："周将军……周将军果真……"话音不由得哽咽。

楚明允敛着眉目，没有开口。

这时秦昭也自殿外匆忙进来，一眼见到这场面，停住脚步没有出声。

"陛下！"禁军统领焦急地仰头看向楚明允，"匈奴大军来势汹汹，我们该如何应对？"

"如何应对？"楚明允冷冷斜去一眼，"你还打算怎么应对，难不成也去开城门迎他进来吗？"

统领瑟缩着低下头，不敢答话。

楚明允一把抓过长剑掷在他面前："拒兵死守！"

"是！"统领捧起剑，急忙退了出去。副将回头望着他远去的背影，满是担忧地开口："主上，李承化有匈奴一万铁骑，个个悍勇蛮横，而我们城外只有七千兵卒，即便还有禁军，可禁军毕竟不同于沙场之兵，只怕挡不住……"

"我知道。"楚明允抬手按着眉心，闭了闭眼，"下去把伤处理了吧，其他的不用你操心。"

副将也不多言，行了一礼后艰难地起身告退了。待他们都出了殿，秦昭这才默默地走到了近前。

楚明允并未看他，只淡淡道："你也走。"

秦昭一愣："师哥……"

"不走留着等死？"他声音不带感情，近无起伏地道，"让影卫也散了吧。"

秦昭道："那你呢？"

"我？"楚明允弯起唇角，"我不走，我拼命活着不就是为了这一切吗？如今已经走到死局了，都结束了，即便能逃，可再活下去还有什么意思？"

他缓缓摊开手，低眼看着自己的掌纹。"真是可笑，我花了九年才走到这一步，结果不过几天就到了穷途末路。"他顿了顿，收拢了手指，"我不是输给了李承化，是天不容我。"

秦昭说不出话来，只能定定盯着他。

楚明允瞥了他一眼，轻描淡写道："杜越还在府里，匈奴人入城后难保会发生什么，你还不带他离开？"

他攥紧了身侧的手，手背上青筋毕现，却满心挣扎地没有动作。

楚明允平静到了极致，惊不起一丝波澜似的："你方才那么急地进来，是又有什么坏消息了？"

秦昭看了看他，忽然不忍开口，如鲠在喉般地难受。

"说吧。"

秦昭张了几次口，最终只得涩声含糊道："李延贞不见了，羽林军正向着宫城来。"

楚明允陡然愣了一下，而后毫无征兆地缓缓笑出了声，笑声渐大，空落落地落在殿里回响。"他来了，"语调竟是欢喜的，他眉眼盈盈弯起，笑得止不住，"他来了，他来了……"

秦昭终于忍无可忍："师哥，苏世誉要来杀你！"

他笑得身形颤动，就这么抬眼看向秦昭。"我等他来杀我。"他笑意盈盈，"李承化算是什么东西，想要杀我，就该他来动手。"

秦昭紧咬着牙："你真的是疯了。"

楚明允偏头，半晌敛了笑，轻声道："我许多年没回过苍梧山了。师弟，你以后回去了，就替我在师父墓前敬一杯酒，告诉他我不后悔走到今天。"

话罢不等秦昭回答，他扯过搭在一旁的帝袍披上，走出了御书房的殿门，长风盈衣，黑袍翻飞间金纹闪灭。

太尉府里杜越挠心挠肺地等了许久，一见到秦昭出现当即扑了上去："你们俩怎么回事啊，现在才过来，走走走，快带我进宫我有急事要……"

他拉过秦昭就急忙忙地要往外走，被秦昭反手一把抓住了，奇怪地抬头看去，才发觉秦昭神情似乎有些不对："怎么了？"

"我……"秦昭深深地看着他，想说什么却又放弃了，转而道，"我送你出城。"

"什么啊，我不是要出城，我是要进宫找姓楚的！"

"杜越，"秦昭握着他的手发紧，认真道，"长安现在很危险，我送你出城。"

杜越一怔，当即变了脸色："我才不走。"

秦昭真觉得自己快要急火攻心，顾不得再跟他解释，强拉着他就要出去。杜越却猛然恼火，一把甩开了他的手："我说了我不走！"

他便怔然地盯着自己的手，一时做不出反应。

杜越也回过神来，懊恼地皱着眉，上前又抓住秦昭，口气勉强算得上平和："你送我出去，是不是还打算自己回来找姓楚的？"

秦昭看着自己被握住的手，点了点头。

一股火当即又冒了上来，杜越忍了忍，才道："你大爷的，你自己还打算跟他共患难，把我送走了没我什么事？我是不值得你们信还是没什么用待在这儿碍事？"

秦昭忙道："不是。"

"那你觉得我是那种把你们不知死活地扔下，自己能心安理得跑了的人？"

"我……"秦昭吞吐道，"我不想你有危险……"

"可我也担心你啊。"杜越看着他。

秦昭蓦然呆住了，杜越纳闷地疑惑出声，他突然就抓住了杜越的肩膀。

"你……"杜越吓了一跳，有些无所适从，犹豫着却还是没挣开，"喂，你这样……我就当你答应带着我了啊……"

秦昭没有说话，用力握紧了他的肩膀。

偌大的金殿死寂，楚明允独坐在皇位上，一手抵着下颔漫无目的地扫视过寥落无人的大殿，一手搭在椅上，指尖若有若无地轻点着，敲出轻轻的声响，幽幽回落在空阔的殿内。

忽然，他停下手，唇边扬起一丝笑意。

等的人来了。

他听到殿门外马蹄声如闷雷滚滚而来，一刹而止，静极了——全军停住。

而后殿门拖长"吱呀"一声，几个兵士推开门，分列两旁，落日余晖流淌进来，衬着殿外黑压压的一片骑兵，有人缓步走入，墨发白衫，远远地停步在殿门前，抬眼看了过来。

楚明允搭在椅上的手不禁收紧了，心跳一起一落间都带上了无来由的紧张。

楚明允觉得好似很久没见过他了，目光相对，静默了足有片刻，才弯眸冲他笑了："怎么还这么没表情，还在生我气？"

"世誉，"他笑叹了声，"像当初那样，再给我真心地笑一个吧？"

苏世誉不作声，静静地望着他，良久良久，敛眸收回视线，却转而向旁边兵士吩咐道："守好陛下。"

他转身出殿。

楚明允愣怔在皇位上，满眼都是苏世誉的背影，殿外斜照透迤苍穹如血，兵士推着殿门一寸寸地合拢，苏世誉的背影一线线地消失在眼底。

殿门紧闭，阻断了如潮夕照，隔断了那人踪影，剩了满目昏暗。

又静到了极致，能清晰听到身体某处传来了一声重响，随后楚明允全身无可抑制地颤抖了起来。

他突然发疯一般地冲下皇位，甩开阻拦的兵士，推开殿门追了出去，骑兵在远处隐成一线，极目处那白衫身影早消失了，他想要去追，却倏地踉跄着半跪在地，手死死地攥着胸口衣裳，蹙紧了眉，几乎喘不过气，胸口那道伤忽然无比剧烈地疼了起来，像是被利刃破开了又涌出殷红的血来，疼得说不出话，也再笑不出声。

残阳落在他发上，宫中花架上花香流转浮动，春风未老。

隐约有重重马蹄声由远及近，楚明允猛然抬头。

"世誉……"

却看到大队黑衣人马奔来，为首的马上坐着秦昭和杜越，对方显然也注意到他，在他跟前停下了。秦昭带着杜越下了马，连忙将楚明允扶起："师哥，怎么了？"

他身后的黑衣人也悉数下马："主上。"

分明下令遣散，可三千影卫，无人离去。

· 242 ·

楚明允深吸了口气，强定下心神，他正欲开口，远空中突然响起几声鸟鸣，数只黑羽鸟振翅飞来，落在他们身旁。

秦昭拆下落在肩头的那只鸟腿上的密信，顿时怔住了，不可思议地抬头看向楚明允，将密信递了过去。

楚明允接过，展开一看，也微微变了神情："李延贞下诏禅位给我？"

"不止，"秦昭一连解开数封密信，"师哥先前的革改诏书，被添了注解重新颁布。

"被处斩的官吏过往所犯一切罪行已经公示长安街巷。

"京中闹事的豪强权贵接到朝廷禁令警告。

"苏家表明臣服新君，其他苏党官员，包括陆仕也都转变了态度……"

秦昭有些念不下去了，看向楚明允："师哥……"

楚明允抬手打断他的话，眉目紧蹙着，话音意味难辨："他现在应该是率着羽林军在城外了。"

"谁？苏家，是不是我表哥？"杜越终于忍不住凑了上来，看着楚明允道，"那个……我……对不起！"

楚明允和秦昭诧异地看向他。

"对不起啊，"杜越挠了挠头，"我一直没说，那时候你把我表哥玉佩扔了，我心里气不过，就去告诉我表哥了……我、我不知道你们俩会有今天这种事儿，但我表哥真的没那么心狠……真的……"他急着解释，索性将苏白的醉话一股脑全倒出来，生怕楚明允不信。

辨不清心里究竟是何种滋味，楚明允打断了杜越的话，对秦昭道："你和杜越留在这儿，把马给我。"

他翻身上马，一勒缰绳，黑马抬蹄长嘶，楚明允扫视过随他上马的影卫们，并不多言，猛地掉转马头，疾驰出宫门，绝尘而去，余晖在他身后洒落一地。

前一日。

偏殿，李延贞站在廊下，仰头望着梧桐碧枝出神，苏世誉已经悄然离开了，那句问话却还在他耳边萦绕不绝。

——陛下如今，还向往在宫外做个自在匠人吗？

他静立了片刻，转身回到殿中。陆清和正整理着桌案上他的旧画，一幅一幅小心仔细地收起放好，听到脚步声回头看了过来："陛下，茶水我刚刚泡好了，就放在那边。"

李延贞"嗯"了一声，脚步却没动，看着她背影忙碌不停。陆清和拿起了一幅画展开，手却忽然顿住，久久没有动作。李延贞越过她的肩，看到满目的桃花嫣然，红衣灼灼，终于忍不住出了声："清和。"

"我……"他看着陆清和转过身来，迟疑着道，"我有事想告诉你。"

陆清和点了点头："嗯，说吧。"

"我要离开长安了。"

"嗯，我知道。"陆清和笑道，"我听到苏大人和您的谈话了，能平安离开就好，这些画就快收拾好了，我等下再为您收拾行李。"

李延贞却摇了摇头，继续道："我自幼长在宫中，除了一些别的宫苑也不曾去过什么地方，丝毫不通武艺，政事也都是依靠苏爱卿和楚爱卿处理，虽读过不少书，但也谈不上精通，浑身上下也只有雕刻、画作还能勉强一看……"

他话说得很慢，像是每句都斟酌着，陆清和听得一脸不明所以，却也不出声打搅。

"宫外的事我所知甚少，比不上你在外游历见多识广，"李延贞看着她，微微笑了，"洞庭江南我不曾去过，也没见过长白雪山，你愿意再陪我看一次吗？"

陆清和蓦然怔住了，愣愣地看着他说不出话。

李延贞仍慢慢道："放心，我行事会万般小心，不给你带来麻烦，也不会让你辛苦，路上若是艰难，可以拿我这些画去换些钱，再不行，我也可以刻些东西……"

"我愿意啊，"陆清和打断他的话，竟有些哽咽，却笑得明丽，"我愿意的，特别愿意！"

李延贞笑了，上前将她轻拥在怀中，她抬手抱住李延贞，拼命忍下泪意，笑着道："还好不算太晚，我们路上走快些，还能赶得上江南的花呢。"

李延贞点头笑道："好。"

将近破晓时分，按照约定来接他们出宫的人到了。

随着西陵王大军进攻越近，长安城中欲举家出逃的人也就越多，禁军统领阻拦不及，焦头烂额地回宫禀报，却得来一句"他们要逃，就随他们"，如此一来，他干脆就大开城门放行了，连盘查都省去了。

他们乘着一辆不起眼的马车混在人流中出了城，兜转几番确保无事后，又停在城郊的偏僻处。

李延贞刚一下车便看到等在这里的苏世誉，不禁失笑道："没想到你还亲自来送我。"

"理应如此。"苏世誉抬手示意身后的另一辆更为宽敞的马车，"银钱所需都已准备好了，车夫也懂些武功，一路护卫你们应当不成问题，若是还有什么需要，可以再让人联系我。"

"多谢。"李延贞想了想，忍不住问道，"你不准备离开长安吗？"

"不了，"苏世誉摇头，"我还有些事尚未完成。"

"是关于楚明允吗？"

苏世誉微愣，随即坦然笑了笑："可以这么说。"

李延贞点了点头，沉默了一会儿，忽然道："在位的这些年，你觉得我这个人如何？"

苏世誉一时没有答话，他便笑了，顾自续道："并无什么大过错，只是太没用了些，是这样吧？"

"想必天下人也都是这么想的。"他叹了声气，又看着苏世誉，郑重地低首行了一礼，"此后恐怕再难相见了，兄长，保重。"

苏世誉不禁动容，也颔首还礼，温声道："保重。"

天色渐亮，山林中还弥漫着雾气，草色青青。李延贞望着苏世誉策马远去的身影出神，陆清和等了片刻，忍不住惊奇道："你……知道楚大人和苏大人的关系不一般啊？"

"只是大概，"李延贞轻笑道，"不过知道了又如何呢，就像那时的姜媛，我总觉得在意太多反而徒添烦恼。"

"姜媛？"陆清和一惊，"是我在宫里听说的姜昭仪吗，之前给你下毒的那个人？你早就知道她居心不良？"

李延贞不甚在意地点头："知道，但哪怕知道了也还是想留下她啊。天下或权力争斗，我都不想在意，只是觉得她若是被处死了，那我在宫中岂不是连最后能说话的人都没有了吗？"

陆清和哑然无言，伸出手轻轻地拉住了他的手。

这小动作令他不禁笑了出来，反握住了她的手，李延贞叹道："被软禁的这些天我想了许多，才发觉自从离开母妃，被推上这个位置后，我似乎就从未作为自己而活过。"

"父皇母后对我的关照，是因为我是仅剩的儿子；像姜媛那些想谋害我的人，是为了我的皇位；就连苏爱卿对我的关照，也不过是他身为臣子的职责，都不是为我这个人。"声音淡淡地散在薄雾中，他转过身看着陆清和，百感交集到末了只化作一句，"所以，多谢你喜欢的是我。"

"延贞……"

"走吧，去看看江南的花如何。"李延贞笑着拉她上了马车。

落日熔金，城外又被染上了浓烈血色，一场战事将近尾声。

匈奴骑兵一如传闻般悍勇强蛮，七千精兵怀着必死之心奋力拼杀，在彼此消耗中终究颓势尽显，死伤大半，且战且退地已经快要逼近城门。

"统领，怎么办，他们就要打过来了，要不要再去禀报陛下？"

禁军统领在城墙上不住地踱步，急得满头大汗，闻言喝道："还回禀什么，拒兵死守！拒兵死守！听不懂吗？就是你跟我死了也要守！"

"可咱们哪儿懂打仗啊？"副官压低了声音，"统领，统领！不然……咱们还是逃吧？"

统领脚步猛地一顿，有些犹豫不定，神情几变后咬紧牙提声怒骂："混账！这里是长安，是国都！你走了，进来的就是匈奴人！再让我听到这种话，就先一刀砍了你！"

副官惊惧地连连点头应是，他怒气难平，心中却也没底得厉害，这时禁卫中突然传来一阵惊呼，统领急忙跟着回头看去。

乱军中一匹马忽然冲至身侧，李承化下意识挥出一刀，被对方以弯刀荡开，这才看清来人是宇文隼的侍从郁鲁，此次匈奴大军正是由他统率带领。

"王爷，情况不对！"

李承化顺着郁鲁的目光望了过去，猛地瞪大了眼。

长安城朱红城门大开，涌出了无数黑甲骑兵，自后方直冲上了前阵，放眼望去少说也有五千多人，士气正盛。然而浩浩荡荡的一万匈奴大军，如今除去死伤也只剩了不过四五千人，何况苦战已久，兵马乏累，士气衰沉，形势极为不利。

他眼神凝住，定睛在了那万军之中的一人身上。

令旗挥舞，角声长嘶，匈奴兵马听令停下了攻势，分散的兵力迅速聚合在了一起，李承化打马上前，停在两军对峙的阵前。

苏世誉了然一笑，也上到阵前。彼此隔了一大段距离，遥遥相望。

"苏大人，"李承化喊道，"你带兵阻挡，难道是要为那逆贼效命吗？"

苏世誉不动声色，望着他没有回应。

"可悲、可叹啊！"他痛心疾首道，"苏家几代忠魂声名，你忍心毁在自己手里吗？你父亲苏诀将军在天有灵，若是看到你为虎作伥，为篡位谋反的逆贼卖命，你让他作何感想？"

苏世誉终于提声开口，语气仍平和如常："王爷引外族入侵国土，莫非就对得起列祖列宗了吗？"

"外族既有盟好之心，愿出兵助剿灭逆贼，是两族之幸，何以为耻？"

苏世誉摇头轻笑，无意多言。身后的羽林军骑兵缓缓向前推进，将他拥护在当中，长剑刀戟皆已亮出，锋芒锐利，蓄势待发。

李承化看得出难免一战，脸色沉下，高举起手。

令旗挥下，两军几乎同时扑出，咆哮对冲。

战鼓响，厮杀声响彻寰宇。

与其他骑兵身上的黑甲精铠相比，苏世誉身上套的软甲显得格外单薄，他却毫不在意地处在前锋，带领着一队骑兵直冲向对方中阵。

一路横掠，极快极险，在刀光血影的缝隙中化成直插命脉的窄刃，杀出一条血路。

鲜血泼溅如雨，透进苏世誉软甲中的白衫，血腥气和沙尘气充斥了鼻腔，快马如电闪过一个个敌人，那些人面目逐渐模糊，重叠回了记忆深处。

他没能如年少所愿般驰骋疆场，如今选择以这种方式死去，也没什么不好的。

李承化已经近在眼前。

马蹄声急，李承化看着迫近的苏世誉，脸上闪过一抹凶狠，抓起马鞍上的弩箭射出。三道银光劈面袭来，离得太近，苏世誉想再闪躲已经迟了，他忽然仰身整个人几乎躺倒在马上，弩箭自眼前飞掠而过，刀光紧接着闪在身侧，他挺腰坐起的同时一扯缰绳，马身随之而转，长刀擦着肩侧软甲掠过，留下一阵火灼般的疼痛感。

两人在顷刻间互换了位置，李承化扭头盯着惊险躲过的苏世誉，冷哼出声。

苏世誉身下骏马突然哀鸣着扑倒向前——在擦身而过的瞬间，旁边的匈奴骑兵挥刀斩向那匹马的腿。

李承化的刀劈头落下。

苏世誉毫不犹豫地松开马鞍，踩在马背上刹那间腾空而起，迎刀而上。

一支利箭破空而来，穿透铠甲扎入李承化的后心，他落刀的手顿时一滞，刀刃只蹭着苏世誉的颈侧落下一道浅红细痕，几乎同时，苏世誉的剑也落下。

苏世誉稳稳落地，李承化的头颅紧跟着掉落，瞬间滚失在乱蹄之中，无首的尸身还僵坐在马上，继而才栽倒下去。

又一支箭呼啸着从头顶掠过，苏世誉抬眼望去，不远处的郁鲁喷出一口血来，却不顾没入胸口的箭，竭力拉开弓，在歪倒下马的最后一刻放箭直射过来。

箭锋的一点光闪在眼中，苏世誉缓缓舒了口气。

三军夺帅，大局已定。

他面对着逼近的寒芒，一动未动，毫不闪避，缓缓松开握剑的手，释然般地闭上眼，却陡然被用力地拉了过去。

有人带着他急掠出了战局，混战声微弱下去，清晰响在耳边的只有急促的呼吸声，对方的手在微微颤抖，却一再抓紧他，不顾他身上血污浸染，生怕他会消失了一般。檀香幽然，太过熟悉，苏世誉全身僵硬，动弹不得。

楚明允稍缓下呼吸，看向面前的人，低声道："世誉，睁开眼，看着我。"

苏世誉缓缓睁开了眼，正对上了那双眼眸。

楚明允便瞧着他笑了，问道："你为什么要帮我？"

"我……"

他却根本不给苏世誉回答的机会，截断话头继续问道："你为什么要说，若是我死了就还我一命？"

他抓过苏世誉身侧的手腕："你刚才握剑的手势完全没有问题，那你要杀我那天为什么不是这样的？"

苏世誉想挣开，却被楚明允一把攥紧了，目光灼灼地盯着他："我试过了，那天你拿剑的手势根本就使不出全部力气，既然你都那么生气了，怎么还是不打算真杀了我？"

"你还敢说你从没有过真心相待？"

苏世誉一滞，沉默良久，累极了似的轻笑了声。"是，我是真心待你。"他静静地看着楚明允，"从来都是，没有骗过你。"

楚明允瞧着他，慢慢地弯起眉眼笑了。他等这句话等了太久，等过了雪覆青山，等过了红梅枯朽，才终于尘埃落定。

"我信，"楚明允放轻声音，"世誉，那你能不能信一信我？"

苏世誉错愕得答不上话，只愣怔地看着他。

楚明允从贴身衣袖里取出一枚玉佩，递到他手里，白玉雕纹，正是苏世誉给的那枚，只是玉佩里金痕交错纵横，显然是破碎后用金箔重新拼接好的："这玉佩我扔过，后来又碎了，我至多也只能拼成这样了……

"当初我的确是刻意接近、试探你，你在船上猜的那些几乎都对，但你没说出口的那一点错了……

"从山亭坦白的那日起，每一句对你说的话，都是真的。"

苏世誉低眼看着手中的玉佩，指腹缓慢地摩挲几番，淡声笑了笑："居然能拼成这个样子。"

"那也已经给我，不能再收回去了。"楚明允道。

苏世誉抬眼看他，无奈笑道："嗯。"

"你也说过会一直如此的。"

"嗯。"

长安城终于彻底安稳了下来。

匈奴骑兵在两个主将死后就溃不成军，被合围起来悉数俘虏了，留待着等过后再与匈奴那边谈判。而苏家可谓长安世家之首，纵然因先祖几代为避势大胁君之嫌，旁系外散，只留了嫡系一脉于京中，影响力仍是不可小觑的。如今苏家先做表率遵从诏命，有了世家大族支持，再加上先前被镇压处斩的教训在前，其他权贵豪强不得不息事顺从。楚党中人审时度势，也连忙收敛了起来，纷纷殷勤上表了一番效忠侍奉的心意。在禅位诏书下，一切名正言顺。

大夏的辉煌与衰靡在历史洪流中已然成了旧事，新的朝代正缓缓开启。

夜深寂静，苏世誉才终于得空换下一身血袍。梳洗清理过后，等候在外的宫娥引他进殿，便自觉闭门退下了。

楚明允坐在桌旁，对他招了招手，然后拿过手边的细瓷小盒打开，软膏透出了一股清淡药香。

"我自己来就好。"苏世誉想伸手接过。

楚明允却闪开他的手，微挑了眉道："怎么，刚才还说真心待我，现在却防着我？"

苏世誉无可奈何，只得配合地不再动作，任由他将药膏抹上自己脖颈。

那时李承化的刀势毕竟凝滞，划出的伤痕并不深，血早已自行止住了，在沐浴后只是泛着浅淡的一线绯红，还微带着湿润的水汽。

药膏微凉，被小心轻缓地涂抹开，楚明允上完药，目光却仍停留在那道伤旁，久久没有动作。

苏世誉不解地看去，他仍瞧着那道伤，低声道："差点要被你给吓死。我若是去晚了，你是不是就打算让我看着你的尸体哭？"

苏世誉眸光微动，沉默了一会儿，转了话题。"事到如今倒是看得清明了，我有些想法不妥，只是你行事作风也未必尽对。"他看着楚明允，低笑道，"听闻这几日上谏的臣子都没落到好下场，可我也有些谏言要讲，陛下愿不愿意听？"

楚明允定定与他对视半晌，笑道："那就要看你讲的我爱不爱听了。"

日升月落，又是个融融春日。长安城外的一座宅邸中，陈思恒练功刚结束，将剑搁在一旁，边擦着满脸的汗边拿起茶盏大口灌下。少年的身量变得极快，不过一年多，已经比当初见到楚明允和苏世誉时高了许多，神情也坚毅了几分，再不是只有一腔悲愤却连剑都拿不稳的孩子了。

身后突然传来脚步声，照顾他日常起居的婢女匆匆赶到后院："小公子，有人来府里找您，看上去像是位大人物呢。"

"嗯？"他赶忙放下茶盏，往外跑去，"楚将军，楚将军您……"

庭院里的黑衣男人转过身来，面容俊朗，却是不曾见过的模样。陈思恒停下脚步，困惑道："您是哪位？"

"你想要当影卫？"秦昭打量着他。

陈思恒在他目光下有些紧张，却用力点了点头："是！"
　　"影卫的要求极为苛刻，你还需要经受磨炼，而且师哥已经登基，此后的任务只会更危险。"秦昭道，"如果是为了报你家仇，就没必要了，灭你满门的是李承化，他已经死了。"
　　陈思恒低下头去，一时没有吭声。
　　"如果你只是想习武，继续跟着你现在找的师父就可以。"
　　陈思恒缓缓摇了摇头。"我知道我的仇人死了，昨天我收到了苏大人的信，他把事情都告诉我了。"顿了片刻，他才又道，"那时候楚将军告诉我，不能总等着谁来救我帮我，我只有自己站起来才行，所以为了报仇，我才开始拼命地练剑学武功。但现在我的仇人死了，我就不知道练功还有什么用了，也不知道自己以后该做些什么，我既没有家人也没有朋友，一个人孤零零地活在这世上，好像突然什么都没意思了。昨晚我想了一夜，唯一能想到的，就是楚将军说等我拿稳了剑，也许会用到我。"
　　秦昭看了他一会儿，忽而明白师哥为何要让自己过来了："不能再叫楚将军了。"
　　陈思恒愣了愣，点点头："哦对，要叫陛下。"
　　"身为影卫，该叫主上。"
　　他眼睛顿时一亮，惊喜万分："真的？"
　　"怕吃苦吗？"秦昭问。
　　"不怕！"
　　秦昭点头："宫里为影卫专设了机构，你今日把行李收拾了，明日会有人来接你。"
　　陈思恒兴奋应下，坚持要送秦昭出府。他目送着秦昭的背影远去，满心欢喜地转身就要回去收拾东西，余光瞥见有人打远道缓缓走来，不由得停住脚步。
　　行路人是个模样清秀的青年，衣衫上却沾染了许多血渍灰烬，他倒也不在意，双手捧了个小瓷坛抱在怀里，目光随意地掠过沿途大好春景。

陈思恒站在原地定定地看着他走近,直到对方就要从面前走过,实在忍不住叫住了他:"你、你是不是……"

青年脚步微顿,看了过来。

这下看得不能更清楚了,陈思恒惊异万分:"你不是静姝姐姐身边的那个哥哥吗?"

青年的神情终于有了波澜:"你认得静姝?"

陈思恒点头道:"认得。"

李彻困惑地端详着他:"怎么称呼?"

"陈思恒。"

李彻神情一变,沉默了半响才道:"你能带我去见见她吗?"

人事变迁,草木依旧,当初静姝自尽的那棵古树仍在原处,亭亭如盖。李彻默默地听着陈思恒讲她是如何服了毒,还痴痴惦念着一首诗。他伸手握了一抔沙土,身形微颤,半响才哑声道:"我来接你了。"

红颜黄土,杳无痕迹。

李彻将沙土小心收敛入一个准备已久的素花瓷瓶里,原先捧在手里的瓷坛就被搁在一旁,他抬头不经意间对上陈思恒好奇的目光,解释道:"那是我父亲。"

他边在行囊中翻找,边道:"我听说了消息,趁朝廷清理战场的人还没到,连夜翻了几个尸堆,也只找到头颅,火化了打算带回故土。"

他低低叹了口气:"没想到父亲真会带匈奴人打进来,如今身首异处,但愿能免于黄泉下面对先祖了吧。"

李彻找出行囊里的匕首,转身塞给陈思恒,忽然撩袍在他面前跪下了。陈思恒吓了一跳,连忙退开两步:"你干什么?"

他轻轻笑了:"我父亲害你家破人亡,你不杀我报仇吗?"

陈思恒握了握匕首,却又看着他摇头:"是你父亲杀的人,跟你又没关系,他既然都死了,我为什么还要再杀你?"

李彻愕然:"那你也不恨静姝吗?"

"我不清楚,"陈思恒低声道,"我知道我家那场火跟静姝姐姐有

· 253 ·

关，不然她也不会刚好能救我出来。我很想恨她，可是在我最害怕的时候也是她陪着我。"

他顿了顿，忽然释怀地笑了笑："恨或者不恨，她都已经不在了。何况我现在已经有保护自己的力量了，明日还要进宫学着做一个影卫，总不能一直陷在仇恨里走不出去。"

李彻定定看了他良久。"你是个好孩子。"他接过陈思恒递还的匕首，"和我一起去喝杯酒吧，算我祝你安好。"

陈思恒为难道："可是我不会喝酒。"

"那喝杯清茶也好。"李彻站起身，"走吧。"

阳春三月，新帝颁罪己诏，抚平民心，而朝堂上诸事也恢复如常。原先因处斩而空置的官职自然有新的才俊补替，官袍加身，满怀壮志，谁不渴望一整河山，换得个海晏河清的盛世无双。

开朝伊始，万事皆新。

只是有人见着一如往常的御史大夫，难免暗叹声可惜，私语递转，终是传入卫央宫中。

于是这日朝会完毕，楚明允并不急着散去，而是突如其来地下了一纸诏令——

"封御史大夫苏世誉为王爵，加九锡，赐千里地，邑三万户，位在诸侯王上，奏事不称臣，受诏不拜，以天子礼遇祭祀天地。"

群臣面面相觑，倒也无人出声，且不论这位陛下的性情容不得下异议，那御史大夫于朝廷的贡献有目共睹，倒也不是当不起如此恩典。

刚要附和，却见前列的御史大夫自己开口婉拒了。

楚明允耐心听完理由，看向苏世誉，弯着唇角道："这些你都不想要？"

"是，"苏世誉温声道，"臣明白陛下心意，已经知足。"

楚明允想了片刻："封地也不要吗？"

"自然。当初为抑制诸侯已是诸般辛苦，如今赐地建国，裂土分封，有违当初之本意，日后必留祸端，还请陛下收回诏命。"

楚明允却不理他这番话，顾自道："既然这些封赏你不肯要，"他顿了一下，低笑道，"那命你在左右，与我建千秋万代的功业，不得懈怠，你要不要？"

苏世誉微微一愣，众臣也跟着呆住了。

大殿之上，众目睽睽，他却不禁笑了，正对上那双眼眸，应道："臣幸甚。"

《周史·本纪》有载：

周武帝建元初年，革改旧制，大赦天下。

建元二年，御史大夫领命，重修律典，再立法度。

…………

建元六年，收苏氏旁系子渊为嗣，立为储君。

…………

建元八年，发兵匈奴，匈奴退百里据守，遇雪，苦战数月。

建元九年，大捷，一路追剿，深入沙漠，久攻不克。

五月，武帝亲征，历四月，直抵王帐，匈奴单于兵败自杀。

此后百年，再无敢犯境者。[①]

…………

嘉宜初年，薨，举国哀葬。

下葬那日的深夜，后世称为文帝的楚渊与太史令登台饮酒。

年轻的帝王极目远望，忽然道："老师的意思，是将他与父皇之间的前朝旧事全然隐去，一字不提？"

太史令应道："是。"

"那爱卿以为，若是能载录史书，当如何评之？"

太史令沉思许久："先帝与故御史大人，可称情谊深厚。"

楚渊无声地笑了，饮尽了酒。

---

① 史书标题和纪元皆为作者虚构，与真实历史无关。

浮生一梦去，功业千秋留，那随时日流逝渐渐遥远缥缈的故事，终落成青史里一点模糊的温度，不为人知。

（正文完）

番外四则

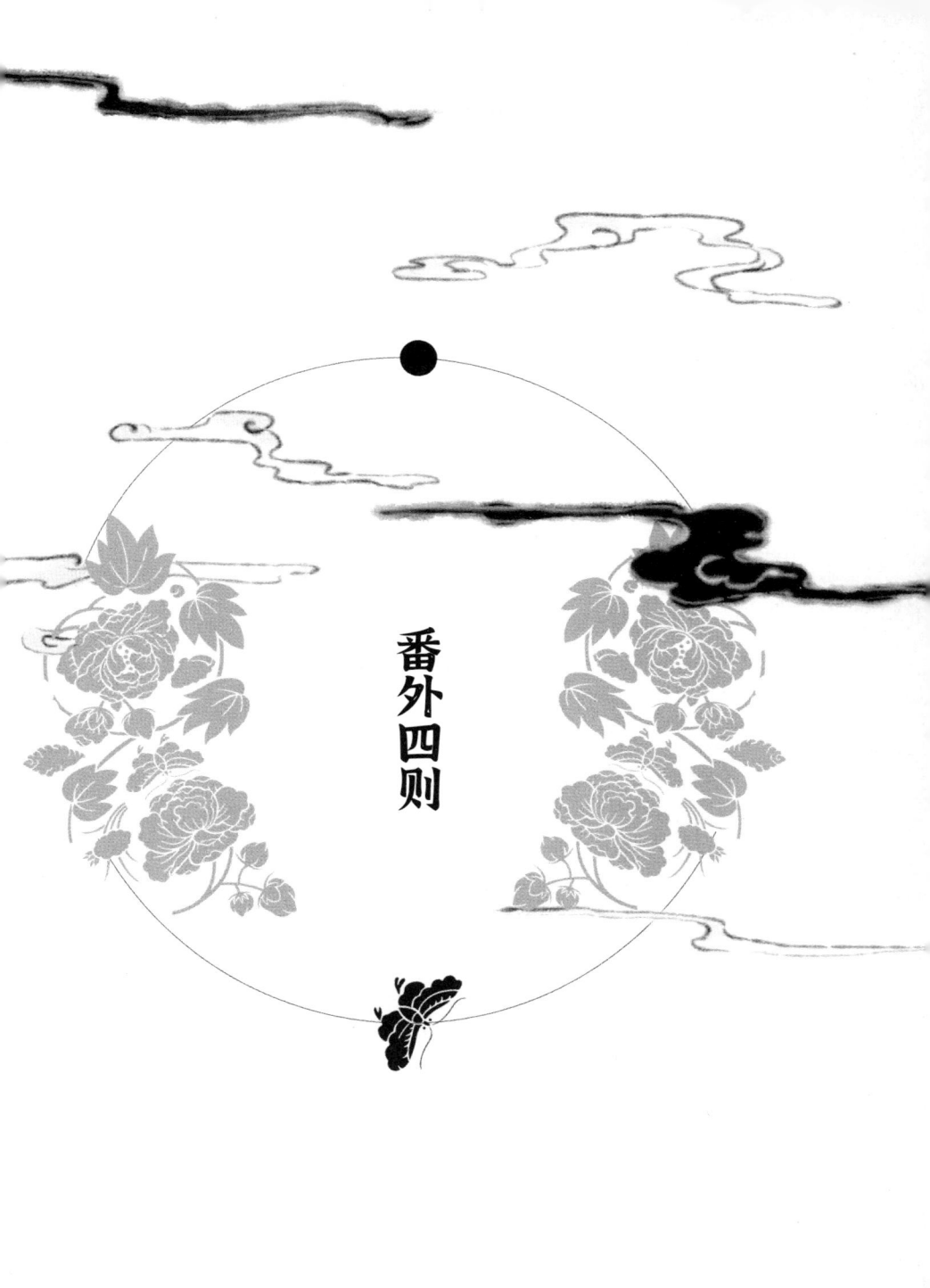

番外一

凉州城外，青山嵯峨，无名冢边芳草萋萋。

两匹骏马停在不远处的树下，坟冢前白衫青年侧让了一步，对身旁人道："就是这里。"

楚明允没有动作，静静地立在那里，端详着墓碑。墓志应当也是出自苏世誉之手，记载了墓主人是如何以女子之身，拔剑而起力抗匈奴，风骨至死不折的。碑文笔画秀挺，只是久经雨雪有些模糊了，而正中央的名姓处却光滑无痕地空缺着。

"当时城中已经空了，我们将尸骨下葬后也没能找到她的亲人，只好暂时空着了。"苏世誉解释道。

楚明允点了点头，终于走上前去，半跪在墓碑前，一把短剑被递了过来，他侧头看着苏世誉笑了，接了过来，以剑作笔落在石碑上。

粉屑簌簌落了一地灰白，苏世誉轻声念了出来："楚知卿。"

楚明允放下短剑，默然地对着熟悉到几乎陌生的名字。彼此间隔了六尺黄土，十四载光阴，相对无言。

良久，他低声笑了笑，道："阿姐，我活下来了。"

山间寂寂，唯有风声过耳。一只手搭在他的肩上，掌心温热，苏世誉温声道："朝中事务都安排妥当了，反正不急着回京，我们可在凉州多留几天。"

"有什么好留的，这城中早就没有我能回的地方了。"楚明允站起身，洒脱一笑，回答苏世誉也是告诉阿姐，"我已经成家立业了。"

看他笑得眉眼弯弯，苏世誉也不禁笑出了声，随他并肩而立，放眼望向远处的凉州城。曾被屠戮一空的城池重现了它的繁华，残垣之上屋舍再建，血气之间犹有新生，无数人在此成长又老去，从而生生不息。

番外二

　　殿外广阔的青石地上，一个少年双手握剑，沉下身形，谨慎地盯着对面的男人，迟迟没有动作。

　　男人身形颀长，随意地提了把木剑："来。"

　　少年握着剑柄的手应声一紧，踏步猛冲了上去，干脆利落地直刺，他爆发的速度极快，全力取向对方的咽喉。男人身形丝毫未动，直待长剑迫近才稍一偏身，抬起木剑一击，那少年余力不足，手中剑当即一偏，擦着对方走了空。

　　去势一时收不回来，少年心头一寒，回神就见木剑当头劈了过来。他正要退，身后却蓦然响起另一个声音："左前。"

　　不及多想，少年向左前方闪了一步，顺势将剑收了回来，而那木剑险险地擦着他发际闪过。他趁机得了空隙，当即抬剑挥上，铁剑寒光一闪，男人退开两步，微蹙了眉，反手握了木剑斜刺而来。

　　少年想迎剑而上，身后的声音却再度响起："退。"

　　他下意识顺从地急退开去，只见那把木剑竟显出了凌厉杀气，瞬息间化作一记平斩扫来。

　　"低头，向前。"

　　少年低头扑向前方，闪过剑气后猛然抬首，旋身一剑狠狠斩下。

　　"当啷"声响，男人的木剑竟被削去一小块，少年心中大喜，紧跟着再度将剑递出，却倏然走了空，不知何时，男人已经在他面前消失了。少年尚未来得及慌张，膝弯处抢先一痛，木剑击上的感觉像被鞭子抽中了一般，他整个人前扑跪倒在青石地上，长剑脱手掉在一旁，膝盖也磕得发麻。

　　男人在他身后评价道："得意忘形。"

楚渊揉了揉自己的膝盖，站起来转过身："父皇。"他又抬眼看向站在殿廊下的人："老师。"

苏世誉颔首，笑道："长进许多了。"

"你若不在后面提点，他连一招都接不下来。"楚明允道，"直刺要力量和速度，不讲求变化，但也得留着余力，算准距离。剑是到别人眼前了，可你力量用尽了算什么？"

楚渊点了点头："孩儿明白。"

他捡起剑，跟在楚明允身后回了殿中。苏世誉拉过他手腕，拿锦帕要帮他擦去手上沾的灰尘。楚渊却握住锦帕，摇头对他笑了笑："多谢老师，我自己来。"

苏世誉看了他片刻，道："渊儿，你年纪还小，不必太过苛责自己。"

楚渊点头应声，苏世誉便无奈地轻叹了声，让他回去休息了。楚明允在一旁喝完茶，问道："怎么了？"

"只是觉得这孩子有些像我。"

楚明允笑了声："像你不是很好吗？"

"心思太重，又不肯开口，未必是好事。"苏世誉微皱了眉。

"倒不如说是他那股子疏离的客气劲儿像你。"楚明允又倒了杯茶，悠悠道，"这性子是不是好事不确定，不过他这张脸再长大些就不太好了。"

苏世誉奇怪道："怎么？"

"越长越像你了，要是再大一点，我就舍不得下手揍了啊。"

苏世誉："……"

楚渊的面容的确是与苏世誉越发像了，他系出苏家的一脉旁支，原本和苏世誉只算得上是偏远的叔侄关系，谁也没想到这点稀薄的血缘，竟在朝夕相对中渐渐显现出作用。

他们初次见到楚渊时，是在金陵的姑母家中，这个孩子站在窗前仰头望着外面的绵绵春雨。姑母感伤地说起他双亲外出一趟，遭遇了暴雨山难，便再没能回来，孤零零地只留了他一个。楚明允闻言不在意地点了点头，并未说什么，不期然却正撞见孩子转过头，眸光清亮，安安静静地望了过来。

至此结了一世缘分。

其实楚渊不只是与苏世誉有些相似，他那双映着雨雾的眼眸，恍惚间也会让楚明允想到当年的自己。

殿外又下起了雨，间或伴着沉闷的雷声，楚渊合上诗文，偷偷地推开刚被宫娥合上的窗，望着檐下雨珠迸溅，怔怔地出神半晌，才觉得有些冷了。

脚步声突然从外殿传来，楚渊忙关了窗，转身见来人对他行了一礼，道是陛下叫他过去。

寝殿里暖意融融，楚渊站在楚明允和苏世誉跟前，对着面前的黑白纵横的棋盘满脸茫然。

直到他在棋局的空席上坐下，还有些局促："老师，我……"

"你整日闷在殿里读书，抽空来陪我对弈一局不行吗？"苏世誉笑道。

楚渊动作一顿，缓缓点了头，然后他看了看对面的苏世誉，又看了看一旁的楚明允，忍不住困惑出声："那父皇您不对弈吗？"

苏世誉轻笑了声，执子落下："有人手上沾了油，又不想洗棋子，只好给你当军师了。"

楚明允面不改色地指了指手边一碟桂花糕："吃不吃？"

楚渊默默摇头。

棋局上几个回合厮杀下来，殿外的雨声也越发大了，楚渊向外望了一眼，又回头看着身旁戏谑玩笑的两人。楚明允刚擦净手，抬眸触及他的视线，无比自然地伸手按上他的头："都输成这样了还敢走神，看棋。"

楚渊就这么被强按着扭回了头，感觉到那只手离开前在自己发顶轻拍了一下，他微微一愣，抬头又正对上苏世誉满眼笑意，身上久积的寒意慢慢散了去，他抿着唇角，忍不住笑了出来。

番外三

应当是距离凉州近了,沿途的流民越来越多,仿佛一条望不到尽头的黑色河流,河流中涌动着密密的人,拖家携口还背着行囊的,是抢在城破前出逃的幸运的人,还有许多人形单影只,双手空空地跟着向前走,像一群被驱赶的孤魂野鬼。

苏世誉握紧缰绳,在马上与他们擦身而过时默默观察,人们的神情是一种麻木了的悲哀,空洞的眼睛里往往透出一股茫然,在失去了家园后,没有方向,只是一步复一步地向前走着。

苏世誉曾问过流民们要去往哪里,辅佐他的副将任勇指着人流一一解答,那几个脚程最快的、最有精神的人是有可投奔的亲人的,那一群背着行囊、询问打听的人是寻找可靠地方安家的,那些结成一伙还算得上年轻力壮的男人,大约会找到哪个州府应征入伍。

"剩下的孤零零的老人和孩子呢?"苏世誉问。

任副将含糊地摇了摇头,没有再答。

后来苏世誉见到一个倒在路旁泥泞中的小姑娘,十几岁的年纪,紧抓着褴褛的衣衫,蜷缩着死去了。他才意识到,孤身的老人和孩子,没有依靠,没有食物,没有御寒的衣物,甚至撑不过一场突然的冷雨,根本走不出凉州。

十五岁的苏世誉,正是这些死去的孩子的同龄人,因此任副将没有明说。

忽然有人抬头望了一眼,与苏世誉的视线交错而过,那是双年轻的眼睛,锐利明亮,甚至冷冷地燃烧着,以一种审视的目光打量着这支赶赴凉州城的队伍。

苏世誉心神一震,不由得勒马,回首追寻,然而那道目光的主人已被淹没于人流中，不见踪迹了。

那似乎是个同苏世誉一般大的少年，也是孤独一人，面容被烟熏得模糊不清，虽有着不屈的眼神，可他的身形依然单薄，又能够走出多远呢？

"小将军，怎么了？"任副将见他停住不动，策马凑近来询问。

"没事。"苏世誉回过神，继续前进，过了好一会儿，才开口道，"为了这些流离失所的人，我一定会将凉州城收复。"

任副将听了这话，不禁哈哈笑了起来："会的！当然，您可是苏大将军的独生子！"

那时他的笑容和话语，给了苏世誉极大的信心和鼓舞，直到倒在沙场的血泊中时，苏世誉才意识到，这句话或许是在嘲笑自己的幼稚。

四千兵甲遭遇埋伏，全军覆没，唯一活下来的苏世誉被捆起来扔在马背上，带回匈奴人的营帐。作为一件战利品，任勇要将他献给匈奴的主将宇文骁来邀功。

围剿他们的这支队伍今夜扎营休整，明日便要与大军会合，帐外不断传来匈奴士兵们醉酒的兴奋高呼声，或许在庆贺这场大胜，或仿佛在喊什么口号，苏世誉默默聆听着自己的惨败，手脚全被麻绳死死地捆着，动弹不得。

任勇掀开帐门端着吃食进来时，一闪而过地露出在外看守的两名士兵的身影。只有两名，看守并不严密，苏世誉意识到任勇并没有将自己的身份如实相告，他十分谨慎，怕这帮头脑发热的匈奴人做出什么蠢事。

思量间，任勇拿了一柄小刀走近，几下割开了苏世誉身上的麻绳，将一张饼子丢到他怀里，然后转回地毯上坐下，旁边矮几的圆盘里盛着一大块羊肉，任勇便学着匈奴人的样子，用小刀直接切肉吃。

苏世誉低头看到双腕上被勒得凹陷的红痕，尝试着活动麻痹到近乎无知觉的手指。

待明日队伍开拔，他又会像件货物一样被运送，或者更早，任勇会在入睡前将他重新捆起来，而等真正见到了主将宇文骁，他无法预料将会面临什么,再想脱逃更是难于登天。

苏世誉望向任勇手中的切肉小刀,锋利的刀尖银光闪动。

这是他唯一的机会。

苏世誉抓起怀里的饼子,恶狠狠地砸在任勇的身上,对方并不意外地转头看来,神情平淡道:"怎么,不合胃口?"

苏世誉感到前所未有的冷静,却装出一副盛怒模样,质问道:"匈奴人许诺了你什么,让你背弃家国?!"

"这就不劳小将军您关心了。"任勇笑了一笑。

"无论是什么,匈奴人都绝不会向你兑现!"苏世誉字字咬得掷地有声,无比肯定,不出所料地注意到任勇悠闲切肉的动作顿了一下。

任勇面上掩饰得极好,只静静地看着,不急于接话,好似并不在乎苏世誉的负隅顽抗,但那一瞬的反应已足够让苏世誉确信自己赌对了:他没有十足的筹码和把握令匈奴主将宇文骁信守承诺,本身就为此事隐隐担忧着。

苏世誉大声道:"你学匈奴人的说话做派,尽是无用功,你扒不掉这身皮囊,永远都只能是汉人!你说我愚蠢,我看你要比我愚蠢上千倍!宇文骁曾说,汉人是要被放牧的羊群,你怎么会认为他会对你信守承诺,而不是拿这头羊来下酒?"

"住口!"任勇呵斥他,"你知道什么,胆敢在这里胡言乱语?"

"我当然知道!"苏世誉几步逼近到他面前,"我知道等到了宇文骁的面前,我比你更有价值,我绝不会给你夸耀功劳的机会,我会给他想要的东西,然后让他帮你扒掉这身皮肉,盛到盘子里去!"

"你敢!"任勇忍无可忍地一把攥住苏世誉的衣领,将切肉刀压在他的脸颊上,"你多说一个字,我现在就把你的舌头割下来!"

"那你为什么不做呢?"苏世誉直视他的双眼,"你在害怕什么呢?"

任勇恼羞成怒,用力将小刀压了下去,刀锋霎时破开皮肤,血珠争先恐后地涌了出来。鲜血刺激了任勇的神志,他骤然回过神来,慌忙扔开小刀,察看苏世誉脸上的血口,好在划破得不多,依然是件漂亮的献礼。

苏世誉听着小刀砸在案几上的动静，迅速辨别出方位，探手正欲去夺，下一瞬却猛地被一只大手掐住脖颈，被整个提了起来！

喉咙传来一阵阵紧缩的窒息感，视野中是男人狰狞扭曲的面孔，脚下悬空，白色的帐顶在他的头上晃动，苏世誉有一瞬间的惶恐，怀疑怒火冲头的任勇真要将他活活掐死。他两手奋力抓挠，却怎样也掰不开对方稳固如铁的粗糙手掌，渐渐地，苏世誉的眼前开始模糊、发黑，精神涣散，再也挣扎不动了。

最后一刻，任勇放开手，将苏世誉狠狠摔回地上，他撞翻矮几，盘子"哐当"砸在地毯上，羊肉滚到了远处的土里，而苏世誉弓着脊背，低着头，宽大的袖口掩着喉咙剧烈地咳嗽着，久久没有抬起身。

教训过这不知天高地厚的小子，任勇总算气顺了些，再看他肩背微微颤抖的可怜兮兮的模样，哼了声："知道怕了？那就记住，小姑娘，省点儿力气吧，我可还不想把你打残了再交上去。"

"……"

任勇想再看看他脸上的伤口，蹲下身去掰他的肩膀："行了，别哭了——"

几乎是在一瞬间，苏世誉抬起头，爆发出了巨大的力量反扑上来，一只手捂住任勇的嘴将他按倒在地，另一只手持了一柄小刀干净利落地割开了他的喉咙，血雾喷薄而出！

任勇瞪大眼睛，盯着苏世誉下颌溅上的血迹，意识到方才他在用衣袖遮掩着那柄混乱中落到身旁的小刀，伺机而动。

任勇不甘心地狂怒起来，喉咙间咯咯作响，却被死死捂住口鼻发不出一声，他双目血红，挣扎着伸出手还想再抢回小刀。

却听苏世誉冷静开口："这一刀是我的。"

任勇不禁一愣，紧接着胸口传来一股冰冷的疼痛，他浑身巨颤，听到苏世誉继续道："这一刀，是……"

他再也听不清了。

苏世誉有条不紊地回忆着一个又一个熟悉的名字和面孔，七十一刀过后，他站起身，看着早已断气、浑如一团烂泥的男人，在衣襟上擦了擦满手黏腻的血，又拭净了小刀，藏进衣袖中。

苏世誉望了一眼伫立在帐篷外的两个影子，守卫并没有被惊动，只当里面在争吵。

他从帐篷里翻出油灯，将任勇身上烂成破布的衣服撕下来，浸满了灯油后扔在帐篷四周，最后点燃了火。火焰腾地升起，刹那间连成一片，橘红色的火舌疯狂地舔上白色的帐篷，滚滚浓烟朝四方涌去。

苏世誉站在火海正中，听到外面的守卫惊慌地呼喊，跑去求援，然后他将厚厚的地毯盖过头顶裹住身体，俯低身形，屏息跨越火海，一鼓作气冲出帐篷！

夜风袭来，滚烫的地毯上火势更猛，苏世誉连忙将火毯抛向对面另一顶帐篷，那帐篷登时也熊熊燃烧，黑烟一时间遮蔽天地，只隐隐约约望见各处匈奴士兵正朝这边赶来。

趁这一派混乱，苏世誉借助各处昏暗角落逃出匈奴营地，仍不敢放慢速度，一路发足狂奔，直到回望那营地仅剩的遥遥一股黑烟，才筋疲力尽地停下脚步。

这一松懈，整个人便虚脱地跪倒在地，如同溺水般大口大口地喘息起来，大漠的夜晚极寒，月光照得周遭如雪，苏世誉抬起手，触摸到了满脸冰凉的泪水。

不过，这并非他记忆中最后一次落泪。

九年后，大将军苏诀因早年征战落下的一身伤病发作，强撑半年后，终究抱憾离世，合目之时，病榻前衣不解带辛苦照顾的苏夫人哀恸过深，竟呕出一摊鲜血，跟着昏迷过去。

御医也都请来看过，答复皆是摇了摇头，道一声节哀。

负责操持苏诀丧事的管家苏毅看着自家公子满心不忍，却也委婉请示是否将夫人的后事一并准备，苏世誉神情平静，只道已发信给阿越，请医圣再度来京诊治，先前一剂药既能吊住父亲性命，此次说不定妙手回春。

可惜，医圣仍在路上，先等到的是苏夫人醒来的消息。

婢女前来通报时，苏世誉正与管家商讨丧宴的安排，闻言怔在原处，竟显得有些迟疑。

"夫人说她立刻要见您。"婢女继续道。

苏世誉搁下宴请名册，应了声好，便随婢女进了内院，到了房中，见苏夫人靠在枕上坐着，脸上颇有精神，他心头笼罩着的不祥预感愈加浓重，面上却笑着唤了声娘。

苏夫人伸手招他过去，道："好久没听你抚琴了。"

"娘想听什么？"

苏世誉命人将琴取来摆好，苏夫人柔柔地笑着瞧他："都好。"

苏世誉略一思索，指尖拂动琴弦，响起一曲简单小调，柔婉反复，是苏夫人家乡临安的曲子，也是她教给苏世誉的第一首曲子。

一曲未完，苏夫人悄悄地侧身朝内，想忍住哭声，却不料露出了两声抽泣，苏世誉连忙起身坐到她身旁，轻声道："好端端的，您怎么哭了？"

苏夫人抬起一双泪眼，一开口又是哽咽："好孩子，为娘对不起你……"

"怎么会呢？"

"怪我身子弱，只生下你一个，没能给你相伴的兄弟姊妹。前些年你父亲打算给你定一门亲事，又被我给劝了下来，说我们已经夺了孩子的志向，总该让他自己选个中意的人。娘一直盼着，什么时候能见你高高兴兴地领着喜欢的姑娘来见我们，可没想到……"苏夫人泪水滚落，"没想到我和你父亲却要先走了，留你一个孤独地活在世上。"

"娘，别这样说。"苏世誉握住她的手，"阿越和他师父在来京的路上了，您会好起来的。"

"都到这个时候了，我自己的身子自己还不清楚吗？娘唯一放心不下的只有你。自那事之后，你的性子就越发孤寂，从不见你跟谁亲近交心，更别谈成家了，这让我怎么放心得下？我走了以后，谁来照顾你啊？"

苏世誉一时无言，苏夫人挣开他的手，颤抖着抚上他的脸："我的傻儿子，不要一个人受苦了，你答应我，不要一个人孤零零地活。"

"娘……"

"你答应我！"苏夫人双眼一眨不眨地直盯着他，语气近乎乞求。

苏世誉感觉喉间被一团酸楚堵着，发不出声来，可他敌不过母亲哀伤的眼神，只得道："好。"

眼泪正是在这时落下，落在苏夫人苍白的面颊上，与她脸上流淌的泪水交融，她却终于笑了。

那天夜里，苏夫人于睡梦中离世，挂满白绫的苏家满府哀哭，守在一旁的御医安慰道："苏大人莫要过于悲伤，令慈走得安详，并无痛苦。"

于府中居丧过后，苏世誉回朝处理积压的公务，一连多日忙碌得无暇回府，直接住在御史台。

李延贞召集群臣在宫中设宴，苏世誉找了借口推拒，不料传话小太监去而复返，道是陛下指明了要您参与，不能整日待在御史台中。苏世誉心知这是李延贞的好意，只好无奈应下。

当晚宴席上气氛依然热烈，苏世誉服丧期以茶代酒，看众臣喝得酣然惬意，更觉自己格格不入，便挑了个不引人注意的时机离了席，出了殿后，漫无目的，不知不觉走到太夜池畔。

池上清风徐来，苏世誉深吸了口气，顿觉胸怀舒朗，放松不少。

这时，不远处的树影下忽然传来衣袍摩擦的声音，苏世誉这才发觉还有人在，但对方所处地方太暗，形貌模糊不清，只能瞧见一双明亮的眸子。

不等询问，那人先开了口："苏大人？"

这一出声，苏世誉当即认出是卫将军楚明允。

大将军苏诀病逝后，楚明允之上再无压制，朝中兵事可谓全依仗他一人，料想正是春风得意的时候，苏世誉不欲与他多言，客气道："打扰楚大人的雅兴了。"

转身要走，他却听背后那人道："不打扰。"

苏世誉停下脚步，不得不顾及着礼数，可不等他再答话，楚明允顾自道："今夜是十五。"

没头没脑的一句话，苏世誉转回身去，发现楚明允已经移开视线，他随之举目遥望，黑沉沉的天幕中悬挂着一轮圆月，时已入秋，这月如无瑕的玉盘，格外大，格外冷白，照得池水银光粼粼。

"的确，秋月冷清。"苏世誉说着，无端想起逃出匈奴营帐的那晚，也是这样冰冷的月光。

"像大漠的月亮。"

苏世誉一怔，好一会儿才意识到这声音不是在脑中，而是来自不远处的那人。他惊诧于其中微不可言的情绪，再看去时，楚明允已经连声招呼也不打地转头走了。

苏世誉收回视线，再望向天际，月亮依旧悬挂在那里，亘古不变。

这是雍和四年的秋夜，万籁俱寂。

番外四

远隔千里的京城传来谕旨，提拔楚明允为将军的那天晚上，他照例没睡好觉，黑暗里发了半晌的呆，忽然听到帐外有些吵闹。

楚明允披衣出去，看到一群兵将围着篝火谈笑，中有一人正站起唱着什么婉转调子，听着像南方口音。

唱曲那人最先瞧见他过来，登时脸色一变收了声，其他人也回头，慌忙站了起来，怕他要罚。

却不料楚明允没什么表情，就地也跟着坐下了。

众人面面相觑，仍不敢动。

楚明允抬了抬下巴："看我做什么，接着唱。"

众人这才松了口气，一下都笑了起来。气氛再度热烈，副将周奕挤到了旁边，将酒囊递给楚明允，道："这是他家乡临安的曲子，咱们听不大懂词，唱的也就是征战思乡之类的。"

楚明允含了一口酒，点点头，没说话。

站着那人一曲唱完了，大着胆子试探道："将军，您不就是凉州人吗，沿途咱们弟兄也听过不少凉州的调子，您要不也唱一个？"

跟楚明允久的人差不多摸清了他的脾气，只要正事上不招惹他，私下里相处随意一些也无妨，倒要比以往那些高高在上的将领宽厚得多。

那人一挑起这个头，旁边人纷纷附和，撺掇着要听将军唱一个。

楚明允咽了酒，道："我不会唱。"

众人的声音小了下去，也就作罢，不敢再造次，却不料楚明允转而指了指周奕："周副将也是凉州人，让他给你们唱。"

众人顿时来了兴致，一个个期待地望向周副将。

周奕猝不及防，连连摆手道："可别，亲娘没给一副好嗓子，这我可唱不了。"

楚明允补充道:"这是军令。"

周奕:"……"

众人彻底乐了,纷纷表示今晚就是听聋了也要听周副将唱这一回,周奕无可奈何,只得硬着头皮站起来开嗓。

周奕唱得确实不行,抑扬顿挫得听不出原本调子,楚明允漫不经心地听着熟悉又陌生的乡音,仰头盯着苍穹孤悬的那轮月亮。

十五月圆夜,战场沙似雪。

图书在版编目（CIP）数据

君有疾否. 完结篇 / 如似我闻著. -- 北京：国文出版社, 2025. -- ISBN 978-7-5125-1810-0（2025.3重印）

Ⅰ. I247.5

中国国家版本馆CIP数据核字第2024MQ2801号

君有疾否·完结篇

作　　者	如似我闻
责任编辑	于慧晶
出版发行	国文出版社
经　　销	全国新华书店
印　　刷	河北鹏润印刷有限公司
开　　本	880 毫米 ×1230 毫米　　32 开 8.75 印张　　　　　　　244 千字
版　　次	2025 年 2 月第 1 版 2025 年 3 月第 2 次印刷
书　　号	ISBN 978-7-5125-1810-0
定　　价	52.80 元

国文出版社
北京市朝阳区东土城路乙 9 号　　邮编：100013
总编室：（010）64270995　　　传真：（010）64270995
销售热线：（010）64271187
传真：（010）64271187-800
E-mail：icpc@95777.sina.net